Der böse Müller hat's gesehn
Und läßt sogleich die Mühle gehn

Wilhelm Busch, *Der Bauer und der Windmüller* (1870)

Und auf einmal gibt mir's doch den Ruck:
DIE WINDMÜHLEN!

Arno Schmidt, *Windmühlen* (1960)

..., weil dieses Müllerohr zwar allem üblichen Geräusch, wie Husten Sprechen Predigen, dem Kirchenlied, dem Kuhglockenläuten, dem Hufeisenschmieden, allem Hundsgebell Vogelsang Grillenton gegenüber taub war, dafür überdeutlich, und bis ins Flüstern, Tuscheln und Geheimnisvolltun hinein alles verstand, was im Innern eines Getreidesackes, eines Mehlsackes verhandelt wurde.

Günter Grass, *Hundejahre* (1963)

Ich träumte in der zerfallenden Mühle, im Versteck, wo die Bilder lagen: Mein Vater führte eine Flamme an der Leine, löste das Halsband und befahl der Flamme: „Such!"

Siegfried Lenz, *Deutschstunde* (1968)

1

Über dem Nordatlantik braute sich ein Sturmtief zusammen. Mitten im Juli. Das war nichts Ungewöhnliches und kam im Zuge des Klimawandels immer häufiger vor. Cirrus und Cirrostratus errangen nach einem kurzen Kräftemessen mit einem flüchtigen Hoch die Lufthoheit und verdunkelten den Himmel. Als der Wirbel einen Luftdruck von 965 hPa erreichte und kräftig genug war, streckte er seine Sichelfinger aus, die zunächst zahllose Wellenberge und -täler erschufen, wenig später mit mäßigem Erfolg an zwei Containerschiffen zerrten und schließlich den Golf von Biskaya und den Ärmelkanal erkundeten. In der Bretagne rüttelten sie, wie Generationen von Sichelfingern vor ihnen, vergeblich an den Menhiren von Carnac, erklommen dafür aber ohne große Anstrengung die Steilküste der Normandie, die diesen Zugriff gewohnt war. Widerstand war nun nicht mehr zu erwarten, der Rest des Weges über die belgische und niederländische Küste hinweg war ein Kinderspiel. Lediglich die Überwindung der großen Entfernung kostete einen Teil ihrer Kraft.

In Greetsiel, einem Fischerdorf an der ostfriesischen Nordseeküste, fuhren die Finger erst der westlichen, dann der östlichen der beiden Windmühlen ins Kreuz. Während die westliche Mühle stur blieb, nahm die östliche die Aufforderung zum Tanz an, denn der Müller hatte kurz zuvor durch Ziehen der Bremskette das Bremsband vom Achsrad gelöst. Wind bis zur Stärke 5 gilt seit je her als guter Mahlwind. Das Sturmtief hatte jedoch etwas mehr zu bieten, so dass der Müller von Pellwind sprach, der ausreichte, um den schweren Pellstein im Pellgang in Drehung zu versetzen.

Das Achsrad fletschte, von der Flügelwelle motiviert, seine hölzernen Zähne, die sich umgehend im Bunkler verbissen, der die Königswelle, vierkantig und aus Pitchpine, zum Rotieren brachte. Das Königsrad auf dem Königssöller folgte willig der Drehung und war bereit, die Korbräder der Mahlgänge und somit die Mahlsteine anzutreiben. Das Gehende

Werk aus Eiche, Pitchpine und Weißbuche stimmte eine knarrende Melodie an, deren Rhythmus das Sturmtief über dem Nordatlantik vorgab. Mechanischer Technosound vergangener Jahrhunderte, begleitet von einem ungewohnten Vibrieren unter den Füßen. Rickeracke! Rickeracke! Geht die Mühle mit Geknacke. Draußen flogen die Flügel vorbei.

„Bei dieser Windstärke", hatte der Müller kurz zuvor erklärt, „kann diese Mühle mit zwei Gängen etwa 30 bis 40 Zentner Getreide pro Stunde schroten und etwa 20 Zentner mahlen."

Die Blicke der Besucher wanderten durch den Achtkant und suchten nach den unbekannten Perkussionsinstrumenten, die von dem fernen Tief zum Leben erweckt worden waren. Holz schlug auf Holz, rieb, scheuerte, kratzte, schnarrte, hämmerte, pochte.

„Orff hätte seine helle Freude gehabt", kommentierte einer der Besucher die Arbeit des Mühlenensembles und ließ dabei den Rüttelschuh nicht aus den Augen, denn er wollte sehen, was seine Ohren so faszinierte.

Auch Monas Blicke fraßen sich in die noch nie gehörten Klangbilder, die kein anderes ihr bekanntes Gebäude zu bieten hatte. Denn Häuser zeichneten sich per se durch ihre Statik und Bewegungslosigkeit aus. Eine Windmühle jedoch, in diesem Fall ein zweistöckiger Galerieholländer mit Windrose, wie der Müller zu Beginn seiner Führung erklärt hatte, war nur zum Teil statisch. Der andere Teil, also die Kappe, die Flügel, die Mechanik, die Mahlgänge, war dynamisch. Diese Dynamik verlieh der Mühle die Aura des Lebendigen. Die Perkussionsmelodien, die sie hörten, konnte man als Lebensäußerungen deuten. Kaum hatte Mona sich diese Idee zu eigen gemacht, kamen ihr die zahllosen Mühlen, die ihre Kollegen im Laufe von Jahrhunderten auf Leinwand und Karton gebannt hatten, als absurde Konstrukte vor. Denn das Fixieren einer Mühle mit Ölfarbe oder Pastell entzog ihr die Aura des Lebendigen, entzog ihr das, was sie in diesem Augenblick sahen, hörten und fühlten. Oder etwa doch nicht? Sie suchte im Kopf nach Künstlern, denen es trotz dieser Erkenntnis gelungen war, das Wesen einer Mühle einzufangen, das sich von dem eines Wohnhauses oder Gulfhofes so deutlich unterschied. Sie raste durch Ausstellungen und Galerien, blätterte in großformatigen Katalogen und Kunstdruckbänden.

Doch dann tauchten plötzlich andere Bilder auf, Bilder, nach denen sie gar nicht gesucht hatte. Es waren Fernsehbilder von Robotern, von Robotern in Menschengestalt, die auf einer Messe in Japan präsentiert worden waren. Zuerst hatte sie gedacht, Menschen würden in diesen Maschinenwesen stecken, so beeindruckend menschlich waren ihre Bewegungen. Als jedoch Ingenieure mit asiatisch stolzem Grinsen dem Roboter Teile seiner Kunststoffrüstung entfernten, kamen nur Drähte, Motoren, Zahnräder, Wellen, Riemen, Kabelbäume und Chips zum Vorschein.

Zahnräder und Wellen, das war es, diese Bilder hatten sich zu den Wellen und Zahnrädern, die sich über ihr und um sie herum bewegten, gesellt. Die Bewegung. Die Mechanik. Die Aura des Lebendigen. Mühlen sind nichts anderes als die Urahnen der Roboter. Frühe Versuche auf dem Weg zu einer zweiten Schöpfung. Lange vor der industriellen Revolution. Zarte Keime künstlichen Lebens, gehauen aus dicken Eichenstämmen. Golems aus Holz, Eisen und Stein. Nicht durch Magie, nicht durch das Wort „Anmanth“, geschrieben auf die Stirn, sondern durch den Wind ins Leben gerufen. Spätere Entwicklungen bereits in sich tragend. Zukünftige Möglichkeiten schon lange vor …

Ein panischer, langgezogener Schrei kappte Monas Assoziationen und davoneilende Gedanken und holte auch die anderen Künstler, die mit ihr auf dem Pellsöller standen, aus ihrer Faszination. Vierzehn Köpfe schwenkten aus anderen Welten zu der kleinen Tür, die auf die Galerie hinausführte. Wäre jemand schnell genug gewesen, hätte er für Sekundenbruchteile den Anblick eines Mannes mit emporgerissenen Armen erhaschen können, den eine Flügelspitze des mächtig in Fahrt geratenen, fast vier Tonnen schweren Flügelkreuzes erfasst hatte. Totale Verblüffung und blankes Entsetzen hatten das Gesicht dieses Mannes gepackt, dem jede Zeit fehlte, das, was mit ihm geschehen war und noch geschah, zu begreifen. Mühelos hievte ihn der Flügel über das Geländer der Galerie in den Tod.

Aber es war keiner der Besucher schnell genug. Allenfalls einen vorbeihuschenden Schatten hatten einige noch erwischen können, bevor sich die nächste Flügelspitze anschickte, der Galerie ihre Aufwartung zu machen. Und kaum hatte sich der kräftige Westwind des Schreis bemächtigt, gab die Mühle wieder den Ton an. Unbeeindruckt von dem Menschen, der ihr zwischen die Flügel geraten war, hielt sie stur an ihrem Rhythmus fest. Rieb, scheuerte, kratzte, schnarrte, hämmerte, pochte und klapperte, als wäre nichts geschehen. Mechanischer Technosound, komponiert vor Jahrhunderten, gespielt von windigen Sichelfingern auf einem 33 Meter hohen Instrument.

2

Als Greven an diesem Abend das Atelier betrat, war kein Laut zu hören. Weder Klänge von Miles Davis noch Bill Frisell begrüßten ihn, ganz zu schweigen von Mona, die es sich in letzter Zeit angewöhnt hatte, ihren Spätheimkehrer mit frischen *Gnocchi al burro e salvia* oder einer *Zuppa di frutti di mare* aus seiner Ermittlungsarbeit zu befreien. Kein verführerischer Duft stieg ihm heute in die Nase, kein Rotwein war dekantiert worden: Die Karaffe stand nüchtern auf dem Vertiko, das Mona kürzlich bei einem Rysumer Antiquitätenhändler erstanden hatte.

Greven ließ seinen Lederkoffer fallen und machte ein missmutiges Gesicht. So sehr er auch derartige Alltagsrituale ablehnte, noch dazu, wenn die Frau den Mann bekochte, sobald dieser von der Arbeit kam und dann Richtung Fernseher und Pantoffeln tendierte, an Monas allabendliche Speisungen hatte er sich schnell gewöhnt. Auch war ihm klar, dass damit nach der Greetsieler Woche vorerst Schluss sein würde, denn Mona musste nach Delfzijl, um ihre Bilder in der Mühle Adam aufzuhängen und ihre Ausstellung dort zu betreuen. Aber gerade heute, nach diesem Scheißtag, der ihn im Fall des Auricher Hoteliermords keinen Schritt weitergebracht hatte, wären ein gedeckter Tisch und ein trockener Italiener oder Franzose genau das Richtige gewesen.

Stundenlang hatte er das Personal verhört, die polnischen Zimmermädchen, den Koch, zwei seiner Hilfskräfte, eine der Putzfrauen, die beiden Kellner und den Portier. Und das waren noch lange nicht alle. Morgen würden sie sich die restlichen Angestellten vornehmen. Notfalls bis spät in die Nacht. Dabei war er sich längst sicher, dass sich hinter dem Mord, vielleicht war es auch nur ein Totschlag, ein simples Eifersuchtsdrama verbarg. Doch die Ehefrau des Opfers verfügte über ein Alibi, das sich bislang als sehr stabil erwiesen hatte. Und auf den möglichen Liebhaber und mutmaßlichen Täter wies keine Spur hin. Das Personal schwieg beharrlich oder wusste tatsächlich nichts. So blieb ihm nichts anderes übrig, als nach kleinen und kleinsten Hinweisen zu suchen, nach Widersprüchen in den Aussagen und Fehlern, die die potentiellen Lügner begingen.

Grevens Magen knurrte. Wie so oft hatte er einen großen Bogen um die Kantine gemacht. Schon im Interesse der eigenen Gesundheit. Aber Monas Kühlschrank war immer gut bestückt und der Weinkeller gut gefüllt. Er machte ein paar Schritte, in Gedanken längst in Pfannen und Töpfen rührend, als er Mona auf der Couch entdeckte. Ihre Augen, aus denen sie ihn starr anblickte, waren gerötet; ihrem Gesicht fehlte dafür die gewohnte Farbe.

„Jann ist tot“, schluchzte sie leise.

„Wer?“, fragte Greven, dem der Schreck in die Glieder fuhr, setzte sich neben Mona und legte ihr den Arm um die Schulter.

„Jann ter Fehn“, näselte Mona, ohne wirklich zu weinen. „Wir waren doch schon bei ihm zum Essen. In Dornum.“

Greven nickte.

„Er ist heute Nachmittag von der Galerie der Greetsieler Mühle gestürzt. Vor unseren Augen. Es war einfach grauenhaft.“

Greven sah ihr in die Augen, die noch immer am Geschauten zu haften schienen und das Entsetzen widerspiegelten. Daran hatten auch die vielen Tränen und der Grappa nichts ändern können, den er auf dem kleinen Tischchen neben der Couch entdeckte.

„Wie ... wie ist das passiert?“, fragte er vorsichtig und füllte Monas Grappaglas, um es in einem Zug zu leeren.

„Ich weiß es nicht. Der Müller ...“

„... Claas Beninga ...“

„Ja, genau. Also, er hat die Mühle angestellt, die Flügel meine ich. Der Wind sei gut, hat er gesagt, und dass niemand auf die Galerie gehen dürfe. Doch Jann ist trotzdem gegangen. Obwohl der Müller mit klaren Worten davor gewarnt hatte. Niemand hatte auf ihn geachtet. Draußen ist er von einem Flügel erwischt worden. Über die Straße ist er geflogen. Bis in einen Vorgarten auf der anderen Seite. Du hättest ihn sehen sollen. Den Hals ganz schief. Augen und Mund weit aufgerissen.“

Mona holte schniefend Luft.

„Aber das war typisch Jann. Wenn etwas verboten war, musste er es gerade machen. Verbote haben ihn immer schon gereizt.“

Sie füllte das Glas und trank.

„Dein Wievielter ist das?“

„Mein Dritter.“

Greven nahm ihr das Glas aus der Hand und goss den Rest aus der Flasche ein. Für einige Sekunden behielt er den italienischen Tresterschnaps im Mund, ließ ihn auf die Schleimhäute einwirken und sorgte für einen langsamen Abgang.

„Zwei habe ich also noch gut“, sagte er.

„Ich hole eine neue Flasche.“

„Das mach ich gleich schon. Sag mir lieber, was ihr eigentlich in der Mühle gemacht habt.“

Mona schnäuzte sich und antwortete, noch immer mit leiser Stimme: „Onno Jütting hatte die Idee. Du weißt schon, der Galerist. Er hat den Vorschlag gemacht, dass alle Künstler, die in der *Greetsieler Woche* ausstellen, nach dem Aufhängen der Bilder zusammen im *Witthus* essen gehen und dann an einer Mühlenführung teilnehmen. Um auch mal etwas in den Gemeinschaftsgeist zu investieren, hat er gesagt, um das Zusammengehörigkeitsgefühl zu stärken. Alle waren begeistert. Vor allem Jann.“

„Und es war sicher ein Unfall?“, fragte Greven, einem beruflich bedingten Reflex folgend.

„Was denn sonst?“, entgegnete Mona mit leichter Empörung. „Wir waren doch alle dabei!“

„Welcher meiner lieben Kollegen war denn vor Ort?“

„Sanders.“

Greven kommentierte den Namen mit einer Bewegung der Augenbrauen.

„Er hat alle befragt und einen Unfall festgestellt. Zweifelsfrei. Wir waren alle total fertig. Mann, das werde ich nie vergessen. Dieser Schrei. Der große Schatten von dem Flügel. Und wie Jann so dalag. Die aufgerissenen Augen, der leicht geöffnete Mund. Mitten in dem Garten auf der anderen Seite der Straße.“

Greven ging mit der Hand durch Monas Haar, dann zog er ihren Kopf an seine Schulter. Er streichelte sie, drückte sie an sich. Lange saßen sie so da, ohne dass ihnen die Zeit ins Bewusstsein pfuschte. Während Mona an den Bildern arbeitete, die seit dem Nachmittag alle anderen Bilder überdeckten, hatte Greven Mühe, sich Jann ter Fehn in Erinnerung zu rufen. Denn das Essen, das Mona erwähnt hatte, lag mindestens zwei Jahre zurück. Ein kleiner Mann mit wilden, schwarzen Haaren, Anfang fünfzig, der großformatige Bilder malte, die Schwarzweiß-Fotos glichen. Ein mittelmäßiger Koch, dessen Risotto Greven in keiner guten Erinnerung hatte, aber ein brillanter Rhetoriker, der diskutieren konnte wie sonst kaum jemand, und der seine Überzeugungen mit eindrucksvollen Gesten zu unterstreichen wusste.

Ließ sie die Zeit auch unbehelligt, ihre Mägen waren nicht so rücksichtsvoll und drängten sie schließlich aus ihren Bildern. Greven holte eine neue Flasche Grappa, die letzte, die sie an den vergangenen Urlaub in der Toskana erinnerte, suchte eine Aufnahme von John Coltrane aus dem Jahr 1958 aus, *Tanganyika Strut*, einen von Monas Lieblingstiteln, und ging in die Küche. Statt Gnocchi gab es Bratkartoffeln mit Matjes. Einst ein Armeleuteessen, wie so vieles, was heute längst den Weg auf die Speisekarten der gehobenen Gastronomie gefunden hatte. Trotzdem gelang es nicht jedem Koch, gute Bratkartoffeln zuzubereiten. Abgesehen von der Wahl der richtigen Kartoffel und der extrem kurzen Kochzeit, die die Kartoffeln halb roh ließ, hielt Greven vor allem die richtige Pfanne für entscheidend. Kartoffeln brauchte er nicht mehr zu kochen. Er fand sie im Kühlschrank. Nur rote Zwiebeln, Salz, Paprika und frischer Pfeffer aus der Mühle fehlten noch.

Die Pfeffermühle ließ ihn zu Monas schrecklichem Erlebnis zurückkehren. Mühlen waren gefährliche Gebäude. Wie oft hatten sie als Kinder in den beiden Greetsieler Mühlen gespielt, und wie oft hatte ihnen der Müller die Leviten gelesen, hatte sie gewarnt, ihnen Verbote erteilt und Geschichten erzählt, Geschichten von Unfällen, die nicht selten tödlich endeten. An eine konnte er sich noch gut erinnern. Irgendwann in den dreißiger Jahren des nun schon vergangenen zwanzigsten Jahrhunderts sollte der Emder Mühlenbauer Diedrich Dirks eine schadhafte Stelle der Galerie der östlichen Mühle reparieren. Er fand die Stelle, doch das Holz war morscher, als er angenommen hatte. Die Planken konnten sein Gewicht nicht tragen und gaben nach, er stürzte durch die Galerie hindurch. In den dreißiger Jahren. Der Mühlenbauer Dirks. Aus Emden. Brach durch die Galerie. Verunglückte tödlich. Noch immer klangen die Worte wie ein fernes Echo in Grevens Ohren. Wie oft mochte der Müller ihnen diese Geschichte erzählt haben?

Nun konnte Claas Hinrichs Beninga, der Sohn des alten Müllers, eine neue Geschichte erzählen. Von Jann ter Fehn, dem Künstler, der alle Warnungen in den Wind geschlagen hatte und dafür von diesem grausam bestraft wurde. Windgeschichten. Mühlengeschichten. Noch immer gab es sie, und noch immer handelten viele vom Tod, der in der Moderne so nachhaltig verdrängt wird und dennoch überall lauert. Aber die Moderne hat noch mehr gefälscht, nicht zuletzt die Mühlen, die sie zu romantischen Bauwerken verklärt hat. Dabei waren sie dringend notwendige, technische Bauwerke, als sie errichtet wurden, und der Beruf des Müllers war von Romantik so weit entfernt wie das Matterhorn vom Wattenmeer.

Nach dem einfachen, aber guten Essen, zu dem ein Pils besser passte als ein trockener Rotwein, kehrte die Farbe zurück in Monas Gesicht, während die Rötung ihrer Augen kaum noch zu erkennen war. Sie hatte nicht viel gegessen, aber es war genug, um den Magen und den Geist zu besänftigen. Ein zartes Lächeln huschte über ihre Wangen.

„Was wird aus der *Greetsieler Woche*?“, fragte Greven. „Findet sie statt?“

„Ich weiß es nicht. Keiner hat das Thema vorhin angesprochen“, antwortete Mona. „Ich habe auch keinerlei Ahnung, wie die Verantwortlichen entscheiden werden. Ist mir im Moment auch völlig egal.“

„Hängen denn überhaupt schon alle Bilder?“

„Ja, die Ausstellung ist komplett. Wir haben doch heute gemeinsam die letzten Bilder aufgehängt.“

Den Rest des Abends überließen sie, zurückgezogen auf die Couch, John Coltrane.

3

Die Aula der *Ubbo-Emmius-Schule* in Greetsiel war bis zum letzten Platz besetzt. Manchen Besuchern war anzusehen, dass sie Mühe hatten, auf den Stühlen zu sitzen, die sonst Schülern vorbehalten waren. Auch Greven hatte Pech und landete tief und hart in der Etage für Erstklässler. Jedenfalls vermutete er es. Sein rechtes Knie, das ihm vor Jahren von einem Unbekannten zerschossen worden war, meldete sofort Protest an. Es gelang ihm, das Bein halbwegs unter den Stuhl des Vordermanns zu schieben.

Zuerst meinte er, keinen der Anwesenden zu kennen, doch dann tauchten einige bekannte Gesichter aus der Menge auf. Einige Künstler, mit denen Mona ihn irgendwann bekannt gemacht hatte, Gisbert Wilhelm natürlich, mit dem sie eng befreundet waren, er hob kurz die Hand, Petra von Hildegard, seine alte Kunstlehrerin, die längst um die achtzig sein musste, Thea Woltke, eine Werbetexterin und die attraktivste Zeugin, die er wohl jemals befragt hatte, Jabbe de Vries, ein hiesiger Tourismus-Manager, und Margret und Jan, zwei Freunde aus wilden Jugendtagen. Außerdem drängelten sich an den Wänden zahlreiche Journalisten und Pressefotografen. Die *Greetsieler Woche* war ein Highlight, über das auch überregional berichtet wurde. Greven kannte nur die lokalen Größen, Müller, Hartmuth und Bönhase, die auch ihn schon oft um Informationen angegangen waren. In den ersten Reihen saßen ihm unbekannte VIPs, darunter sogar Landtags- und Bundestagsabgeordnete, wie Mona ihm flüsternd erklärt hatte.

„Ab und zu wagen sie sich in die Nähe der Kunst, vor allem vor Wahlen, um dem Bürger ihr kulturelles Interesse, ihren Bildungsgrad und ihr ästhetisches Urteilsvermögen zu demonstrieren“, spottete sie, während einer von ihnen hinter dem Mikrophon mit einem Fremdwort rang, das ihm irgendein Redenschreiber ins Manuskript geschmuggelt hatte. Am Ende seiner Lobeshymne auf die Veranstalter und die ausstellenden Künstler, die der Redner, einer antiquierten Sprachregelung folgend,

Kunstmaler nannte, verlas er eine kurze Biografie Jann ter Fehns, „des am Vortage auf so tragische Weise von uns Gegangenen."

„Frerich Söden, der hiesige Landrat", flüsterte Mona.

„Und wie wir ihn alle kannten und verehrten, äh, bin ich mir sicher, dass es voll und ganz seinem Willen entsprochen hätte, äh, beziehungsweise entspricht, dass diese Ausstellung hier und heute ausgetragen, äh, abgehalten wird", versicherte Landrat Söden, der in seinem Manuskript nach der offenbar fehlenden letzten Seite suchte und die letzten Sätze notgedrungen improvisieren musste.

Auch die anderen Laudatoren gaben vor, Jann ter Fehn und seinen letzten Willen gekannt zu haben, der darin bestanden hätte, die Ausstellung auf jeden Fall stattfinden zu lassen.

„… und so denke ich, in seinem Interesse zu handeln, wenn ich jetzt die diesjährige *Greetsieler Woche* eröffne", schloss der Schirmherr Frank Wübben seine Ansprache, ein Emder Teebaron, der schon mehrfach Bilder von Mona erworben hatte.

Es folgte eine Gedenkminute, in der Greven Mutmaßungen anstellte, an wen oder was die Landräte und MdBs mit den gesenkten Häuptern tatsächlich dachten. Insbesondere in die Schädel der ersten Reihe hätte er gerne einmal einen vorsichtigen Blick geworfen, denn soweit er von Mona wusste, hatte Jann ter Fehn eine ausgeprägte Aversion gegen Politiker jedweder Couleur gehabt und diese Überzeugung auch bei jeder sich bietenden Gelegenheit lautstark kundgetan. Nicht dass er kein Demokrat gewesen wäre, im Gegenteil, sogar ein sehr radikaler, der in der Obszönität und Arroganz der Macht, in den labyrinthischen Lügengebäuden, den albernen Gesten und der unverhohlenen Heuchelei der Führungseliten einen klaren Verrat an der Demokratie gesehen hatte. So in etwa, vielleicht nicht genau in dieser Reihenfolge, hatte ihm Mona Jann ter Fehns Weltsicht vermittelt. Eine Weltsicht, die Greven zwar zu undifferenziert fand, die er aber dennoch gut verstehen konnte. Denn er zählte zu jenen, denen es für einige Zeit vergönnt gewesen war, hinter die Kulissen zu schauen. Er hatte nicht hier und da mal durch Astlöcher gepliert, wie es Journalisten taten, nein, er war tatsächlich hinter den Kulissen gewesen. Zwar war allgemein bekannt, dass es diese

Kulissen gab, doch kannte sie der Durchschnittswähler nur von vorn, er sah nur das, was für ihn extra und mit großem Aufwand aufgebaut worden war, und er sah die Akteure in ihren Rollen, empörte sich über ihr Intrigenspiel, lachte über ihre Possen, beklatschte ihre Triumphe und genoss ihre Niederlagen. Greven wusste hingegen, wie die Kulissen von hinten aussahen, und wer sie wirklich aufbauen ließ. Er wusste, dass hinter den Kulissen keine Grenzziehung mehr möglich war zwischen organisierter Kriminalität, Wirtschaft und Politik. Jahrelang hatte er auf der Hinter- und den Nebenbühnen Kontoauszüge und Disketten sichergestellt, hatte Villen durchsucht, schwarze Kassen aufgespürt und routinierte Unschuldsmienen befragt, die unter Blackouts litten. Seit genauso vielen Jahren war er ein überzeugter Nichtwähler, der sich sicher war, dass das kleine Kreuz, das man alle paar Jahre in einen kleinen Kreis zu machen hatte, allenfalls die Besetzung auf der Bühne änderte, nicht aber die Rollen, das Stück und vor allem nicht das eigentliche Spiel hinter den Kulissen.

Nun saßen einige der Spieler, die meisten waren allerdings Amateure von Provinzbühnen, in den ersten Reihen und sollten eines Menschen gedenken, der sie verachtet hatte. Ihre Häupter waren brav gesenkt, ihre Schädel für Grevens Blicke undurchdringlich.

Kaum war die Minute um – wer sie wie beendete, entging Greven – stoben die Besucher der Eröffnungsfeier auseinander, suchten anscheinend lang entbehrte Nahrung am kalten Büffet, ergatterten die ersten, soeben gefüllten Sektgläser oder machten sich, zumeist in kleinen Grüppchen, in die einzelnen Klassenzimmer der *Ubbo-Emmius-Schule* auf, die zu Ausstellungsräumen umfunktioniert waren. Wie in jedem Sommer seit 1969. In jenem Jahr war die Gruppenausstellung von dem damaligen Rektor der Schule erfunden worden. Denn Greetsiel war schon lange ein Dorf, das viele Künstler fast magisch in seinen Bann zog, weil es Motive im Überfluss zu bieten hatte, den Hafen, die Kutter, den Deich, die See, den Himmel und natürlich die Mühlen. Warum also nicht in den Sommerferien zeigen, was Profis und Amateure mit Pinsel, Kreide und Spachtel daraus machten.

Zuerst gingen Greven und Mona natürlich in den Klassenraum der 3a, denn dort hingen Monas großformatige Bilder, deren Entstehung er im Atelier seit Wochen verfolgt hatte. Und ebenso lange hatte er gebraucht, Mona davon zu überzeugen, ihr Bild von Gordum mit auszustellen. Fast ein Jahr war es hinter frisch aufgezogenen und gefirnissten Leinwänden verborgen gewesen. Das Portrait einer versunkenen Stadt. Ein alter Mythos, der im vergangenen Sommer vier Menschen das Leben gekostet hatte. Sein erster großer Fall, seit er wieder in seiner alten Heimat war, seit ihn das zerschossene Knie zurück in die Provinz katapultiert hatte. Jetzt hing das Bild, das so gar nicht Monas Stil entsprach, zwischen ihren surrealistischen Gesichtslandschaften und Augenabgründen, in deren Tiefen und Grauen der Betrachter buchstäblich hineingesogen wurde. Zwar passte das Bild von Gordum nicht zu diesen Bildern, aber Greven gefiel es dennoch ausgesprochen gut. Daran konnten auch die negativen Erinnerungen an diesen Fall nichts ändern.

Während Mona sich mit einigen interessierten Besuchern unterhielt, sah sich Greven in dem frisch geweißten Raum um. Die Bilder hingen gut, nicht zu dicht, und erhielten ausreichend Sonnenlicht. Vor allem das neue Triptychon wirkte phantastisch in diesem Raum. Er wandte sich zufrieden ab und wollte nochmals einen Blick auf das Bild von Gordum werfen, als er unvermittelt in die großen braunen Augen von Thea Woltke sah. Grevens Mund öffnete sich leicht. Ihre blonden Haare waren noch länger als im vergangenen Sommer. Wie bei ihrer ersten Begegnung trug sie eine Bluse, der er einfach nicht widerstehen konnte. Ein teurer Duft kroch ihm in die Nase.

„Hallo, Herr Kommissar“, begrüßte sie ihn mit ihrer singenden Stimme, die ihn schon bei der ersten Begegnung fasziniert hatte. „Lange nicht gesehen.“ Dabei trat sie ganz dicht an ihn heran, aufmerksam verfolgt von Monas glühend wachen Augen.

„Moin, Frau Woltke“, sagte Greven. „Was macht die Esoterik? Was macht Ihr Kreis Gleichgesinnter, ich meine, was machen die *Lü van Buise*?“ Andere Anknüpfungspunkte fielen ihm spontan nicht ein.

„Die heißen längst wieder *Lü van Gordum*", sang sie, „gleich nachdem Sie den Mörder erwischt haben, sind wir wieder zu unserem ursprünglichen Namen zurückgekehrt. Gordum hat einfach mehr zu bieten als Buise. Finden Sie nicht auch?"

„Doch … äh … ja. Aber Buise hat dagegen mit Sicherheit existiert", kommentierte Greven, „während Gordum wohl doch eher ein Märchen ist."

„Na, da ist Ihre … Malerin aber ganz anderer Ansicht", entgegnete sie selbstbewusst und richtete ihre braunen Augen auf das Gordum-Bild.

In diesem Augenblick rauschte Mona mit schnellen Schritten an den beiden vorbei, ohne sie auch nur eines Blickes zu würdigen. Thea Woltke nahm fast gleichzeitig wieder Grevens Augen in Besitz, lächelte ihn demonstrativ an, presste ihre Brüste in die Bluse und ignorierte Mona auf eine Weise, die nur Frauen in dieser Perfektion beherrschen. Mona schien die ihr zugedachten Signale intuitiv zu spüren, denn sie hatte inzwischen die Tür erreicht und den beiden den Rücken zugekehrt, jedenfalls hob sie den Kopf und beschleunigte ihre Schritte, die nun laut durch den Flur der Schule hallten.

Diese Zeichen wusste nun wiederum Greven zu deuten, der sich entschloss, Mona nachzueilen, um sich längere Diskussionen zu ersparen. Doch Thea Woltke fing ihn schon beim Start ab, den sie, wahrscheinlich aus umfangreicher Erfahrung schöpfend, vorausgesehen hatte.

„Warum haben Sie es denn plötzlich so eilig, Herr Kommissar?", lächelte sie. „Ein paar Minuten werden Sie ja wohl für mich entbehren können. Oder suchen Sie schon wieder einen Mörder?"

„Nein", antwortete Greven, der spürte, wie warmes Rot in seine Wangen stieg. Thea Woltke schmunzelte, genoss kurz das Rot und begann einen Vortrag über die Aktivitäten der von ihr gegründeten esoterischen Vereinigung *Lü van Gordum* zu halten. Sie kam jedoch über die Ankündigung der nächsten wichtigen Veranstaltung im *Haus der Begegnung* nicht hinaus, denn plötzlich stand Mona vor ihr. Greven wurde das Rot nicht los und befürchtete das Schlimmste, noch dazu vor Publikum. Schon glaubte er, die Blicke zahlreicher Besucher auf sie zu ziehen.

„Darf ich eure harmonische Wiedersehensfeier kurz stören?“, begann Mona, Thea Woltke nur kurz fixierend und sich dann Greven zuwendend. „Ich brauche dich kurz mal. Dienstlich. Oder bist du jetzt in der Esobranche?“ Sie griff sich Grevens rechte Hand und zog ihn aus der Gefahrenzone in den Flur. Nach wenigen Schritten erreichten sie den nächsten Klassenraum. Das Schild mit dem Namen des hier ausstellenden Künstlers war mit einem schwarzen Rand versehen. Jann ter Fehn. Jemand hatte daneben eine rote Rose mit Tesafilm auf die Türzarge geklebt. Ohne innezuhalten, zog ihn Mona in den Raum und stoppte ihre Schritte erst vor einem schlichten quadratischen Bilderrahmen aus weiß lasiertem Holz, im Format anderthalb mal anderthalb Meter. Der Rahmen war leer. Greven sah sich um. Sämtliche Bilder Jann ter Fehns hatten diesen weißen Rahmen und dieses Format. Doch enthielten die anderen Rahmen Bilder. Bilder, die wie große Schwarzweißfotos aussahen, wie riesige Vergrößerungen, dabei waren sie gemalt, mit Ölfarbe, wie Mona dozierte, wortwörtlich fotorealistisch. Jedes seiner Bilder zeigte einen Spiegel oder Gegenstand mit reflektierender Oberfläche, etwa den geteilten Außenspiegel eines Autos, eine Sonnenbrille, ein verchromtes Stahlrohr oder die Butzenscheibe eines alten Fensters.

Nur der Rahmen, vor dem sie jetzt standen, war leer. Unschwer konnte Greven erkennen, dass die Leinwand mit einer scharfen Klinge herausgeschnitten worden war. Der hintere Rahmen, auf den die Leinwand gespannt worden war, war noch immer fest mit dem äußeren Rahmen verbunden.

Mona machte ein wütendes Gesicht. „Ist das nicht eine unglaubliche Sauerei! Jann ist noch nicht mal unter der Erde, da klaut irgendein blöder Souvenirjäger, irgendein gieriger Profiteur schon seine Bilder!“

„Ein Bild“, korrigierte Greven nachdenklich, dessen Wangen das Rot inzwischen verdaut hatten, „nur ein Bild.“

„Aber das reicht doch wohl, oder?!“

„Ist es wahr, ein Bild von Jann ter Fehn wurde gestohlen?“, platzte der Sprecher der *Greetsieler Woche* in den Raum, mittelgroß, rund und dunkelblau gekleidet, deutlich über fünfzig. Sein Haar schimmerte rötlich. Er musste von der Aula oder dem Eingang hierher gerannt sein, denn er schnappte nach Luft und zog ein Taschentuch aus der Hosentasche, um sich einige Schweißperlen von der Stirn zu wischen. Hinter ihm tauchten noch einige Offizielle und ein Schwarm von Neugierigen auf, die die Nachricht ebenfalls erreicht hatte.

„Ja“, sagt Mona empört. „Einfach rausgeschnitten!“

„Wir müssen sofort die Polizei …“, setzte der Sprecher an und fuchtelte mit den Händen um den leeren Rahmen herum.

„Nicht nötig, die ist schon da“, unterbrach ihn Mona und stellte ihm Greven vor, wie ein Lehrer seinem Rektor einen guten Schüler präsentiert.

„Mordkommission?“, erschrak der Sprecher. „Ja … liegt denn hier etwa … aber, Frau Jenns, das kann doch nicht sein, oder?“

„Nein, nein, keine Sorge“, beruhigte Greven den Fuchtler und seine Verstärkung. „Ich bin, wie meine Lebensgefährtin schon angedeutet hat, nur zufällig hier. Bearbeiten werden den Fall meine Kollegen vom Raubdezernat, die ich gleich informieren werde. Sagen Sie mir lieber, wann das Bild gestohlen worden sein könnte?“

„Während oder unmittelbar nach der Eröffnungsfeier. Denn heute Morgen war es noch da. Wir machen vor der Eröffnung immer einen Rundgang mit Herrn Nanninga, dem Vertreter der Versicherung. Nachts wird die Ausstellung übrigens von einem privaten Wachdienst bewacht. Aber wer konnte damit rechnen, dass ein Kunstdieb am helllichten Tag …, also, das ist auch noch nie vorgekommen. Ich finde gar keine Erklärung. Und noch dazu ein Bild von Jann ter Fehn.“

„Dann ist das Bild also innerhalb der letzten zwei Stunden gestohlen worden“, stellte Greven fest.

„Richtig“, stimmte Mona zu, „denn vorher hatte niemand Zugang zur Ausstellung.“

„Zwei Stunden. Dann hat eine Schließung der Ausgänge und Durchsuchung der Gäste keinen Sinn mehr. Aber sorgen Sie bitte dafür, dass jetzt alle den Raum verlassen“, bat Greven den schwitzenden Sprecher, der sich unter Einsatz seines Taschentuchs sofort um die geforderte Evakuierung zu kümmern begann.

Ein Raunen und Gemurmel setzte ein, und zögernd bewegte sich die angewachsene Menschentraube aus dem Raum. Vereinzelte extrem Neugierige und zu kurz gekommene Voyeure leisteten noch Widerstand, dann bezogen die Offiziellen vor der Tür Stellung.

„Wie lange dauert es, ein Bild dieser Größe aus dem Rahmen zu schneiden?“, fragte Greven.

„Mit einer scharfen Klinge? Nicht lange. Pass auf, das haben wir gleich!“ Mona tat so, als würde sie ein Taschenmesser zücken, und fuhr mit der imaginären Klinge einmal um den Rahmen.

„Das waren acht, sagen wir zehn Sekunden“, sagte Greven. „Und was macht der Dieb nun mit dem Bild?“

„Zusammenrollen oder falten“, überlegte Mona. „Wahrscheinlich rollen, denn er will es ja wieder rahmen oder verkaufen. Aber mit einem zusammengerollten Bild dieser Größe wäre er bestimmt aufgefallen.“

„Und wenn er es nicht verkaufen will?“

„Dann macht er daraus ein handliches, flaches Päckchen, das in jede Tasche, in jeden Aktenkoffer passt. Und selbst dann kann er es noch verkaufen, wenn er vorsichtig ist.“

„Wie viel muss man denn für einen ter Fehn ausgeben?“, fragte Greven.

„Nicht wirklich viel“, antwortete Mona, „für 1500 Euro bist du dabei. Jedes dieser Bilder steht mit 1500 Euro im Katalog.“

„Aber nach dem Tod eines Künstlers steigen doch die Preise für seine Bilder bekanntlich an.“

„Nicht immer“, erklärte Mona, „eigentlich nur, wenn der Künstler schon zu Lebzeiten halbwegs namhaft war.“

„Und van Gogh?“

„Das waren andere Zeiten. Heute musst du bekannt sein, um bekannt zu bleiben. Wenn du dir bis zu deinem Ableben keinen Namen gemacht hast, bekommst du meist auch keinen mehr. Und den Namen macht heute der Kunstmarkt. Das weißt du doch.“

„Was heißt das für Jann ter Fehn?“

„Dass seine Bilder sicher im Preis steigen werden, aber diese Steigerung wird sich in Grenzen halten. Er hängt nicht in vielen Museen und ich kenne keinen Sammler, der sich dauerhaft um ihn bemüht hat."

„Wer hat seine Bilder gekauft?"

„Leute, die ab und zu mal ein Bild kaufen, Firmen, Institutionen", sagte Mona. „Die *Ostfriesische Landschaft*, zum Beispiel."

„Finanziell hat sich der Diebstahl also nicht gelohnt?"

„Nicht wirklich", versicherte Mona, „aber wahrscheinlich hofft der Dieb dennoch auf ein gutes Geschäft."

Greven stellte sich in die Mitte des Raumes und betrachtete die Bilder, hüpfte mit den Augen von einem zum anderen. Sie waren sich ähnlich, aber doch verschieden, denn jeder der gemalten Spiegel zeigte ein anderes Spiegelbild. Außerdem war dieses Spiegelbild, dieses Bild im Bild, mal gestochen scharf und ohne Mühe zu deuten, mal war es unscharf oder sogar kaum zu erkennen, je nach dem, welches reflektierende Objekt der Künstler gewählt hatte.

„Welches Motiv war auf dem Bild zu sehen?", fragte er schließlich.

„Eine Fahrradglocke", antwortete Mona nach kurzem Nachdenken, „eine dieser großen holländischen Fahrradglocken."

„Und der Titel? Kannst du dich an den auch erinnern?"

„Jann hat immer interessante Titel für seine Bilder gefunden", sagte Mona, „oft Alliterationen. Warte, ich sehe im Katalog nach." Sie zog ein dünnes Heft aus ihrer Tasche und begann zu blättern.

„Das Bild hat die Nummer acht", sagte Greven, noch immer fast in der Mitte des Raumes stehend.

„Hier, ich hab's."

„Und?"

„*Greetsieler Glockenspiel*."

4

Greven badete nicht mehr so häufig wie im ersten Jahr nach der Operation. Einerseits hatte ihn sein Arzt ermahnt, seine Haut zu schonen, andererseits hatten die Schmerzen in seinem Knie seit einiger Zeit wieder spürbar nachgelassen. Doch an diesem Abend brauchte er, ungeachtet der sommerlichen Temperaturen, ein heißes Bad, denn sein Knie hatte sich nach längerer Pause zurückgemeldet.

Sein zerschossenes und wieder zusammengeflicktes Knie. Seit letztem Sommer eilte ihm der Ruf voraus, mordfühlig zu sein, so wie andere verheilte Verletzungen sich als wetterfühlig erweisen. Zwar wussten seine Kollegen, und Greven ohnehin, dass paranormale Eigenschaften dieser Art zur Kategorie „Mythen des Alltags" zählten, doch merkwürdig war es schon, dass sich sein Knie ausgerechnet heute meldete.

Greven betrachtete die Narben, die sein Knie überzogen. Als wären die Chirurgen große Patchworkfans gewesen, hatten sie die Haut aus mehreren Flicken über ihrer eigentlichen Arbeit zusammengesetzt. Einer dieser Hautflicken war etwas dunkler, ganz so, als hätte er mit den anderen nichts zu tun. Doch es war seine Haut. Allem gegenteiligen Anschein zum Trotz. Die Hautflicken gehörten zusammen, zwar getrennt durch Operationsnarben, aber dennoch ein geschlossenes Ganzes bildend.

Je länger er im Wasser lag und mit den wenigen Fakten jonglierte, je länger er sein Knie betrachtete, umso intensiver rang er mit einer Idee, die er einem geleerten Bilderrahmen zu verdanken hatte. Mitten in seine Gedankenspiele hinein reichte ihm Mona ein eiskaltes Glas Veuve Clicquot. Er hatte sie gar nicht kommen hören und zuckte zusammen, als das langstielige Glas, auf dem sich sofort der Wasserdampf niederließ, vor seinen Augen auftauchte. Mona ließ sich auf dem Hocker neben der Wanne nieder.

„Auf die Ausstellung und auf Jann", sagte sie.

Vor ziemlich genau einem Jahr hatte Greven in der Wanne gelegen und auf einen seiner Freunde das Glas erhoben. Auf den ermordeten Harm Claasen. Sonderbarerweise dachte er an ihn, als der Champagner in seiner Kehle prickelte. Mona leerte ihr Glas langsam, aber in einem Zug. Ihr war anzusehen, wie sehr ihr der Tod ihres Kollegen zugesetzt hatte.

„Sag mal, wie hat Jann gearbeitet, ich meine, wie hat er gemalt?"

„Das weißt du doch. Mit Öl. Ausschließlich mit Schwarz und Weiß. Er war ein ... ein Manierist, ein Pinselakrobat, ein später Epigone der alten Meister, ein ..."

„Das meine ich nicht, Mona. Woher hatte er seine Motive? Seine Bilder sehen auf den ersten Blick wie Schwarzweißfotos aus. Hat er vielleicht auch Schwarzweißfotos als Vorlagen benutzt?"

„Zum Teil schon, ja, aber die Motive in den Spiegeln, die hat er natürlich konstruiert. Die Politik war sein großes Thema, weißt du, und seine Kritik, die hat er in den internen Spiegelbildern zum Ausdruck gebracht."

„Bush und Hussein Arm in Arm. Der geteilte Autorückspiegel."

„Zum Beispiel. Aber bei diesem Bild ist das Spiegelbild noch leicht zu erkennen, weil der Spiegel plan ist. Bei den anderen Bildern sind die Spiegelbilder verzerrt. Anamorphose nennt man diese Art der Darstellung. Vielleicht kennst du das Bild *Die Gesandten* von Holbein, mit dem Totenschädel. Auch Dalí hat Anamorphosen gemalt. Erfunden hat sie allerdings Leonardo da Vinci."

„Man lernt doch nie aus", sagte Greven und hielt Mona sein leeres Glas hin. „Anamorphosen, okay, aber auf einigen der Bilder konnte ich gar nichts Gegenständliches erkennen."

„Doch, du kannst", versicherte Mona, „du musst nur die richtige Position wählen."

„Kein Problem", schmunzelte Greven.

„Ich meine gegenüber dem Bild", grinste Mona.

„Ach so. Und wie krieg ich die raus?"

„Indem du dich bückst, dich seitlich neben das Bild stellst, kommt ganz darauf an. Das muss man einfach ausprobieren. Hast du aber die richtige Position gefunden, kannst du das gespiegelte Bild erkennen."

„Klingt wirklich manieristisch“, kommentierte Greven.

„Ist es auch. Und noch dazu ästhetisch fragwürdig.“

„Wegen Bush und Saddam? Als Fundamentalistenfreunde? Was stört dich daran?“

„Deswegen nicht. Sondern weil Jann seine Kunst in den Dienst einer Weltanschauung, einer politischen Überzeugung gestellt hat. Seine Kunst ist nicht autonom, verstehst du?“

Greven brummte: „Die alte Diskussion über das engagierte Kunstwerk. Sartre, Adorno und so weiter.“

„Genau. Und Jann hat meiner Ansicht nach die Kunst zu einem bloßen Mittel degradiert. Er hat nicht um ihretwillen gemalt. Seine Bilder sind, negativ formuliert, kunsthandwerklich aufgeblasene, politische Karikaturen.“

„Eher doch wohl Plakate. Bei dem Format.“

„Plakate. Du triffst den Nagel auf den Kopf. Letztendlich sind es politische Plakate. Eine Mischung aus John Heartfield, Klaus Staeck, Rembrandt und Herlinde Koelbl.“

„Ich dachte, ihr wart so was wie Freunde? Jetzt machst du ihn aber ganz schön nieder.“

„Das hat doch damit nichts zu tun“, empörte sich Mona, „ich kann doch trotzdem seinen Stil und seine Bilder kritisieren!“

„Sorry, du hast natürlich Recht“, gestand Greven ein und hielt ihr erneut und mahnend sein leeres Glas vor die Nase.

„Das hätte ich fast vergessen“, musste sie eingestehen und griff zur Flasche mit dem orangefarbenen Etikett.

„Sag mal, Mona, was war denn nun eigentlich auf dem gestohlenen Bild zu sehen? Ich meine, auf dem Spiegelbild der Fahrradglocke?“

„Keine Ahnung.“

„Aber du hast es doch gesehen?“

„Hab ich auch. Gleich nach dem Aufhängen. Es war eines der letzten Bilder, die er gemalt hat. Aber Zeit, die richtige Position zu suchen, hatte ich nicht. Wir sind ja alle anschließend zur Mühle gegangen.“

„Aber es gibt doch bestimmt Fotos von dem Bild?“

„Jedenfalls nicht im Katalog. Das ist den Veranstaltern einfach zu teuer. Jann hat, soweit ich weiß, nur selten selbst Fotos von seinen Bildern gemacht oder machen lassen. Um darauf was zu erkennen, hätte man sie auf ein stattliches Format vergrößern müssen. Bleiben wahrscheinlich nur die Pressefotografen."

Greven lehnte sich in der Wanne zurück und schloss für einige Sekunden seine Augen.

„Und jetzt erklär mir mal was", sagte Mona. „Was soll eigentlich diese Fragerei? Lass doch mal los! Den Diebstahl werden deine Kollegen vom Raub schon klären. Und falls nicht, zahlt die Versicherung, an wen auch immer. Weißt du was, ich mache noch eine von diesen eisgekühlten Witwen auf, und wir wechseln das Thema, okay?"

„Mona", begann Greven und sprach langsam und ruhig, „das Bild hat kein Souvenirjäger gestohlen, auch kein Amateur, der ein paar Euro machen will."

„Wer sonst?"

„Janns Mörder, wenn ich nicht völlig daneben liege."

„Ich hab's ja schon geahnt. Der Herr Hauptkommissar findet keine Ruhe, ehe er nicht jeden – wie heißt das im Amtsdeutschen, unnatürlichen Tod? – als gemeinen und heimtückisch begangenen Mord entlarvt."

„Beruhige dich Mona, bislang ist es nur eine Idee, mehr nicht."

„Und wer hat dich zu dieser absurden Idee inspiriert? Wahrscheinlich hast du einen Tipp aus dem Jenseits bekommen, übermittelt von dieser Woltke. Die Argumente, mit denen sie dich überzeugt hat, waren ja auch unübersehbar!"

„Sie hat nur hallo gesagt und dein Gordum-Bild gelobt. Mehr nicht. Jann ter Fehn hat sie mit keinem Wort erwähnt."

„Wozu auch. Bei der gut gefüllten Bluse und dem Augenaufschlag. Viel mehr muss man bei dir ja wohl nicht bieten!"

Greven kannte Monas Eifersuchtsattacken nur zu gut, und die alles andere als hässliche Esoterikerin war ihr schon lange ein Dorn im Auge. Sie hatte ja auch was. Zumindest für seine Augen. Das war jedoch schon alles. Ebenso bezweifelte er, dass Thea Woltke ein ernsthaftes Interesse an ihm hatte. Aber wie das Mona beibringen?

„Und ob, Mona, und ob. Darum liege ich auch mit dir in der Wanne, und nicht mit ihr."

„Wieso mit …?"

Er packte sie und zog sie zu sich in die Wanne. Ein nicht unerheblicher Teil des Badewassers, vermischt mit verschiedenen ätherischen Ölen, trat dabei über die Ufer, suchte an den Fliesen, den Tapeten, der Holzdecke Halt, spielte blanker Hans mit dem Läufer vor der Wanne. Land unter.

Mona bekam keinen Ton heraus, denn Greven hielt ihr mit seinen Lippen den Mund zu, so lange, bis sie nachgab und den Kuss erwiderte. Patschnasse Kleidungsstücke, nicht ohne Mühe vom Körper gestreift, leisteten kurz darauf dem Läufer Gesellschaft, während in der Wanne der Kampf mit anderen Mitteln fortgesetzt wurde. Erneut wurde Wasser in die Flucht geschlagen, wenn auch nicht so viel wie bei der ersten Angriffswelle. Der Sieger war nur schwer zu ermitteln. Falls überhaupt.

Dann, nachdem sich die Wogen wieder geglättet hatten, saßen sie sich gegenüber, lachten, streichelten sich, vergaßen Greetsieler Esoterikerinnen und deren Blusen. Nur Grevens Idee vergaßen sie nicht.

„Aber Gerd, dann müsste ja einer von uns … Also da hast du dich wirklich in was verstiegen. Ich sage dir, es war ein Unfall. Ich war doch dabei. Und komm mir bloß nicht mit deinem Knie. So, wie du heute auf dem Erstklässlerstuhl gesessen hast, muss es ja wehtun. Und außerdem, warum klaut dein Mörder einen Tag nach seiner Tat und während der Eröffnung eines von den Bildern seines Opfers? Das wäre doch das Allerblödeste, was er tun könnte."

„Es sei denn, er musste es stehlen."

Mona machte ein Gesicht, das jede Frage erübrigte.

„Weil das Spiegelbild ein Motiv im doppelten Sinn ist", sagte Greven. „Es zeigt nämlich auch das Motiv für den Mord und vielleicht sogar den Mörder selbst."

„Und warum hat es dein Mörder nicht schon eher geklaut, sondern quasi vor Publikum?"

„Weil er erst heute Morgen die Position gefunden hat, den richtigen Standpunkt für die richtige Perspektive, um diese …

na … Anamorphose, dieses Spiegelbild zu erkennen. Vielleicht sogar rein zufällig. Stell dir vor, er tritt ahnungslos vor das Bild, geht in die Knie, um sich den Schuh zuzubinden, sieht auf und hat plötzlich ein gewaltiges Problem. Von einer Sekunde zur anderen wird ihm klar, was auf dem Bild wirklich zu sehen ist, und er weiß, dass er dieses Bild sofort beseitigen muss. Sofort. Denn wenn jemand anderes auch sieht, was er gesehen hat, wird aus dem tragischen Unfall im selben Augenblick ein perfider Mord. Er wartet ab, bis der Raum leer ist, wirft einen Blick in den Gang, holt sein Schweizer Messer aus der Tasche, schneidet in wenigen Sekunden die Leinwand aus dem Rahmen, faltet sie und stopft sie in irgendeine Tasche oder lässt sie in seinem Jackett unter seinem Arm verschwinden. Fünfzehn Sekunden. Gar nicht mal ein so großes Risiko. Jedenfalls ein weitaus geringeres, als das Bild hängen zu lassen."

„Hm", brummte Mona, „rein theoretisch hätte sich das natürlich so abspielen können. Trotzdem klingt das für mich doch sehr konstruiert. Und noch mal, auch auf die Gefahr hin, dass ich mich wiederhole: Ich war in der Mühle dabei. Mir ist nicht das Geringste aufgefallen, was auf einen Mord hingedeutet hätte."

„Das mag sein", entgegnete Greven, „lassen wir diesen Punkt mal offen. Janns Tod und der Kunstdiebstahl hängen jedenfalls für mich zusammen. Du weißt ja, ich traue dem Zufall nicht. Das Bild musste weg, weil es den Beweis geliefert hätte, dass der Unfall keiner war. Darum dieses Bild, und darum zu diesem Zeitpunkt."

„Wie willst du das beweisen?"

„Wir brauchen das Bild, ich meine, wir brauchen ein Foto von dem Bild. Wenn wir in seinem Atelier keines finden, irgendeiner der Journalisten wird doch ein Foto gemacht haben, das halbwegs scharf ist und sich vergrößern lässt. Dann wird sich ganz schnell herausstellen, ob sich mein Knie geirrt hat oder nicht. Außerdem werde ich mir morgen von Sanders das Protokoll geben lassen."

„Sei mir nicht böse, Gerd, aber diesmal kann ich dir nicht folgen. Wer sollte denn Jann ermorden? Und wenn ich dich richtig verstanden habe, auch noch vorsätzlich?"

„Du hast doch immer gesagt, er sei so eine Art Enfant terrible der ostfriesischen Kunstszene, ein Politprovokateur, eine Einmannopposition. So jemand muss doch Feinde gehabt haben."

„Na ja, mit seinen Aktionen und Bildern hat er sich bei Politikern nicht gerade beliebt gemacht. Er hat sich zum Beispiel nie mit einem zusammen fotografieren lassen. Bei der Eröffnung der Neujahrsausstellung in Oldenburg vor zwei Jahren hat er sich geweigert, mit dem Ministerpräsidenten aufs Bild zu kommen. Das würde seinem guten Ruf schaden, war seine Begründung. Außerdem war in der Ausstellung ein Bild von ihm zusehen, auf dem die übliche Politprominenz aus ihren schwarzen Autos steigt. *Kotzende Karossen* war der Titel. Das ist damals ganz schön durch die Presse gerauscht. Und seine lautstarken Statements gegen das Emssperrwerk und die Meyer-Werft haben ihm bei so manchem Politiker auch keine Sympathiepunkte eingebracht. *Emsige Guillotine* hat er ein Bild vom fertigen Sperrwerk genannt, und ich brauche dir nicht zu sagen, wie das Sperrwerk auf dem Bild ausgesehen hat. Also, Feinde hat sich Jann bestimmt gemacht. Aber doch keine Todfeinde."

„Vielleicht aber doch", entgegnete Greven. „Ich werde auf jeden Fall ..."

„... das Bad wischen", lächelte Mona, erhob sich und angelte ein Handtuch von einem der Haken, „denn eins steht mit Sicherheit fest: Für diese Springflut hier bist du verantwortlich. Die nassen Sachen bitte ins Wäschezimmer. Ich geh mich anziehen."

5

Das Protokoll gab nicht viel her. Im Prinzip hatte jeder der Zeugen ausgesagt, nichts außer einem vorbeihuschenden Schatten gesehen zu haben, und damit hatte sich Sanders begnügt. Jann ter Fehn, so das Resultat seiner Untersuchung, hatte sich über das unmissverständliche Verbot des Müllers hinweggesetzt, während des Mahlbetriebs die Galerie zu betreten, war unbemerkt durch die geöffnete Tür des Pellsöllers getreten, unmittelbar darauf von einem der Flügel erfasst worden und an den Folgen des Sturzes noch am Unfallort gestorben. Ein klares Eigenverschulden des Unfallopfers. Fremdeinwirkung ausgeschlossen. Datum. Unterschrift. Zu den Akten.

Eine Skizze des Unfallortes, also des Pellsöllers und der Galerie, auf dem der genaue Standort jedes Zeugen eingezeichnet war, fehlte. Dabei wusste jedes Mitglied der Mordkommission, dass Sanders stets große Mengen Millimeterpapier mit sich führte, auf dem er bei Bedarf wissenschaftlich fundierte Profile möglicher Täter in Form von Balkendiagrammen anfertigte. Greven kannte diese Methode von verschiedenen Lehrgängen und hatte schon vor Jahren beschlossen, doch lieber ohne Millimeterpapier und sorgsam gezeichnete Bauklötzchen seine Täter zu ermitteln. Sanders hingegen konnte nur mit. Doch ausgerechnet in diesem Fall, wo eine sofort erstellte Skizze für spätere Fragen von größter Bedeutung gewesen wäre, hatte er sein Millimeterpapier nicht benutzt.

Greven las die Aussagen ein zweites und ein drittes Mal, fand aber keinerlei verwertbare Hinweise. Die wenigen protokollierten Sätze reichten nicht aus, die Standorte der Zeugen nachträglich zu bestimmen. Die Zeichnung, die er vom Pellsöller der Mühle, die er seit Kindertagen kannte, vorbereitet hatte, blieb ohne Zahlen und den dazugehörigen Namen.

Musste denn ausgerechnet Axel Sanders am Samstag Dienst gehabt haben? Hätte es nicht Wencke Tydmers sein können? Die hätte Jann ter Fehns Tod bestimmt nicht nach fünf Minuten zu den Akten gelegt wie dieser Millimeterpapiertiger, dachte Greven und freute sich insgeheim über die bevorstehende Versetzung Sanders' nach Juist. Die üblichen Buschtrommeln hatten es längst unüberhörbar verkündet.

Greven klappte den grauen Pappdeckel zu und machte sich auf den Weg zu den Kollegen vom Raub. Aber er kam nicht weit, denn im Gang traf er auf Herbert Pütthus, der für den dreisten Kunstraub in Greetsiel zuständig war. Ein relativ kleiner Mann, Anfang fünfzig, aber mit vollem Haar, das ihm bis auf die Schultern reichte und ihm, bei entsprechendem Gesichtsausdruck, die Aura eines Künstlers oder Intellektuellen verlieh. Dabei war er ein bodenständiger Ostfriese, dessen Eltern in der Westermarsch einen Gulfhof besaßen, ein routinierter und zuverlässiger Arbeiter, der sich von seinem Job nicht hatte überwältigen lassen. Noch nie hatte Greven von ihm einen humorfreien Satz vernommen.

„Hab schon gehört", begann Pütthus ohne vorherigen Gruß, „du hast ein gesteigertes Interesse an dem Fall." Sein Tonfall klang, wie so oft, nach subtiler Ironie.

„Welcher Fall?", entgegnete Greven ebenso grußlos und mit ähnlichem Tonfall.

„Der Fall von der Mühle."

„Von der Mühle? Den Namen hab ich noch nie gehört. Wer hat dir das denn erzählt?"

„Dein lieber Kollege Axel Sanders", grinste Pütthus.

„Wie kommt der bloß immer auf diese Ideen?"

„Kann ich dir auch nicht sagen", fuhr Pütthus fort, „aber er verkündet jedem, der es hören will, du wolltest aus seinem wunderschönen, sauberen Unfall vom Wochenende einen kleinen, hässlichen Mordfall konstruieren und ihm gewaltig vor den Koffer scheißen. So kurz vor seiner mehr als verdienten Beförderung. Wie unkollegial."

„Das würde ich nie ohne Grund tun", parierte Greven trocken. „Im Gegenteil, es dürfte doch allgemein bekannt sein, dass ich seine Arbeit eigentlich so gut wie fast nie umfassend in Frage stelle."

„Das hab ich ihm auch gesagt", betonte Pütthus, „nicht ganz so schön formuliert, aber ich hab ein gutes Wort für dich eingelegt. Is' ein bisschen im Stress, der liebe Sanders. Wird wohl an seiner bevorstehenden Seereise nach Juist liegen. Die letzte soll ihm ja gar nicht gut bekommen sein."

„Das hab ich auch gehört", stimmte ihm Greven zu, „ist ja auch 'ne weite Reise und 'ne gefährliche Insel."

„Wo du Recht hast, hast du Recht."

„Und jetzt wäre ich dir dankbar für ein paar völlig harmlose Informationen zum Kunstraub in Greetsiel. Was habt ihr inzwischen rausgefunden?"

„Nichts", gestand Pütthus ein und änderte seinen Tonfall leicht, wenn auch nicht gänzlich. „Jede Menge Fingerabdrücke auf dem Bilderrahmen und den Stellwänden, aber fast alle von Jann ter Fehn. Deine und die von Mona haben wir natürlich auch gefunden. Und dann noch die von zwei anderen Malern und drei noch nicht identifizierte Abdrücke. Die können aber auch von arglosen Besuchern stammen. Wäre ja nichts Ungewöhnliches bei so einer großen Ausstellung. Unwahrscheinlich, dass wir die identifizieren können."

„Das ist alles?"

„Das ist alles. Fußspuren konnten wir keine mit Gips ausgießen, seine Haare hat der Täter wohl für sich behalten, vielleicht hatte er auch gar keine, und Zeugen konnten wir auch nicht auftreiben."

„Wirklich keine Zeugen? Keinem ist eine große Tasche oder eine ausgebeulten Jacke aufgefallen?"

„Keine Zeugen. Tut mir leid. Und wenn du dich auf den Kopf stellst. Aber vielleicht meldet sich noch einer. Du weißt ja, manche brauchen da ein bisschen. Ich halt dich auf dem Laufenden. Grüß Sanders von mir. Ich muss dich nun verlassen. Ich werde in der Kantine als Vorkoster erwartet."

„Und wie heißt die heutige Henkersmahlzeit?"

„Bohnen mit irgendwas."

„Mein Beileid", brummte Greven, hob die rechte Hand zum Dank und folgte dem Gang, in der linken die Akte, die er zurück in Sanders' Büro bringen musste. Ebenso wortlos trabte Pütthus davon, still und unbemerkt in sich hineinschmunzelnd.

Greven überlegte sich alle möglichen Entgegnungen auf Sanders' zu erwartende Reaktion, beschloss dann aber, nach

Möglichkeit gar nichts zu sagen. Sollte der doch denken, was er wollte. Sollte er doch die Skepsis an seiner Arbeit werten, wie er wollte. Sollte er doch seine Eitelkeiten pflegen. Sanders' Tage in Aurich waren gezählt. Ein letztes Gefecht mit ihm würde nur Energie kosten, die Greven an anderer Stelle viel sinnvoller investieren konnte. Er öffnete die Tür, machte zwei Schritte, legte die dünne Akte auf seinen Schreibtisch, hinterließ noch ein neutrales „Danke", und machte auf dem Absatz kehrt. Sanders, der schon seinen Finger zur Vorwurfsgeste erhoben und den Mund bereits geöffnet hatte, blieb stumm zurück.

Greven hätte wetten können, dass er ihm folgen würde. Doch keine Tür und keine ihm nacheilenden Schritte waren zu hören. Wahrscheinlich war Sanders von Grevens Minimalreaktion so irritiert, dass er erst sein Millimeterpapier befragen musste, wie dieser Auftritt zu interpretieren sei.

Greven hätte die Wette gewonnen. Denn er hatte gerade die Hälfte des Weges hinter sich, als doch schnelle Schritte durch den Gang hallten. Er beschloss, sich einholen zu lassen, so zu tun, als bestünde kein Grund, mit Sanders zu rechnen.

„He, Greven!", rief sein Verfolger. „Warten Sie mal schnell, Greven!"

Greven machte noch zwei Schritte, dann wandte er sich um: „Für Sie warte ich auch langsam, Sanders. Wo brennt's denn?"

„Lassen Sie den Quatsch. Was ist mit meinem Bericht? Was passt Ihnen daran nicht?"

Greven überlegte kurz, ob er nicht doch auf Konfrontationskurs gehen sollte, blieb aber bei seinem Entschluss, sich nicht auf ein letztes Gefecht mit Sanders einzulassen: „Im Prinzip nichts. Scheint mir allenfalls etwas mager ausgefallen zu sein. Wirft vielleicht die eine oder andere Frage auf. Aber sonst ...", gab sich Greven gelassen und blickte seinen Kollegen unbeeindruckt an.

„Das ist alles?"

„Komisch. Diese Frage habe ich Herbert Pütthus gerade auch gestellt", antwortete Greven. „Ja, das ist alles."

„Das ist nicht alles. Da steckt doch mehr dahinter. Ich kenne Sie doch. Außerdem hat Jaspers heute Morgen in der Kantine so merkwürdige Andeutungen gemacht."

„Hat er das?"

„Hat er", lächelte Sanders überlegen. „Aber diesmal täuschen Sie sich. Der Tod von Jann ter Fehn war ein Unfall. Ohne Wenn und Aber. Daraus stricken Sie keinen Mord. Der Mann hatte selber Schuld. Da hat niemand nachgeholfen, und wenn Sie die Mühle in sämtliche Einzelteile zerlegen. Wenn ich Ihnen einen Rat geben darf: Konzentrieren Sie Ihre Aktivitäten auf den Hotelmörder, anstatt sich in die Arbeit anderer einzumischen. Das ist jetzt schon das dritte Mal, dass Sie versuchen, mir ins Handwerk zu pfuschen. Zweimal hab ich das geschluckt, aber diesmal nicht. Habe ich mich verständlich ausgedrückt?"

„Aber Herr Sanders", konterte Greven ruhig, „ich habe Ihnen doch nicht ins Handwerk gepfuscht, ich habe nur vorsichtig Kritik geäußert, und wie sich gezeigt hat, war sie auch berechtigt. Was den Tod von Jann ter Fehn betrifft, so geht es mir lediglich darum, eine Ahnung, besser gesagt, eine Alternative zu überprüfen. Es könnte nämlich durchaus sein, ich wiederhole, es könnte sein, dass …"

„… dass Sie ins Klo gegriffen haben. Vielen Dank für die freundliche Belehrung, aber mit dem Konjunktiv bin ich durchaus vertraut. Ein Knie, das Morde fühlt. Über derartige Erkenntnismethoden dürfte selbst die ostfriesische Kriminalistik weit hinaus sein. Und der Kunstraub hat mit dem Unfall nur insofern etwas zu tun, als irgendein Spinner sich schnell und günstig ein Bild von dem frisch verstorbenen Künstler besorgen wollte. Mehr nicht! Okay? Akzeptieren Sie das, finden Sie Ihren Hotelmörder und unterminieren Sie nicht meine Kompetenz! Guten Tag."

Ohne Grevens Entgegnung abzuwarten, wandte sich Sanders ab und marschierte davon. Wieder hallten schnelle Schritte durch den Gang, dann fiel eine Tür ins Schloss, nicht sehr laut, aber auf der Sanders-Skala war es schon ein mittleres Erdbeben. Sanders hatte sich Luft gemacht wie lange nicht mehr. Greven hatte immer damit gerechnet, nun war es geschehen. Der passende Anlass und der richtige Zeitpunkt waren gekommen. Die in greifbare Nähe gerückte Beförderung mochte ihm zusätzlichen Mut gegeben haben, dem neuen

Kollegen, der ihm plötzlich und aus Hamburg kommend vor die Nase gesetzt worden war, wenigstens einmal die Meinung zu geigen. Einem Kollegen, den er wahrscheinlich vom ersten Tag an als überheblich empfunden hatte, der sich nicht wie er hatte hochdienen müssen, der in einer großen Stadt eine große Nummer gewesen war und große Fälle gelöst hatte, Fälle, die mit den hiesigen kaum etwas gemein hatten, die ihm Fernsehauftritte und Zeitschriftenbeiträge eingebracht hatten. So etwa stellte sich Greven das Bild vor, das Sanders von ihm haben musste. Ein in die Provinz abgeschobener Krüppel, der den Frust über den Knick in seiner Karriere an seinen braven Kollegen ausließ.

Greven verließ zögernd den Gang und kehrte in sein Büro zurück. Auf dem Schreibtisch herrschte wieder einmal eine eruptive Ordnung aus sich rechts und links stapelnden Akten. An der grünen Schautafel hingen die Bilder des ermordeten Hoteliers und die Namen seiner möglichen Mörder. Greven sah auf die Zeichnung vom Pellsöller, die er am Vormittag angefertigt hatte. Daneben lagen die aktuellen Zeitungsberichte vom Unfalltod Jann ter Fehns und vom Diebstahl eines seiner Bilder am Eröffnungstag der *Greetsieler Woche*. Schlagzeilen, die ohne das Wort Mord auskamen. Dafür hatte eine der Zeitungen ein Foto abgedruckt, ein Foto von dem Klassenzimmer, in dem Jann ter Fehns Bilder ausgestellt waren, aufgenommen vor dem Diebstahl. Das verschwundene Bild war also zu sehen, auch wenn Greven lediglich die Umrisse der Fahrradglocke erkennen konnte. Er schnappte sich das Telefonbuch, suchte die Nummer der Redaktion und ließ sich mit Bönhase verbinden. Dann kramte er aus seiner Brieftasche einen Zettel, auf den Mona die Adresse von Jann ter Fehns Atelier notiert hatte. Dornum. Minna-Schönberg-Str. 8.

6

Als Greven die grüne Holztür öffnete und den großen, lichtdurchfluteten Raum betrat, huschte ein Lächeln über sein Gesicht. Der Anblick, der sich ihm bot, ließ nur eine Erklärung zu und war für ihn die Bestätigung seines Verdachts, der vorzeigbare Beweis, den er brauchte, um mit einer offiziellen Ermittlung beginnen zu können. Für einen kurzen Moment dachte er an Sanders, stellte sich seinen erstaunten, leicht geöffneten Mund vor, den Zorn in seinem Blick. Vor den Koffer scheißen, hatte er gesagt. Genau das konnte er jetzt haben.

Das Atelier war nicht nur durchsucht, es war regelrecht durchwühlt worden. Greven war ein erfahrener Experte für durchsuchte Wohnungen, er hatte die verschiedenen Methoden studiert und konnte anhand bestimmter Spuren nicht nur auf das Objekt der Begierde, sondern auch auf den Täter schließen, er konnte aber auch erkennen, ob die Suche nur inszeniert worden war, um einen Einbruch vorzutäuschen, etwa um einen Mord dem berühmten großen Unbekannten in die Schuhe zu schieben. Selbst den Weg des Täters konnte er in vielen Fällen nachvollziehen. Diese spezielle Kenntnis hatte er sich in Hamburg und Frankfurt als Leiter verschiedener Sonderkommissionen angeeignet, vor allem in den Wohnungen und Büros von Politikern, Aufsichtsräten und Waffenschiebern, denen kurz vor Erscheinen der Polizei wichtige Akten abhanden gekommen waren, die höchst sonderbare Diebstähle zur Anzeige brachten oder nach einem Einbruch plötzlich ihre Bücher vermissten.

Das Atelier war eine kleine, umgebaute Scheune, keine fünfhundert Meter von ter Fehns Wohnung entfernt, die nicht angetastet worden war. Das wäre für den Täter auch nur schwer möglich gewesen, denn die Wohnung befand sich in einer Art Hausgemeinschaft. Ein Einbruch oder eine Durchsuchung wären dort sofort bemerkt worden.

Das Atelier jedoch war ein freistehendes Gebäude, durch Holunderbüsche und einige Erlen vom Dorf gut abgeschirmt.

Wahrscheinlich hatte sich ter Fehn genau aus diesem Grund für die Scheune entschieden. Außer seiner Haushälterin, die auch seine Wohnung versorgte, und ab und zu einem Spaziergänger kam hier kaum jemand vorbei. Geradezu ideal für jemanden, der ungestört und ohne Rücksicht auf entstehende Geräusche alles auf den Kopf stellen wollte.

Greven suchte zuerst nach dem Einstieg des Täters. Die Tür, die er gerade mit dem Schlüssel der wortkargen Haushälterin geöffnet hatte, war jedenfalls intakt. Das Schloss und die Zarge wiesen keinerlei erkennbare Beschädigungen auf. Vorsichtig bahnte er sich einen Weg durch die aufgeschlagenen Bücher und Papiere, die verstreut auf dem Boden lagen. Die hintere Tür war verschlossen und sah auf den ersten Blick ebenfalls intakt aus. Also die Fenster. Die großen Atelierfenster im Dach, die ter Fehns Staffeleien mit Licht versorgten, schienen unberührt zu sein. Und die Seitenfenster? Alle sechs ging Greven ab, alle sechs waren nicht ordnungsgemäß verschlossen. Es waren alte Scheunenfenster aus Eisen mit halbrundem Oberlicht, die wunderbar zu dem alten, restaurierten Gebäude passten, aber keinerlei Sicherheit boten. Wahrscheinlich war der Täter durch eines von ihnen eingedrungen.

Greven stellte sich vor die drei Staffeleien, deren Größe ihm von Monas Atelier vertraut war, und auf denen halbfertige Bilder standen. Hier war der einzige Platz in dem Atelier, das den gesamten Innenraum der Scheune einnahm, der nicht mit Blättern, Büchern, Farbtuben, Pinseln, Zeitungen, Zeitschriften, CDs, Ordnern, Fotos, Kleidungsstücken und allen möglichen anderen Gegenständen übersäht war.

Neben den Staffeleien stand ein Notenständer, der dem Auge große Schwarzweißfotos entgegenhielt. Fotos von Gegenständen mit spiegelnden, reflektierenden Oberflächen, von verchromten Stoßstangen, Objektiven von Fernrohren, geöffneten Taschenuhren oder von einem in der Hand gehaltenen Taschenspiegel. Vorlagen also für die eigenwilligen Bilder. Greven nahm an, dass ter Fehn die Fotos extra für diesen Zweck aufgenommen und vergrößert hatte. Mit spitzen Fingern blätterte er die Fotos durch und hatte tatsächlich Glück. Wieder huschte ein Lächeln über sein Gesicht. Das achte Foto war die

Nahaufnahme einer großen holländischen Fahrradglocke. Das Motiv des gestohlenen Bildes. Greven fingerte es vorsichtig heraus und versuchte, das von der Glocke reflektierte Bild zu erkennen. Als seine Augen nach kurzer Übung Zugang zu der Verzerrung erlangt hatten, konnte er etwas Schemenhaftes erkennen. Er spürte seinen Herzschlag. Es schien eine große dunkle Öffnung zu sein, ein Brunnen, ein großes Rohr oder ein Fass, umgeben von etwas Rechteckigem. Er kippte das Foto und hielt es schräg vor seine Augen. Über dem Rechteckigen konnte er etwas Dickes, Wurstartiges ausmachen, vielleicht ein … ein menschlicher Finger? Er veränderte nochmals die Lage des Fotos. Es war tatsächlich ein Finger! Und zwar der des Fotografen, der gerade auf den Auslöser drückte, um die Glocke als Motiv für ein späteres Bild zu fixieren. Die große, dunkle Öffnung war das Objektiv einer Spiegelreflexkamera.

Kurz musste Greven über sich selber schmunzeln, über die vage Idee, auf dem gerade entdeckten Foto nicht nur das Motiv des Bildes, sondern auch das der Tat zu entdecken. Dabei hatte ihm Mona doch erklärt, dass ter Fehn die reflektierten Motive frei und ohne Vorlage gestaltete. Ter Fehnschen Reflexionismus hatte der Maler seinen Stil genannt. Außerdem hätte der Täter, der sich so viel Mühe gemacht hatte, das Foto mit Sicherheit verschwinden lassen, wenn es belastend gewesen wäre. Greven steckte es zurück zwischen die anderen.

Das Atelier nach weiteren Spuren und Hinweisen zu durchsuchen, hatte keinen Zweck, solange die Spurensicherung ihre Arbeit nicht getan hatte. Ohnehin hatte er den Eindruck, dass der Täter fündig geworden war. Nur einige Buchreihen in den Regalen hatte er unangetastet gelassen, den Rest der spärlichen Einrichtung hatte der Täter über den Boden verstreut. Auf einer einzelnen Herdplatte stand ein Wasserkessel, daneben wartete ein völlig deplaziert wirkendes, sauberes Teegeschirr auf seinen Einsatz, an einem alten Kleiderständer hingen verschiedene Arbeitskittel, neben einem CD-Player, überzogen mit Farbspritzern und ölfarbenen Fingerabdrücken, stand ein altes Saba-Röhrenradio mit Raumklanglautsprecher und magischem Auge. Greven war versucht, es anzuschalten, um zu hören und zu sehen, ob es tatsächlich noch funktionierte.

Stattdessen holte er sein Handy aus der Tasche und wählte die Nummer von Hansen, dem Chef der Spurensicherung, um ihn nach Dornum zu beordern. Mit wenigen Worten skizzierte er die Lage und bat ihn, sich zu beeilen, da er nicht lange auf ihn warten könne. Nach kurzem Zögern willigte Hansen ein. Greven ließ seinen Blick noch einmal durch das Atelier schweifen, dann stelzte er vorsichtig durch das Chaos zurück zur Vordertür, wo inzwischen die Haushälterin auf ihn wartete. Eine schlicht gekleidete, kleine Frau aus dem Dorf, um die sechzig, mit grauen Haaren, die unter einem grauen Kopftuch verschwanden.

„Hebben Se nu all sehn, wat Se sehn wullen?“, fragte die Frau nüchtern und öffnete eine Hand zum Empfang des Schlüssels.

„Sagen Sie mal, Frau ... wie war noch gleich Ihr Name?“

„Heeren, Alberta Heeren. Ik wohn in dat lüttje Huus achter de ...“

„Also, Frau Heeren, wann waren Sie zuletzt im Atelier von Herrn ter Fehn?“

„Vandaag, gliek na ’t Frühstück“, antwortete die Haushälterin.

„Und da war noch alles in Ordnung?“

„Daar hett noit wat in Örden west.“

„Ich meine, ist da noch alles an seinem Platz gewesen?“

„Wenn Se dat so sehn, denn was noch all in d’ Rieg.“

„Dann muss der Einbruch heute Vormittag stattgefunden haben“, dachte Greven laut und spielte bereits mit Möglichkeiten.

„Waar is inbroken worden?“ Die Frau erwachte plötzlich aus ihrer relativen Teilnahmslosigkeit.

„Na hier, im Atelier von Jann ter Fehn!“, erklärte Greven.

„Vandaag? Hier in sien Warkstee? Dat will ik sehn!“ Und ehe Greven reagieren konnte, hatte die kleine Frau die grüne Holztür aufgestoßen und das Atelier betreten.

„Bitte bleiben Sie draußen“, ermahnte er sie, „Sie könnten sonst Spuren vernichten.“

„Wat menen Se mit ‘Spuren’? All de Plünnen daar up d’ Deel? Dat sünd doch keen ‘Spuren’, dat sücht hier immer so ut!“

„Sie meinen …?“ Greven spürte plötzlich seinen Magen, als wäre er gerade einer Achterbahn entstiegen.

„Hier is ’t all up Stee, dat weet ik wiss“, nickte Frau Heeren und kontrollierte zur Sicherheit mit einigen Blicken den großen Raum.

„Wenn hier well west hett, würr ik dat marken. Und nu seh man to, dat du de Dreih kriggst. Dien Tied is um, ik mutt nu bi mien Nahber schoonmaken.“

Sie schob Greven aus der Tür, nahm ihm den Schlüssel aus der Hand und sperrte das Atelier zu. Widerstandslos ließ er sich diese Behandlung gefallen. Er fuhr sich mit der Hand durchs Gesicht, Daumen und Zeigefinger massierten kurz seine geschlossenen Augen, die er aber gleich wieder öffnete, um der resoluten Haushälterin einen Blick nachzuwerfen. Erst als sie der Biegung des schmalen, mit Klinkern gepflasterten Wegs gefolgt und im Grün der Büsche verschwunden war, zog er das Handy aus der Tasche. Es dauerte eine Weile, bis Hansen sich meldete.

„Mensch, Gerd, schneller geht’s wirklich nicht. Wir sind doch schon unterwegs. Ihr verlangt immer, dass wir so einen Einsatz aus dem Hut zaubern, aber ganz so einfach ist das nicht, glaub mir. Auch wir müssen ab und zu unseren Kram ersetzen, Berichte schreiben und in Ruhe einen Kaffee trinken. In fünfzehn Minuten, Gerd. Das wird doch wohl reichen!“

Greven hatte schon bei seinem ersten Anruf gemerkt, dass Hansen seinen schlechten Tag erwischt hatte. Umso schwerer fiel es ihm, dem Chef der Spurensicherung seinen Irrtum einzugestehen. Er holte tief Luft: „Tut mir leid, Heiko, aber ich fürchte, ich habe gerade Scheiße gebaut. Das Atelier ist doch nicht durchsucht worden. Ihr könnt wieder nach Hause fahren.“

„Du willst mich wohl verarschen? Wenn jemand so was auf den ersten Blick erkennt, dann bist du das.“

„Das dachte ich bis heute auch“, gestand er nicht nur Hansen ein. „Ich erklär dir alles später … und … ich … ich geb mal einen aus. Okay?“

Hansen antwortete mit einem zustimmenden, aber kühlen Brummen und legte auf. Greven ließ das Handy langsam zurück in die Brusttasche seines Hemdes gleiten.

„Scheiße, Scheiße, Scheiße!“ Er marschierte mit wütenden Schritten zu seinem Auto. Nicht nur, dass er sehr voreilig das Arbeitschaos des Toten falsch interpretiert hatte, nur weil diese Erklärung wunderbar zu seiner Mordtheorie passte, er hatte sich auch eine vermeidbare Blöße gegeben. Sanders würde nun ein ganz anderes Gesicht machen, wenn er von dem Fehlalarm erfuhr. Und das nicht ganz zu Unrecht. Denn die These von einer möglichen Ermordung Jann ter Fehns war in der letzten Stunde nicht gerade gestärkt worden.

Der Anblick des Ateliers und die Worte der Haushälterin verfolgten Greven während der ganzen Fahrt nach Greetsiel. Mit dem Gedanken, sich im Atelier noch einmal näher umzusehen, um eventuell doch noch einen Hinweis auf ein mögliches Motiv zu finden, hatte er nur kurz gespielt. Denn in dem Chaos nach etwas zu suchen, von dem er gar nicht wusste, was es eigentlich war, erschien ihm wie die Suche nach der berühmten Stecknadel im Heuhaufen. Das Atelier half ihm nicht weiter.

7

Die Mühle platzte aus allen Nähten, im Eingang drängelten sich Besucher und rangen um die Pole-Position. Greven musste seinen Ausweis, seine laute Stimme und viel Geduld einsetzen, um ins Innere zu gelangen, wo an einer zweiten Front um die Teilnahme an einer der nächsten Führungen gekämpft wurde. Mütter verwiesen keifend auf das zu bevorzugende Informationsbedürfnis ihrer Kinder, ein Rentner versuchte, sich mit seiner Krücke durchs Gewühl zu hebeln, während ein junges Pärchen im Jogger-Outfit getrennt an den Start ging, um seine Chancen zu verbessern. Das Mädchen an der museumsreifen Kasse, ordnungsgemäß in ostfriesische Tracht gezwängt, war hoffnungslos überfordert.

Einen derartigen Ansturm hatte Greven noch nicht erlebt, doch die Erklärung dafür war offensichtlich. Der außergewöhnliche Todesfall hatte für Schlagzeilen gesorgt und auch jene in die Mühle gelockt, die normalerweise für Müllerhandwerk und Mühlengeschichte wenig übrig hatten. Das gute Wetter und die *Greetsieler Woche* sorgten für den Rest. Im Dorf war jeder Parkplatz besetzt und jedes Zimmer belegt, und die Mühle war in dieses Tagen ein Muss.

Claas stand an der Treppe, die hinauf zum Mahlboden führte, und wartete offenbar auf die nächste Gruppe, die er durch seine Mühle schleusen musste. Er machte ein gelangweiltes Gesicht, ganz so, als ginge ihn die Drängelei an der Kasse nichts an. Vielleicht war er auch einfach nur genervt. Greven kannte Claas seit Kindertagen, denn die Mühle war einer seiner bevorzugten Spielplätze gewesen. Er war unwesentlich jünger als Greven und hatte vor ein paar Jahren, nach Lehre und Studium, die Mühle von seinem Vater übernommen. Von den Mühlenführungen, dem Mahlen von Biogetreide und einem kleinen Café konnte er ganz gut leben. Zumindest vermutete Greven dies. Zwar hatte Claas später nicht zur Clique gehört wie Harm, Karl, Margret, Anne oder Ralf, aber Greven hatte immer einen ganz guten Draht zu ihm gehabt.

„Moin, Claas“, sagte Greven, als es ihm endlich gelungen war, zu ihm vorzudringen. „Bei dir ist ja ganz schön was los.“

„Moin, Gerd“, erwiderte Claas. „Ich hab schon eher mit dir gerechnet, Herr Hauptkommissar.“

„Wie das?“, fragte Greven erstaunt und forschte in einem Gesicht, das mehr und mehr dem kantigen Müllergesicht des Vaters ähnelte.

„Du bist Greetsieler, du bist Polizist, du kennst die Mühle, du kennst mich, und deine Freundin gehört zu den Malern, die in der Schule ausstellen. Ach ja, und dein Kollege hat sich nicht lange aufgehalten. Der war gleich wieder weg. Hat mich sowieso gewundert, dass nicht gleich du gekommen bist. Aber mir war klar, dass du auf jeden Fall noch kommen würdest. Und jetzt bist’ ja da.“

Die Gewissheit und Unaufgeregtheit, mit der Claas seine Logik darlegte, verschlug Greven die Sprache. War er, waren seine Absichten wirklich so berechenbar, so durchschaubar?

„Weißt du denn auch den genauen Grund für meinen Besuch?“

„Kann ich mir schon denken“, antwortete Claas ruhig, während seine uniformierte Kassiererin die nächste Gruppe zum Abmarsch bereithielt. „Aber diesmal liegst du falsch. Das war ein Unfall. Eine ganz dumme Geschichte, mehr nicht. War mir klar, dass du noch einmal alles überprüfen würdest. Ist ja auch dein Job. Aber ich muss auch sehen, wo ich bleibe. In dreißig Minuten auf der Galerie. Dann habe ich kurz Zeit für dich.“ Mit diesen Worten nötigte er Greven die Treppe hinauf und wandte sich den Mühlenbegeisterten zu, um sie in sein Reich zu geleiten. Als Greven auf dem Mahlboden stand, begann Claas im Erdgeschoss mit seinem schon reichlich abgenutzt klingenden Vortrag. Wie oft mochte er ihn abgespult haben? Fünfhundertmal? Pro Jahr?

Die Galerie war menschenleer. Greven musste die Tür öffnen, um zu ihr zu gelangen. Offensichtlich hatte Claas sie nicht mit in die Führung einbezogen, was Greven gut verstehen konnte, da er die Meute unten gesehen hatte. Auf einen zweiten Unfall war Claas bestimmt nicht scharf. Greven schloss die grüne Tür hinter sich und drehte eine Runde auf den dicken Holzplanken, deren Zwischenräume einen Blick in die Tiefe gewährten. Schon als Kind hatte ihn dieser Blick fasziniert. Sah man nach oben, demonstrierte der Achtkant seine Größe. Auf ihm thronte die Kappe mit dem Flügelkreuz und der Windrose. Der Wind vom Wochenende hatte sich gelegt, die kühle, träge Luft aus dem Osten reichte nicht aus, die Flügel in Bewegung zu setzen. Greven schätzte die Windstärke auf zwei bis drei.

Die Windrose hatte die Kappe und die Flügel dennoch in den Wind gedreht, das Flügelkreuz erwartete also seine Energie aus östlicher Richtung. Wäre der Wind am Samstag auch aus dieser Richtung gekommen, wäre Jann ter Fehn vielleicht noch am Leben. Aber am Samstag hatten die Flügel genau vor der Tür ihre Kreise gezogen. Greven rekonstruierte mit seinen Augen den Hergang, zeichnete die Kurve nach, in der Jann ter Fehn aus dem Leben geflogen war. Im Vorgarten des Hauses auf der anderen Seite der Straße markierte ein schlichtes Holzkreuz den Ort des Aufschlags. Die Flugstrecke war beachtlich.

Greven ging zurück zur Westseite und ließ seinen Blick über das flache Land streifen. Am Horizont zeichnete sich die Skyline von Emden ab, vielmehr die des Emder Hafens mit seinen Kränen. Als er klein war, an das genaue Alter konnte er sich nicht erinnern, lag diese Skyline weit hinter dem Ende der Welt. Das Ende der Welt war längst verschwunden, war schon in den siebziger Jahren einer Bohrplattform gewichen, denn tief im Boden der Krummhörn verbargen sich zahlreiche Erdgasblasen. Auch der Bohrturm war nach erfolgreichem Aufspüren einer solchen Blase wieder demontiert worden. Nur die eingezäunte, leicht erhöhte Plattform hatte man gelassen, um dort das Gas dicken Rohren anzuvertrauen.

Doch als er klein war, war hier das Ende der Welt gewesen, eine kleine Gruppe von stattlichen Büschen, Holunder, Weiden oder Weißdorn, die am Rande eines breiten Entwässerungsgrabens, eines Tochschlots, wuchsen. Aber das hatte er erst später erfahren, auf der ersten Expedition zum Ende der Welt. Bis zu diesem abenteuerlichen Unternehmen, das er zusammen mit zwei gleichaltrigen Forschern gewagt hatte, waren diese Büsche eine markante optische Grenze. Bis zu ihnen hatte er schauen können, sie waren noch deutlich zu erkennen. Alles, was dahinter lag, lag im Diffusen, war nicht wirklich existent, auch das Nachbardorf Visquard nicht, auch die Kräne des Emder Hafens nicht, die ab und zu über den Horizont lugten. Hinter dem Ende der Welt lauerte das Unvorstellbare, in dem alles vorstellbar war. Hier türmte der Wind die Dünen der Sahara auf, erstreckte sich der Wilde Westen, war mit Rittern und Drachen zu rechnen, trieben die Eerdmantjes ihr Unwesen, führte Moses sein Volk ins gelobte Land, baute Odysseus das Trojanische Pferd. Sämtliche Geschichten, die seine Mutter und sein Vater ihm erzählten, spielten hier. Hinter den Büschen, die die Erwachsenen zwar sahen, denen sie aber keine Bedeutung beimaßen – sie sahen sie, bemerkten sie jedoch nicht.

Je mehr Geschichten hinter dem Ende der Welt spielten, je mehr fremde Länder sich dort erstreckten, desto größer wurde der Wunsch, den einsam stehenden Büschen einen Besuch abzustatten. Lange ließen die Eltern sie nicht gehen, doch eines Tages bescherte ihnen die Schule einen hitzefreien Vormittag, den weder Gerhards, noch Jans, noch seine Eltern eingeplant hatten. So wie sie waren, zogen sie los, überquerten die Brücke, deckten sich am Kiosk bei Herrn Apitz mit Proviant ein, überquerten die nächste Brücke und standen bald auf Mammens Weide. Nun trennte sie nur noch ein langer Fußmarsch von ihrem Ziel, und ein gefährlicher noch dazu. Denn so friedlich das Weideland auch aussah, hier lauerten fette Kuhfladen, blutgierige Pferdebremsen, urplötzlich startende und davonflatternde Rebhühner und Fasane, unberechenbare Libellen, von denen niemand wusste, ob sie stechen konnten, unbekannte Wasserläufe, elektrische Weidezäune und eine gnadenlose Sommersonne, die sie die Nähe der Sahara spüren ließ.

Nach einem endlos scheinenden Marsch erreichten sie tatsächlich das Ende der Welt, das zusätzlich durch einen breiten und unüberwindlichen Tochschlot gekennzeichnet war. Sie brachen augenblicklich in Freudengeschrei aus. Niemand vor ihnen hatte je das Ende der Welt erreicht, jedenfalls war ihnen niemand bekannt. Sie waren die Ersten, und sie nahmen die Büsche und kleinen Bäume feierlich in Besitz, indem sie ihre

Namen mit Gerhards stumpfem Taschenmesser mühsam in die Stämme und Äste schnitzten.

Dann packte sie das Expeditionsfieber. Warum nicht auch den nächsten Schritt wagen? Warum nicht einen kleinen Abstecher wagen in das Land hinter dem Ende, in das Land der wahren Abenteuer und Geschichten? Warum Halt machen, wenn man schon so weit gekommen war? Gemeinsam wagten sie den Sprung, doch die unbekannten Mächte der anderen Seite, die sie in ihrem Freudentaumel herausgefordert hatten, waren gegen sie. Statt am anderen Ufer landeten sie in der Mitte des Tochschlots, standen plötzlich bis zum Bauch im Wasser, steckten mit den Füßen fest, weinten. Mitten im Triumph war die Expedition gescheitert.

Der Rückmarsch vollzog sich stumm und schien noch länger zu dauern als der Hinweg. Wortlos, schluchzend fanden sie sich an den Hintertüren und in den Waschküchen ihrer Eltern ein. Zwar hatte die Wüstensonne die Hosen und Hemden längst getrocknet, dafür steckten sie jetzt in einer Kruste, in einem dünnen Panzer aus übel riechendem, getrocknetem Schlamm, garniert mit zahllosen Wasserlinsen. Die Antwort der Eltern fiel natürlich entsprechend aus. Doch sie hatten überlebt und als erste Menschen das Ende der Welt erreicht, hatten vollbracht, was vor ihnen …

„Gerd?“

Plötzlich stand der Müller neben ihm. Greven hatte ihn nicht kommen hören.

„Zehn Minuten“, sagte Claas, „dann kommt die nächste Fuhre.“

„Die Geschäfte scheinen ja gut zu gehen.“

„Ich weiß, wie pietätlos das für dich aussehen mag, aber ich kann es mir nicht leisten, auf diesen Umsatz zu verzichten. Und mit einer geschlossenen Mühle kann ich Jann ter Fehn auch nicht wieder ins Leben zurückholen. Dafür hab ich die Flügel für ihn auf Trauer gestellt.“

Greven schaute nach oben. Das Flügelkreuz war nicht im Lot, sondern war vom Müller erst zum Stehen gebracht worden, nachdem eine Flügelspitze die Galerie passiert hatte und nun eine Linie mit der Schräge des Achtkants bildete.

„Wie viel Energie liefern die Flügel deiner Mühle?"
„Du meinst, bei Windstärke 6, wie am Samstag?"
Greven sah ihn fragend an.
„So zwischen 50 und 60 PS. Die Flügelspitzen erreichen dabei eine Geschwindigkeit von etwa 90 Kilometern in der Stunde. Das hat mal jemand von der Uni Oldenburg mit einem besonderen Gerät gemessen. Für irgendeine Diplomarbeit."
„Darum ist Jann ter Fehn so weit geflogen. Als wäre er von einem Auto erfasst worden."
„So ungefähr musst du dir das vorstellen. Und das Flügelkreuz ist so schwer wie zwei Mittelklassewagen."
„Wie oft ereignet sich ein derartiger Unfall, ich meine, wie oft passiert es, dass ein Mensch von einem Flügel erfasst wird?"
„Zum Glück äußerst selten. Aber ab und zu kommt es eben doch vor. Ich kann mich an einen Fall im Brookmerland erinnern, in Marienhafe oder Tjüche, da müsste ich noch mal nachschauen. Ist schon eine Weile her. Wie auch immer, der Mann ist so weit geschleudert worden, dass man ihn zunächst gar nicht finden konnte. Erst nach Tagen hat man die Leiche weit entfernt mitten in einem Kornfeld entdeckt, von Vögeln und anderen Tieren schon halb aufgefressen. Der Anblick soll entsetzlich gewesen sein."
„Mühlengeschichten", schmunzelte Greven.
„Mühlengeschichten", wiederholte Claas. „Mein Vater kennt Hunderte, wie du weißt."
Greven stimmte wortlos zu.
„Dann weißt du auch, dass solche Unfälle vorkommen. Diesmal hat's eben mich erwischt. Nicht, dass du mich falsch verstehst, die Sache ist natürlich eine Tragödie, aber sie ist nun mal passiert. Ich kann nicht mehr tun, als die Sicherheitsvorschriften einzuhalten und die Besucher zu ermahnen. Wer sich nicht daran hält, riskiert sein Leben."
Greven sah ihn an und ließ einige Sekunden verstreichen.
„Im Protokoll von meinem Kollegen steht, du hättest vor der Tür gestanden, als du deine Warnung verkündet hast."
„Stimmt."
„Was nicht drin steht, ist, warum du überhaupt die Mühle in Betrieb genommen hast."

„Weil wir guten Wind hatten, und weil die Damen und Herren Künstler so nachdrücklich darauf bestanden haben. Und wenn ich mich nicht irre, hat Jann ter Fehn besonders lautstark dafür plädiert."

„Und weiter."

„Ich war einverstanden. Es sprach ja auch nichts dagegen. Ich hab das übliche Verbot abgelassen, habe die Tür zur Galerie geöffnet und bin zur Kette gegangen."

„Um die Bremse zu lösen."

„Genau."

„Na, dann mal los", forderte Greven den Müller auf.

„Soll ich das jetzt etwa vormachen?"

„Wenn du mir den kleinen Gefallen tun willst."

„Von mir aus", sagte Claas und trabte los, während Greven kurz seine Armbanduhr berührte. Nach wenigen Schritten erreichten sie die Kette. Claas tat so, als würde er die Bremse lösen.

„Warum bleibst du jetzt stehen?"

„Um zu sehen und zu hören, ob sich die Bremsbacken auch tatsächlich gelöst haben, und ob sich die Flügel auch einwandfrei drehen. Das mach ich immer so."

„Dann hast du den Schrei gehört?"

„Und was für ein Schrei. Ich bin sofort zurück, immer dicht am Achtkant."

Als sie wieder vor der Tür zum Pellsöller standen, griff Greven erneut zum Handgelenk.

„Ich muss jetzt langsam wieder runter", sagte Claas, „sonst bricht da unten noch die Panik aus."

„Einen Augenblick noch", hielt ihn Greven zurück und zog ein sorgsam gefaltetes Blatt Papier aus seiner Brusttasche. „Hier ist eine Zeichnung vom Pellsöller mit der Liste der Personen, die am Samstag in der Mühle waren, durchnummeriert, wie du siehst. Tu mir noch einen Gefallen und trage in einer ruhigen Minute die Aufenthaltsorte ein, soweit du dich erinnern kannst. Wo haben die Besucher gestanden, als du auf die Galerie gegangen bist? Einfach die entsprechende Zahl in die Zeichnung eintragen. Okay? Ich komme in den nächsten Tagen vorbei und hole sie ab."

Claas nickte, zeigte jedoch nicht die Spur von Begeisterung, nahm Greven das Blatt aus der Hand und ließ es in seinem Hemd verschwinden. „Tu, was du für richtig hältst. Bis die Tage."

Greven blieb auf der Galerie zurück. Als Claas mit der nächsten Meute auf den Treppen war, sah er auf die Uhr. 97 Sekunden. Er drückte auf das nicht leicht zu ertastende Knöpfchen und lief los. Doch er wiederholte nicht den gerade absolvierten Gang zur Kette und zurück, sondern versuchte, einen ganz anderen Ablauf in den anderthalb Minuten unterzubringen.

8

Greven mochte Bönhase nicht. Milde ausgedrückt. Die erste Begegnung mit ihm war in jeder Hinsicht schiefgegangen, und seitdem rieb Greven sich an seinen nur rudimentär vorhandenen Manieren, an seinem schlaksigen Gang, seiner feuchten Aussprache, seinem überheblichen Auftreten, seinen diversen Beziehungen, denen er auch seinen Posten zu verdanken hatte. Der Sohn des Zeitungsverlegers, für den er arbeitete, war schlicht ein Schulfreund Bönhases. Die üblichen Umwege über Volontariate, Journalistenschulen oder entsprechende Studiengänge waren ihm daher erspart geblieben. Er hatte seine Karriere mehr oder weniger gleich als Redakteur begonnen und war inzwischen sogar zum Ressortchef aufgestiegen.

Bönhase war der typische Vertreter eines Provinzblattes, in diesem Fall des *Ostfriesischen Tageblattes*, das in Emden erschien. Er hatte von kaum etwas fundierte Ahnung, schrieb aber über alles, was ihm vors Notebook kam. Die Jahreshauptversammlung des Kaninchenzüchtervereins, das Fußball-Kreisligaspiel am Samstag, das Konzert der Bamberger Symphoniker im *Neuen Theater*, den Verkehrsunfall auf der B 72 bei Georgsheil, die Max-Ernst-Ausstellung in der *Emder Kunsthalle* oder den Mord an dem Auricher Hotelier. Da kam es schon mal vor, dass er, wie vor einigen Wochen, Albert Mangelsdorff als Trompeter bezeichnete oder, wie im vergangenen Herbst, Siegfried Lenz in einer Vorankündigung für eine Lesung als weltbekannten Autor der *Blechtrommel* pries.

Und ausgerechnet an Bönhase kam Greven diesmal nicht vorbei, denn nach allem, was er in der kurzen Zeit hatte ermitteln können, war dem das einzig verwertbare Foto von der Ausstellung gelungen. Zufrieden grinsend erwartete er Greven in der Redaktion in der Brückstraße, saß breitbeinig auf seinem Stuhl, popelte ungeniert in der Nase, hob die Augenbrauen, als er ihn sah, stand aber nicht auf, sondern begann, sich auf dem Bürostuhl langsam hin und her zu drehen. Er zelebrierte die Begrüßung, sprach langsam und herausfordernd.

„Hallo, hallo, Herr Kommissar. Welch seltener Gast in diesen bescheidenen und – wie haben Sie das vor einiger Zeit so treffend formuliert? – kulturfreien Räumen."

Greven erinnerte sich, dieses Urteil tatsächlich einmal gefällt zu haben, war aber erstaunt, dass sich Bönhase seinen abfälligen Kommentar gemerkt hatte. Er parierte die Äußerung mit einem Lächeln, weniger als Entschuldigung, eher aus Verlegenheit.

„Doch so kulturfrei sind wir in Wahrheit gar nicht, wie sonst hätten wir als einziges Blatt ein Foto der gesamten Ausstellung von Jann ter Fehn. Wie wäre es denn da mit einem kleinen Geständnis von Ihnen, Herr Kommissar?"

Greven lächelte gequält und rang nach Worten. Am liebsten hätte er auf dem Absatz kehrt gemacht und wäre wortlos aus der Redaktion marschiert, doch ließ ihm das Foto keine Wahl. Er war auf Bönhase angewiesen, noch dazu ermittelte er nicht offiziell. Auch der Gedanke, sein Urteil kurz zu begründen und Bönhase mit einigen Grundkenntnissen über modernen Jazz oder deutsche Nachkriegsliteratur vertraut zu machen, flackerte nur kurz auf.

„Kommen wir zur Sache, Herr Bönhase", sagte er stattdessen mit bemühter Freundlichkeit. „Wie ich Ihnen schon am Telefon gesagt habe, bräuchte ich von dem besagten Foto eine Ausschnittsvergrößerung."

„Der geklaute ter Fehn."

„Genau der."

„Kein Problem. Wenn Sie mir einen Tipp geben."
„Was für einen Tipp?"
„Aber Herr Kommissar, so dumm, wie Sie meinen, sind wir nun auch wieder nicht. Ter Fehn stürzt von der Mühle, am Tag darauf wird ein Bild von ihm geklaut, und nun tauchen Sie hier auf, kommen sogar in die Redaktion. Sie sind doch nicht zum Raub versetzt worden, oder? Also, welches Interesse hat die Auricher Mordkommission an dem geklauten Bild?"
Greven wusste, dass er diese Frage beantworten musste. Bönhase würde so oder so einen Artikel basteln, der durch sein Schweigen sicher nicht gewinnen würde.
„Es könnte einen Zusammenhang geben zwischen dem Tod ter Fehns und dem Diebstahl."
„Ach was!", lachte Bönhase. „Darauf wäre ich ja nie gekommen."
Greven zögerte. „Es ist noch nicht restlos geklärt, ob es sich bei dem Unfall nicht auch um Totschlag oder Mord handeln könnte. Ich sage: könnte. In diesem Fall könnte der Diebstahl des Bildes wichtige Hinweise liefern. Mehr kann ich Ihnen beim besten Willen nicht sagen."
„Das wollte ich hören, Herr Kommissar! Genau das. Habe ich die Story exklusiv?"
Greven nickte widerwillig: „Aber berufen Sie sich dabei nicht auf mich. Ich war nie hier. Nur, dass wir uns verstehen."
Bönhase grinste, veränderte seine Sitzposition und schwenkte zu dem 21-Zoll-Monitor auf seinem Schreibtisch.
„Reicht Ihnen diese Vergrößerung?"
Greetsieler Glockenspiel. Zum ersten Mal sah Greven das Bild, abgesehen natürlich von dem Zeitungsfoto, auf dem es nur fingernagelgroß zu erkennen war. Seine Blicke verschlangen das digitalisierte Abbild des Gemäldes, bohrten sich in das Spiegelbild, in dem er die Lösung zu finden hoffte. Doch schon nach dem ersten Abtasten war klar, dass Jann ter Fehns Bild sein mögliches Geheimnis vorerst für sich behielt. Wie auch immer Greven sich bemühte, ob er den Monitor aus der Frosch- oder der Kavaliersperspektive betrachtete, die stumpf glänzende Fahrradglocke hatte nur eine Handvoll Schatten und Kleckse zu bieten.

„Was suchen Sie eigentlich?", fragte Bönhase, der Grevens Positionswechsel irritiert verfolgte.

„Eine Antwort", maulte Greven und sah Bönhase an: „Können Sie das Spiegelbild in der Glocke ausschneiden und noch ein wenig vergrößern?"

„Kein Problem", antwortete der Journalist, zog mit der Maus einen Rahmen um die Glocke und klickte auf 150 %. Wieder war das Resultat zunächst verblüffend, dann aber enttäuschend. Statt kleiner Schatten und Kleckse sah man jetzt große. Außerdem begann das Bild, sich in kleine Quadrate aufzulösen.

„Bei dieser Vergrößerung sieht man natürlich die Pixel", rechtfertigte Bönhase die entstandene Verfremdung des Bildes. „Sind diese Schatten denn wirklich so entscheidend?"

„Wenn in diesem Fall überhaupt etwas entscheidend ist, dann diese Schatten", erklärte Greven, dem die Ernüchterung deutlich anzumerken war. „Haben Sie noch ein paar Prozente?"

„Aber sicher." Bönhase klickte auf 250 %. Die Pixel wuchsen zu kleinen weißen, grauen und schwarzen Feldern, die Schatten fransten an den Seiten aus, die Ränder der Kleckse wurden unscharf.

„Ich komme mir langsam vor wie David Hemmings in *Blow up*", bemerkte Greven, „und wie Thomas kann ich beim besten Willen auch nicht erkennen, was ich sehe."

„Wer?"

„David Hemmings. *Blow up*. Michelangelo Antonioni", wiederholte und ergänzte Greven, noch immer vor dem Monitor an der passenden Choreografie arbeitend.

Bönhase hob kurz die Schultern.

„Eine andere Möglichkeit gibt es nicht, das Bild zu vergrößern? Ich meine, vielleicht auf dem traditionellen Weg? Mit Entwickler, Stoppbad und Rotlicht?", schlug Greven mit seitlich geneigtem Kopf vor.

„Das hilft uns nicht viel weiter, denn die Pixel sind nun mal da. Ein bisschen interpolieren kann ich noch, aber auch da gibt's Grenzen. Jedenfalls für meinen Rechner."

Greven beendete seinen Tanz, angelte sich den zweiten Bürostuhl und setzte sich neben Bönhase vor den Monitor. Für einen Moment trafen sich ihre Blicke, dann schwiegen sie, jeder sah und dachte dabei in eine andere Richtung, suchte nach anderen Optionen. Die umliegenden Büros wurden plötzlich hörbar. Dumpfe Stimmen, Schritte und entfernt klingelnde Telefone riefen den Schauplatz in Erinnerung.

„Wie groß ist eigentlich das Original?“, beendete Bönhase plötzlich die geräuschvolle Stille.

„Einsfünfzig mal einsfünfzig“, antwortete Greven.

„Dann sollten wir das Bild auch auf dieses Format vergrößern. Zwar werden dann die Pixel noch deutlicher sichtbar, wir können das aber wieder wettmachen, indem wir einfach ein bisschen auf Distanz gehen. Verstehen Sie?“

„Sie meinen, Sie drucken das Bild im ursprünglichen Format aus? Klingt gut. Aber wie wollen Sie das machen? Mit diesem Drucker wohl kaum.“ Greven wies ungläubig auf das kleine graue Gerät auf dem Schreibtisch.

„Mit diesem nicht. Wo denken Sie hin? Aber mit dem in der Druckerei, ein Laserdrucker für Plakate in kleinen Auflagen. Jedes kann damit anders gestaltet werden. Wenn ich das Bild teile, müsste es damit gehen.“

Bönhase machte eine Vierteldrehung auf seinem Stuhl und fing an, sein Keyboard zu bearbeiten. Dann griff er zum Telefon: „Herbert? Ist der große Laser frei? Okay, dann schick ich dir jetzt zwei Dateien runter … ja … wir sind schon auf dem Weg.“

In der Druckerei, die ein paar Treppen tiefer, einige Türen und einen schmalen Gang entfernt lag, wurden sie von einem Mann in blauer Arbeitskleidung erwartet. Als Begrüßung mussten ein Handzeichen und ein Händedruck ausreichen, auch eine Vorstellung Grevens war nicht möglich, da im Hintergrund mehrere Druckmaschinen damit beschäftigt waren, den Raum mit für Grevens Ohren ungewohntem Lärm zu füllen. Bönhase gab dem Mann, der orangefarbene Ohrenschützer trug, weitere Handzeichen, die dieser auch zu verstehen schien und sofort befolgte. Er setzte sich an seinen Rechner, dessen Monitor bis auf den eigentlichen Bildschirm unter Aufklebern verschwand, und gab verschiedene Befehle ein. Wenige lange Minuten später gebar der tischgroße Drucker den ersten Teil des Bildes. Bönhase strahlte triumphierend.

9

„Sag bloß, du hast das Bild?“

„Ja, ich habe es“, antwortete Greven, „und das war gar nicht so einfach.“

„Das kann ich mir vorstellen“, vermutete Mona. „Du bei Bönhase. Da wär ich gern dabei gewesen.“

„War aber nicht so, wie du denkst. Wir haben uns … sagen wir … ganz gut arrangiert.“

„Hoffentlich war der Preis nicht zu hoch.“

„Dieses Risiko musste ich eingehen. Dafür hat er sich mächtig ins Zeug gelegt. Das Foto hat sich nämlich ganz schön geziert. Aber Bönhase hatte schließlich eine geniale Idee, er hat nämlich …“

„… das Bild auf seine Originalgröße vergrößert. Den Tipp hätte ich dir auch geben können“, lächelte Mona. „Na, dann pack mal aus.“

Grevens Mundwinkel gaben nach. Eigentlich hatte er die Vergrößerung Mona gegenüber als kleinen Trumpf ausspielen wollen. Nun fiel die Überraschung, die er hinter seinem Rücken in Form einer großen Papprolle verborgen gehalten hatte, ins Wasser. Gemeinsam zogen sie die beiden postergroßen Teile des Bildes aus dem grauen Rohr.

„Hier, auf diese Leinwand.“ Mona suchte kurzentschlossen ein paar Reißzwecken vom Tisch und heftete die beiden Poster auf einer unberührten Leinwand fest, die auf einer großen Staffelei auf ihren Einsatz wartete. In der Mitte überlappten sich die beiden Teile, und es erforderte Fingerspitzengefühl, sie exakt zusammenzufügen.

„Das ist ja der reinste Pointillismus“, kommentierte Mona, als sie sich erhob und zwei Schritte zurücktrat. „Sieht aus wie ein Signac oder ein Seurat.“

„Ist aber ein echte Bönhase, Pixel für Pixel.“

Beide traten noch weiter zurück und betrachteten das aus Millionen kleiner Quadrate bestehende Bild.

„Du, das kommt mir bekannt vor“, bemerkte Mona.

„Das Bild? Das Bild in der Glocke?“

„Nein, nein, die Situation. Erinnert mich an *Blow up*.“

„Hab ich Bönhase auch schon gesagt.“

„Habt ihr denn was gesehen?“

„Wie man's nimmt. Am besten kommst du auf diese Seite“, sagte Greven und zog Mona ein paar Schritte nach links. „Jetzt geh ganz leicht in die Knie. Sag mir, was du siehst!“

Mona bewegte den Kopf hin und her, bis sie das durch die Glocke verzerrte Bild erfasst hatte. „Zwei Männer. Sie stehen sich gegenüber. Einer hat einen eingeschlagenen Schädel … Er, er zeigt auf den anderen Mann, der kein Gesicht hat. Halt, im Hintergrund kann ich noch etwas erkennen. Sieht aus wie zwei Fenster.“

„Fenster. Wir waren da nicht ganz sicher. Sie stehen also in einem Zimmer oder vor einem Haus“, warf Greven ein.

„Ja, es könnten Fenster sein. Strukturen eines Raumes kann ich allerdings nicht erkennen. Das Spiegelbild in der Glocke zeigt zwei Männer vor zwei Fenstern. Der Mann mit dem erkennbaren Gesicht ist offenbar tot, zeigt aber mit ausgestrecktem Arm auf den Mann ohne Gesicht.“

„Für was hältst du das hier?“, fragte Greven und deutete auf einen Fleck auf dem Arm des Gesichtslosen.

„Das könnte … das könnte … ein Hakenkreuz sein, ein Hakenkreuz auf einer Uniformjacke oder einem Uniformhemd.“

„Sicher?“ Greven trat an das Bild heran und betastete den Fleck.

„Nicht zu hundert Prozent. Denn so gut der Tote zu erkennen ist, so unscharf ist der Gesichtslose. Aber er könnte eine Nazi-Uniform tragen. Vielleicht ein SA- oder SS-Mann?“

„Was hat dieses Bild zu bedeuten?“, fragte Greven und legte seinen Arm um sie.

„Was denkst du?“, konterte Mona.

„Keine Ahnung“, gestand Greven ein. „Wenn das stimmt mit dem SA-Mann, könnte ein NS-Opfer auf einen Täter zeigen.“

„Wenn das so ist, dann ist es ein typischer ter Fehn. Jann hat oft gegen die Verdrängung der Geschichte angemalt. Auch in der *Greetsieler Woche* hängt eins von diesen Bildern. *Heimliche Hetzer* heißt es, wenn ich mich nicht irre. Das Motiv ist also nichts Ungewöhnliches, doch was bedeuten die beiden Fenster im Hintergrund?"

„Und der Titel. Wenn ich das richtig sehe, bringen seine Titel seine Themen und Motive ziemlich klar auf den Punkt. Aber was zum Teufel bedeutet *Greetsieler Glockenspiel*?"

Noch einmal krochen sie mit den Augen in das Bild im Bild, dann schwiegen sie ein Weile gegen ihre Ratlosigkeit an.

„Wenn du nicht einmal im Jahr ein Vexierbild anschleppst, bist du wohl nicht glücklich?", brach Mona schließlich das stumme Mutmaßen. „Mal ist es eine Schatzkarte, dann ein altes Foto, und jetzt ein Haufen Pixel, die von einem gestohlenen Ölbild übriggeblieben sind. Und jedes Mal soll ich dir sagen, was darauf zu sehen ist, und was das zu bedeuten hat. Kannst du nicht normale Mordfälle lösen?"

„Nein", entgegnete Greven, „ich muss leider nehmen, was kommt. Aussuchen gibt's da nicht."

„Diesmal kann ich dir trotzdem nicht helfen, abgesehen davon, dass ich nach wie vor an einen Unfall glaube. Und erzähl mir bloß nicht, dass dieser Pixelhaufen deine Vermutung bestätigt hat."

Hatte er auch nicht. Um Mona dies zu signalisieren, reichte ein Blick von ihm aus. Aus diesen zwei zusammengehefteten Postern konnte er beim besten Willen keinen Hinweis extrahieren, der auch nur entfernt Rückschlüsse auf den Tod von Jann ter Fehn zuließ oder ein Motiv für den Kunstdiebstahl lieferte. Von seiner anfänglichen Überzeugung, die er sich intuitiv und spontan angeeignet hatte, war nicht mehr viel geblieben. Sein Blick wanderte von Pixel zu Pixel, ohne das Bild als Ganzes zu erfassen. Heftig wehrte er sich gegen das Eingeständnis, dem eigenen Kombinationsvermögen auf den Leim gegangen zu sein. Seine in vielen Dienstjahren erworbene Fähigkeit, aus scheinbar unzusammenhängenden Indizien einen plausiblen Zusammenhang herzustellen, die ihn schon so oft auf die richtige Spur geführt hatte, hatte ihm einen Streich gespielt. Klar, im Detail hatte er sich immer wieder mal geirrt, hatte mit Hinweisen und Aussagen allzu heftig gepuzzelt, hatte zu phantasievoll spekuliert, doch so weit danebengegriffen hatte er lange nicht mehr.

Frustriert starrte er auf das Bild, unterzog sein wackliges Theoriegebäude einer letzten kritischen Analyse, bevor es mit lautlosem Krachen in sich zusammenstürzte. Nicht einmal sein Knie sprang in letzter Sekunde ein, denn es hatte die Turnübungen vor dem Pixelposter gut überstanden und versagte ihm den typischen Abendschmerz nach einem sportreichen Tag. Wie schon in ter Fehns Atelier tauchte für einen Augenblick Sanders' grinsendes Gesicht vor ihm auf, wich aber gleich wieder anderen Bildern. Natürlich ärgerte sich Greven nicht darüber, dass der Mord letztendlich wohl doch ein Unfall gewesen war, er ärgerte sich über die Sicherheit, mit der er den vermeintlichen Fall angegangen war. Er ärgerte sich über sein allzu konstruktives Denken, das den wenigen Anhaltspunkten ohne große Mühe davongaloppiert war.

Greven kramte in seinem Kopf nach der Ursache für diese Fehlleistung, fand aber keine wirklich überzeugende. Nur der Fall Martin Gronewoldt kam ihm in den Sinn. Im Januar hatte sich nämlich auf Grund eines Zufalls, eines verlorenen Rings, der auf dem Fundbüro gelandet war, ein mehrere Jahre zurückliegender tödlicher Verkehrsunfall als raffiniert durchgeführter Mord erwiesen. Ein Bauunternehmer hatte seine Frau umgebracht, um ohne verlustreiche Scheidung ein neues Leben mit seiner Geliebten beginnen zu können. Der Fall hatte für viel Wirbel gesorgt und der Auricher Kripo einen regelrechten Erklärungsnotstand beschert. Die Presse hatte vom Tiefschlaf der Polizei, von mangelnder Motivation und von einer nicht leistungsgerechten, viel zu hohen Besoldung der Kripobeamten gesprochen. Doch mit diesem Fall war Greven nicht befasst gewesen. Dafür lagen gleich zwei ungelöste Morde auf seinem Schreibtisch, der sogenannte Hotelmord und der Fall Keke Davids, ein Raubmord an einer Moordorfer Rentnerin. Und in beiden Fällen trat er heftig auf der Stelle. Die Rentnerin war schon vor Wochen beerdigt worden, ohne dass sie auf eine heiße Spur gestoßen waren. Arbeit genug also, die er sich, wie er es Mona gerade so schön erklärt hatte, nicht aussuchen konnte.

Vor seinen Augen tanzten noch immer die schwarzen, weißen und grauen Pixel. Je länger er über die Ereignisse der letzten Tage nachdachte, umso abwegiger schien ihm sein intuitives Vorgehen, schien ihm seine Mordtheorie, der er nun selbst nicht mehr folgen wollte.

Als hätte Mona seine Gedanken erraten, tippte sie ihm auf die Schulter und reichte ihm ein Glas Rotwein. Er hatte gar nicht bemerkt, dass sie in die Küche gegangen war.

„He, Jann ist tot und eins seiner Bilder wurde geklaut. Das ist alles", tröstete sie ihn mit sanfter Stimme, „und das reicht ja wohl auch. Es war ein tragischer Unfall, was immer auf dem Bild zu sehen ist. Vorerst kann es der Dieb nicht verkaufen, und wenn, wird es ihn nicht zum reichen Mann machen. Deine Kollegen werden ihn früher oder später schon erwischen, dann wird sich deine Vermutung schnell in Luft auflösen."

„Das hat sie schon", schnaufte Greven, stieß mit ihr an und nahm einen kräftigen Schluck aus dem bauchigen Glas. Der Wein war mild, sehr säurearm und hatte einen phantastischen Abgang. Mona verstand etwas von gutem Wein. Und dieser trockene Italiener spülte die fünf Millionen Pixel erst einmal aus seinem Kopf. Wenig später saßen sie auf dem Sofa, lauschten andächtig einer alten Aufnahme des Dave Pike Sets, wärmten sich an Volker Kriegels Gitarrenspiel, aßen ostfriesisches Schwarzbrot mit Schmalz und bereiteten dem Italiener ein schnelles, aber würdiges Ende.

Doch die Pixel wehrten sich heftig gegen das Vergessenwerden. Am nächsten Morgen schrien sie ihn aus der Zeitung an. Unter der fetten Headline *Mühlenmord in Greetsiel?* hatte Bönhase das *Greetsieler Glockenspiel* platziert. Er berief sich auf Greven, sprach von einer plötzlichen Wende im Fall ter Fehn und stellte den Dieb des Bildes als potentiellen Mörder hin. Wahrscheinlich, so vermutete der Journalist, habe der Künstler sterben müssen, um den Preis für seine Bilder in die Höhe zu treiben. Ein raffiniert eingefädelter Coup, lediglich der Plan, sämtliche Bilder zu stehlen, habe dank der nächtlichen Bewachung nicht durchgeführt werden können. Nur dieses eine Bild habe der Mörder kurz vor Ausstellungseröffnung erbeuten können. Die Auricher Kripo sei ihm aber bereits dicht auf den Fersen.

„Ich hatte dich gewarnt“, sagte Mona und führte die Kaffeetasse zum Mund.

„Ich weiß, ich weiß“, schmollte Greven, „ich hab ja auch mit einem Artikel gerechnet, irgendwo auf Seite drei. Wie Bönhase das eben immer so macht. Ich konnte doch nicht ahnen, dass der das gleich zu einer Titelstory aufbläst. Und was für einer. Außerdem hatte er mir zugesagt, meinen Namen da rauszuhalten. Und jetzt sieh dir mal an, wie der mich da verkauft.“

„Ich würde sagen, als eine Art Fox Mulder, der in den X-Akten der Auricher Kripo stöbert. Wo hat der eigentlich das scharfe Foto von dir her? Warst du mal bei den Men in Black oder bei den Blues Brothers?“

Keine dreißig Minuten später betrat Greven die Polizeidienststelle durch den hinteren Eingang. Er benutzte auch die hintere Treppe, um möglichst unbehelligt in sein Büro zu gelangen. Morgen würde die Headline des *Ostfriesischen Tageblattes* andere lokale Sensationen feilbieten. Und in ein paar Tagen, so hoffte er, würde sich der Sturm ohnehin wieder gelegt haben, dessen Zentrum mit Sicherheit im Zimmer 22A zu finden war. Über die Windstärke konnte er nur mutmaßen, doch er wusste, welche Energie Dr. Wendt aufbieten konnte.

„Greven!“

Als er sich umdrehte, stand Sanders wenige Meter vor ihm. Der Kollege musste im Putzraum oder im Klo auf ihn gewartet haben. Den hämischen Gesichtsausdruck kannte er längst aus seinen Vorahnungen.

„Moin, Sanders, was kann ich für Sie tun?“

„Nichts mehr. Sie haben schon alles getan. Aber für Herrn Dr. Wendt können Sie bestimmt etwas tun. Er erwartet Sie umgehend in seinem Büro. Einen schönen Tag noch.“ Sanders machte auf dem Absatz kehrt und marschierte davon. Kaum hörbar summte er eine Melodie.

Die Ausläufer des Sturms hatten Greven also erreicht, und auch das Zentrum sollte ihm nicht erspart bleiben. Ich hätte doch den Haupteingang benutzen sollen, dachte er und machte sich auf den Weg.

10

Einen August lang hatte der Nordatlantik die Luft angehalten und Ostfriesland einen richtigen Sommer gegönnt, doch nun hatte er offenbar neue Kraft geschöpft und gebar Tief um Tief. Die ersten Stürme, sinkende Temperaturen und verdächtig viele vagabundierende Blätter kündigten einen frühen Herbst an. Auf den Inseln und an der Küste reichte Windstärke 5, also die bekannte frische Brise, bereits aus, um die meisten Urlauber zu vertreiben. Schneller als gewohnt fielen Juist und Langeoog, Bensersiel und Greetsiel wieder in den Winterschlaf, aus dem sie erst im Mai geholt worden waren. Das Ende jeglicher Sommerferien tat ein Übriges, so dass die Ostfriesen nun wieder unter sich waren. Weitgehend jedenfalls, denn ein paar Unerschrockene, Abgeschiedenheitssuchende, Salzluftfanatiker, Öljackenbesitzer, Drachentüftler und Flachlandschaftsgenießer verweigerten die Rückkehr in die Welt südlich von Jade und Jümme. Einige dieser Wetterresistenten kamen schon seit vielen Jahren und betrachteten sich als Eingeweihte, die die Aura des Zusammenspiels von Wind, Wasser und Watt wie sonst kaum jemand zu spüren und wahrzunehmen glaubten. Das Etikett *Tourist* oder *Urlauber* wiesen sie denn auch empört zurück. Bezeichnungen wie *Ostfrieslandkenner* oder gar *Wahlostfriese* wurden hingegen, meist mit zur Schau getragenem Unterstatement, akzeptiert.

Treffen konnte man diese Eingeweihten zu fast jeder Tages- und Nachtzeit auf bestimmten Deichabschnitten, in den Häfen, in angesagten Lokalen und in der Nähe von Mühlen, insbesondere gehender Mühlen. Hier konnte man regelmäßig beobachten, wie sie ins Schwärmen gerieten. Über das Wissen der alten Baumeister, über die weitgehend vergessenen Traditionen einer vormodernen Ökologie, über die einmalige Mechanik, über die Ästhetik der barocken Baukunst, über die endlich einmal gelungene Kooperation von Mensch, Technik und Natur. Keiner kannte diese Schwärmereien besser als Claas Beninga, denn er hörte sie fast jeden Tag. Von Menschen, die nicht wussten, dass die Arbeit eines Müllers Knochenarbeit war. Von Menschen, die nicht einmal ahnten, wie gefährlich eine Mühle sein konnte. Obwohl so viele Geschichten davon berichteten. Mühlengeschichten. Er kannte sie alle. Auch die von Grass oder Lenz, auf die er manchmal und nicht selten von oben herab angesprochen wurde. Mit einem belesenen ostfriesischen Müller mit Abitur und Diplom rechnete nicht jeder. Und war nicht selten platt wie die umliegende Marsch, wenn Beninga der Arroganz mit einem passenden Zitat den Wind aus den Segeln nahm. Auch so eine Mühlengeschichte.

Greven hatte ganz andere Sorgen. Während die frische Brise die Mühlen beglückte, hatte sich der Sturm aus Zimmer 22A endlich gelegt. Es war ein mächtiger Sturm gewesen, Windstärke 8. Laut Beaufort-Skala wird dabei das Gehen gegen den Wind erheblich erschwert. Genau das war ihm passiert. Der Staatsanwalt hatte ihn nach allen Regeln der Kunst zerlegt, zur Freude von Sanders, der nun seinen Weg bei jeder sich bietenden Gelegenheit kreuzte.

Noch dazu hatte er keinen der beiden Mordfälle lösen können, weder den Hoteliermord noch den an der Moordorfer Rentnerin. Er steckte fest wie lange nicht mehr. Die Aktenberge auf seinem Schreibtisch hatten eine noch nie da gewesene Höhe erreicht, seinen Grappakonsum fand selbst Mona bedenklich. Dazu stellte sich nun auch noch dieser frühe Herbst ein, dessen schwerschwarze Wolken, manchmal zum Greifen nah, nicht gerade eine antidepressive Wirkung auf ihn hatten. Mochten andere ins Schwärmen geraten, er hasste diese Jahreszeit. Wenn man Pech hatte und im Winter auch noch der Schnee ausblieb, konnte der Himmel in einem monatelangen Grau verharren, das erst im späten Frühjahr wieder verschwand.

Verschwunden war auch Mona, jedenfalls sah er sie manchmal tagelang nicht, denn sie nutzte die schöpferische Pause nach den Ausstellungen im Sommer, um die Vernissagen und Ausstellungen ihrer Kollegen zu besuchen. Mehrfach war sie nach Köln und Berlin gefahren, während er in Aurich vergeblich im Trüben fischte. Dann tauchte sie plötzlich wieder auf, einen Tag früher oder später als angekündigt, stand lachend in der Tür, schwärmte von gepflegten Galerien, mitreißenden Menschen und ungewöhnlichen Partys, wobei er gar nicht immer genau wissen wollte, was das Ungewöhnliche gewesen war. Dann verschwand sie wieder. Nach Delfzijl oder Frankfurt. Manchmal merkte er nur der benutzten Waschmaschine und ihren Kleiderschränken an, dass sie während seiner Abwesenheit in der Wohnung gewesen war, um ihr Outfit aufzutanken.

An einem Freitag, Mitte Oktober, meldete sich sein Knie nach längerer Pause. Am liebsten hätte er alles hingeschmissen und Jaspers die letzten Telefonate und Verhöre überlassen, aber das war nicht möglich gewesen. Denn endlich hatten sie im Fall Keke Davids eine heiße Spur. Erst jetzt war eine naive Mutter damit herausgerückt, dass ihre beiden spielenden Kinder einen Mann zur Tatzeit auf dem Nachbargrundstück des Mordopfers gesehen hatten. Die Kinder, eigentlich fast schon Teenager, hatten sich als aufgeweckte und überraschend gute Zeugen erwiesen, die ihre Mutter schon mehrfach auf ihre Beobachtung hingewiesen hatten. Doch erst ein Zeitungsbericht hatte die Mutter überzeugt, sich bei der Polizei zu melden. Da die Kinder auch das Auto des Unbekannten gesehen hatten, einen roten Opel Manta, wie ihn auch einer ihrer Vettern fuhr, passten plötzlich andere Spuren und Hinweise ins Bild.

Spät und erschöpft kam er an diesem Freitag nach Haus, griff sich die Grappaflasche und legte sich in die Wanne. Die Wärme war noch immer das beste Mittel gegen den Schmerz und ein Lebenselixier für sein Knie. Er drehte das Wasser ab und ließ sich bis zum Kinn in den nach Lavendel duftenden Schaum gleiten. Der Grappa war mild und vertrieb den faden Bürogeschmack aus seinem Mund. Aus dem Atelier drangen die verzerrten Gitarrenklänge von Nguyên Lê zu ihm ins Bad. Für kurze Zeit gelang es ihm, den Tag zu verdrängen. Doch die Wirkung des feierabendlichen Maßnahmenbündels hielt nicht lange an. Tief im Schaum tauchte plötzlich das Gesicht der ermordeten Rentnerin vor ihm auf, festgehalten auf einer Schwarzweißfotografie, die an der Schautafel hing. Auch ein zweiter Grappa konnte die Tote nicht vertreiben, zu der sich nun auch noch die beiden Beinahejugendlichen gesellten. Noch im Halbschlaf, in den er mehr und mehr verfiel, sah er den roten Manta, sah er den Unbekannten durch das hohe Gras schleichen. Was hatten die Kinder gespielt? Was spielten eigentlich Mädchen in diesem Alter? Was hatte er gespielt?

Nguyên Lê spielte *Little Wing* von Jimi Hendrix, als Greven ziemlich unsanft unter den Armen gepackt und über den Wannenrand gezogen wurde. Dabei rutschten die Hände ab, die an ihm zerrten, und er glitt zurück ins Wasser. Spuckend und hustend tauchte er sofort wieder auf und blickte erstaunt in Monas Gesicht.

„He! Was soll das?! Willst du mich ersäufen?!"

„Im Gegenteil. Ich dachte schon, du seist abgesoffen! Mensch, hast du mich vielleicht erschreckt!", fuhr ihn Mona an. „Wie lange liegst du schon hier?"

„Keine Ahnung. Nicht lange jedenfalls." Er wischte sich den letzten Schaum aus den Augen.

„Wohl kaum", entgegnete Mona und prüfte mit dem Finger demonstrativ und kopfschüttelnd die Wassertemperatur.

Erst diese Geste ließ Greven bemerken, dass das Wasser fast kalt war. Seine Fingerkuppen glichen Faltengebirgen, seine Genitalien waren sonderbar geschrumpft, die Patchworkhaut seines Knies sah aus wie die einer gerupften Ente.

„Ach du Scheiße, ich muss eingeschlafen sein", schimpfte er und turnte so schnell wie möglich aus der nassen Kälte. Mona reichte ihm ein großes Badehandtuch und rieb ihn ab.

„Das hätte auch schief gehen können", kommentierte sie, während er endgültig sein volles Bewusstsein wiedererlangte.

„So schnell ertrinkt man nicht. Außerdem ist mir das noch nie passiert."

„Eine wirklich tolle Erklärung", sagte Mona und reichte ihm den Bademantel. Kaum hatte er ihn angezogen, nahm sie seine Hand, zog ihn ins gut geheizte Atelier und setzte ihn auf die Couch. Sie füllte zwei Grappagläser und wandte sich ihm zu wie jemand, der vor laufender Kamera eine offizielle Erklärung abzugeben hatte.

„Was ist jetzt denn los?", fragte Greven. „Hab ich noch was falsch gemacht?"

„Im Gegenteil. Du hast nämlich genau richtig gelegen. Jann ist tatsächlich ermordet worden. Ich hab jetzt …“

„Mona, bitte. Das war der größte Flop, den ich mir hier geleistet habe. Und ich bin froh, dass keiner mehr darauf herumreitet. Selbst Sanders verzichtet inzwischen auf sein Grinsen, wenn wir uns begegnen. Also bitte, fang jetzt nicht …“

„Lass mich doch mal ausreden. Du weißt ja gar nicht, was heute Nachmittag passiert ist!“

„Also gut“, maulte er und lehnte sich zurück.

„Heute um 15 Uhr war die Eröffnung der Expressionismus-Ausstellung in der *Emder Kunsthalle*.“

„Ich weiß“, sagte Greven, „und du warst natürlich wie immer pünktlich zur Stelle.“

„Lass bitte diesen Ton. Vergiss nicht: Ich habe dir gerade das Leben gerettet.“

Greven setzte ein Lächeln auf und gab sich geschlagen.

„Die Laudatio hat Eske Nannen höchstpersönlich gehalten, und während sie noch einmal erzählt hat, wie ihr Mann seine Sammlung aufgebaut hat, ist es passiert“, sagte Mona und legte eine Pause ein.

„Was ist passiert? Sag schon!“

„Ein Säureanschlag auf mehrere Bilder der Ausstellung. Zwei Bilder sind nahezu vollständig zerstört worden, fünf weitere sind nur leicht beschädigt worden.“

„Konnte der Täter gefasst werden?“

„Nein. Er hat den Anschlag während der Laudatio verübt und konnte unerkannt entkommen. Die einzige Spur, von der ich weiß, ist die Tatwaffe, wenn man so will. Eine große Spritzpistole aus Kunststoff, eigentlich eher ein Gewehr, gefüllt mit irgendeiner Säure.“

„Waren die Bilder wertvoll?“

„Ja!“, strahlte Mona.

„Hm“, meinte Greven, „eine üble Geschichte. Von Anschlägen dieser Art hat man lange nichts mehr gelesen. Aber was soll dieser Anschlag mit dem Tod von Jann ter Fehn zu tun haben? Die Bilder waren doch wohl kaum von ihm.“

„Nein, sie wurden alle zwischen 1910 und 1942 gemalt.“

„Und was haben die dann mit …?“

„Warte es doch ab. Die beiden völlig zerstörten Bilder hat der Attentäter gründlich mit Säure bearbeitet. Die fünf beschädigten haben nur ein paar Spritzer abbekommen. Was schließt der Kriminalist daraus?"

„Dass ihm die Zeit gefehlt hat, auch die anderen Bilder gründlich mit Säure zu versorgen ..."

„... oder ...?"

Greven dachte kurz nach. „... oder es ihm eigentlich nur um die Zerstörung dieser beiden Bilder gegangen ist. Die anderen hat er nur schnell beschädigt, damit genau dies nicht bemerkt wird."

„Gut", sagte Mona. „Nächste Frage."

„Von wem sind, beziehungsweise waren die beiden Bilder?"

„Von Eike Lüken."

„Nie gehört. Ein bekannter Maler?"

„Nein. Aber auch kein unbekannter. Ein Spät-Expressionist, hatte Malverbot im Dritten Reich und ist irgendwann Anfang der vierziger Jahre ermordet worden. Soweit ich weiß, ist der Mord nie aufgeklärt worden."

„Waren die zerstörten Bilder die einzigen von ihm in der Ausstellung?"

„Du hast es erfasst", nickte Mona.

„Und wie geht deine Geschichte weiter?"

„Rate mal, wo Eike Lüken gelebt hat?"

„Das ist bei dem Namen und der Betonung deiner Frage nicht schwer zu beantworten: in Ostfriesland."

„In Norden, genauer gesagt. Er ist der einzige ostfriesische Künstler der Ausstellung."

„Wem gehören die Bilder?"

„Allesamt verschiedenen amerikanischen Sammlern. Es sind zumeist Bilder weniger bekannter oder vergessener expressionistischer Maler, die eigens für diese Ausstellung zusammengestellt wurden. Ursprünglich sollte sie nur in New York und Frankfurt zu sehen sein. Doch irgendwie hat Eske Nannen es geschafft, sie auch noch nach Emden zu holen. Wahrscheinlich ist ihr das nur gelungen, weil ihr Mann auch Expressionisten gesammelt hat, allerdings die bekannteren, Kirchner, Heckel, Nolde, Marc, Macke und so weiter."

„Ein Eike Lüken ist also in der Sammlung von Henri Nannen nicht zu finden?“

„Nein, obwohl ich mal gehört habe, dass er sich darum bemüht haben soll. Aber an Lüken hat sich sogar Lothar-Günther Buchheim die Zähne ausgebissen. Auch in seinem Museum kannst du keinen Lüken bewundern, denn seine Bilder sind ausgesprochen rar.“

„Hat er so wenig gemalt?“

„Das wohl nicht, aber soweit ich weiß, sind im Dritten Reich fast alle seine Werke verloren gegangen. Entartete Kunst, verstehst du? Sie sind zerstört worden, aus den Museen geholt oder über die Schweiz ins Ausland verkauft worden. Wie auch immer, jedenfalls gibt es nur noch eine Handvoll Lükens.“

„Und die beiden zerstörten Bilder?“

„Waren bislang unbekannt, hat der Ausstellungsleiter erklärt, sind erst kürzlich auf dem New Yorker Kunstmarkt angeboten und von einem Sammler ersteigert worden.“

„So weit, so gut“, resümierte Greven, „aber du hast mir immer noch nicht gesagt, was diese Geschichte mit dem Tod von Jann ter Fehn zu tun hat.“

„Das ist mir auch erst klar geworden, als ich mir im Katalog die beiden Lüken-Bilder angesehen habe“, sagte Mona, stand von der Couch auf und holte den Katalog aus ihrer Tasche. Ein alter Parkschein diente als Lesezeichen.

„Hier, sieh sie dir an. Fällt dir was auf?“

„Nein“, musste Greven zugeben, dem die knallvioletten Strandastern auf dem einen und das Portrait einer Frau auf dem anderen Bild zwar gefielen, der beide Bilder jedoch noch nie gesehen hatte. So intensiv er die nicht mal kreditkartengroßen Drucke auch betrachtete, sie lösten nichts bei ihm aus.

„Dann komm mal mit.“ Mona sprang wieder von der Couch auf und marschierte mitten zwischen ihre Staffeleien. Greven folgte ihr ein paar Schritte, wartete dann aber, bis sie nach kurzer, hörbarer Suche wieder zum Vorschein kam. In der Hand hielt sie die beiden Poster, die Bönhase hatte ausdrucken lassen. Ein zweites Mal wurden sie von Mona auf einer leeren Leinwand zum *Greetsieler Glockenspiel* zusammengesetzt. Greven sah sich ihre Mühen mit verschränkten Armen und inzwischen längst knurrendem Magen an. Noch immer hatte er keine Ahnung, auf was sie hinauswollte. Was er wollte, wusste er dagegen genau, nämlich einen Abend ohne Mörderspiel und ohne Mühlengeschichten. Aber dieser Wunsch würde nicht in Erfüllung gehen. Ihm blieb nichts anderes übrig, als sich erst einmal auf Monas Idee einzulassen. Als sie fertig war, ging sie in die Knie und nahm die Position ein, die den Blick auf das interne Spiegelmotiv erlaubte.

„Ich wusste es, ich kann mich doch auf mein Gedächtnis verlassen. Mir ist noch kein Bild abhanden gekommen. Wenn das kein Volltreffer ist. Los, komm, sieh dir das an!"

Greven gab nach, ging ebenfalls in die Knie und stellte seine Augen auf die Pixel ein. Nachdem er den Abstand noch um einen halben Meter vergrößert hatte, tauchten die beiden Männer vor den beiden Fenstern auf.

„Sieh dir die beiden Fenster genau an", dozierte Mona. „Es sind nämlich gar keine. Ich hatte schon beim ersten Mal leichte Zweifel. Es sind die beiden Lüken-Bilder, die heute in der Kunsthalle unwiederbringlich zerstört wurden. Und der Mann, der auf den SA-Mann zeigt, ist niemand anderes als Eike Lüken. Da gehe ich jede Wette ein!"

Greven kniff seine Augen zusammen und arbeitete an der richtigen Position. Langsam fügten sich die Pixel zu zwei Rahmen zusammen. In dem ersten tauchte ein Oval auf, das über zwei große Augen und einen Mund verfügte. Offenbar ein Gesicht. In dem zweiten Rahmen erkannte er mehrere senkrechte Linien und darüber dunkle Flecken. Stiele von Blumen und deren Blüten.

11

Greven hatte den Mittwoch gewählt, weil Claas an diesem Tag nicht in der Mühle war, sondern mit seinem alten Lieferwagen die Biobauern abklapperte, deren Produkte er verkaufte. Käse aus Pilsum, Kartoffeln aus Leybuchtpolder, Buchweizen aus Rechtsupweg. Natürlich war die Mühle auch an diesem Tag zu besichtigen, allerdings ohne Führung.

Der ostfriesische Himmel war mit einer geschlossenen Wolkendecke betoniert, die in unregelmäßigen Abständen dicke Tropfen verlor, ohne dass es wirklich regnete. Der Westwind war warm und kraftlos. Das Ende der Welt, nun symbolisiert von der Skyline Emdens, verschwand im diffusen Grau eines kaum auszumachenden Horizonts. Nur Appingen und Visquard tauchten aus der scheinbar endlosen Marschlandschaft der Krummhörn auf. Beide Orte waren wesentlich älter als Greetsiel und gewissermaßen die Ahnen des Fischerdorfes, das Mitte des 14. Jahrhunderts an der Leybucht gegründet worden war. Die Mächtigen hatten einen passenden Zugang zur See gesucht und diesen in einem alten Priel, einem natürlichen Wasserlauf, gefunden. Ein Hafen, eine Kirche und eine Burg wurden gebaut. Und die Mächtigen wurden noch mächtiger.

Greven verließ die Galerie und ging zurück auf den Pellsöller, den er endlich leer vorfand. Für gut eine halbe Stunde war der Söller von zwei Mühlenfetischisten akribisch inspiziert worden, die aus Rucksäcken umfangreiche Fachliteratur gezückt und jedes Detail des Stockwerks bestimmt hatten, den Rüttler, die Mahlsteine, die Welle des Nebenkönigs. Greven zückte keine Bücher, sondern vierzehn Projektor-Folien, die mit Namen, Kreuzen und Zahlen versehen waren. Jeden der vierzehn Zeugen des Todessturzes von Jann ter Fehn hatte er im Sommer gebeten, den eigenen Standort und den der jeweils anderen Anwesenden auf einer vorgefertigten Skizze einzutragen. Diese hatte er auf die Folien kopiert. Eine Methode, die er in Frankfurt gelernt hatte. Brachte man die Folien zur

Deckung, waren Übereinstimmungen und Abweichungen deutlich zu erkennen.

Im Zentrum des Pellsöllers ging Greven die Folien zunächst einzeln durch, bevor er sie miteinander verglich. Kleine Abweichungen waren bei dieser Methode immer zu erwarten, doch in diesem Fall waren sie gravierend, abgesehen von einigen markanten Übereinstimmungen. Doch letztendlich hatte jeder der Zeugen die Standpunkte anders in Erinnerung gehabt. Mal stand Petra von Hildegard fast am Treppenaufgang, dann wieder in der Nähe des Mehlsackaufzugs. Auch Gisberts und Monas Standpunkte waren unklar; Karl Grammler hatte beide in der Nähe der Tür zur Galerie eingezeichnet; Reinhardt Müller-Eilsum ließ sie hingegen aus einem Fenster schauen, das diagonal entgegengesetzt im Norden des Achtkants lag. Am meisten verwunderte Greven, dass auch Claas den Pellsöller mit Kreuzen und Zahlen versehen hatte, obwohl er draußen auf der Galerie gestanden hatte. „Ich hab ja alles durch die Fenster gesehen", hatte er ihm versichert. Fenster, durch die Greven vorhin kaum etwas hatte sehen können. Außerdem bezweifelte er, dass Claas alle Personen tatsächlich namentlich bekannt gewesen waren.

Als die beiden Mühlenfetischisten aus dem Königssöller zu ihm herunterstiegen, hatte er alle Konstellationen und Positionen durchgespielt und sich wieder auf die Galerie geflüchtet. Die Folien hatten ihn keinen Schritt weitergebracht, sie hatten nicht preisgegeben, wer Jann ter Fehn einen Stoß versetzt oder auf die Galerie gelockt haben könnte. Greven ließ sie wieder in seine Mappe gleiten. Hier war im Moment nichts mehr zu holen, die wenigen Spuren waren kalt wie die dicken Regentropfen, die hier und da auf seinem Kopf landeten. Der Mord, wenn es tatsächlich einer gewesen war, würde sich schwer oder gar nicht beweisen lassen.

Er lehnte sich über das Geländer der Galerie und starrte ins Betongrau. Wie auch immer er die wenigen Anhaltspunkte betrachtete, er musste Mona Recht geben. Der Schlüssel zu allem musste Eike Lüken sein, der vor sechzig Jahren ermordete Expressionist. Jann ter Fehn hatte ihn auf einem seiner letzten Bilder dargestellt, zusammen mit zwei von dessen

Werken, die erst vor kurzem in den USA aufgetaucht waren, und war wenig später in den Tod gestürzt. Ter Fehns Bild wurde gleich darauf aus der *Greetsieler Woche* gestohlen, die beiden Originale von Eike Lüken in der *Kunsthalle* zerstört. Doch warum? Um die Erinnerung an den ohnehin fast unbekannten Expressionisten vollständig zu tilgen? Wohl kaum, denn Mona hatte ihm erzählt, dass einige wenige Lüken-Bilder seit Jahr und Tag unbehelligt in verschiedenen Museen hingen. Um zu verhindern, dass der Mord an dem Künstler doch noch aufgeklärt werden könnte? Ein Mord, über den Jann ter Fehn irgendetwas gewusst hatte? Selbst wenn der Mörder 1942 jung gewesen war, musste er heute um die achtzig sein, falls er überhaupt noch lebte. Doch von den vierzehn Zeugen, deren Folien in Grevens Mappe steckten, kam altersmäßig nur eine Person in Frage, nämlich Petra von Hildegard, seine alte Kunstlehrerin. Und ausgerechnet sie war keine Ostfriesin, sondern erst in den sechziger Jahren von Paris nach Norden gezogen. Außerdem hatte keiner der anderen Zeugen sie in der Nähe der Tür platziert. Vier der Zeugen waren 1942 Babys oder Grundschüler gewesen, alle anderen waren Nachkriegskinder.

Die Tropfen vermehrten sich allmählich und nötigten Greven, die Galerie zu verlassen. Er stieg auf der schmalen Treppe hinunter in den Mahlsöller, der gerade von den beiden Mühlenkundigen auf Herz und Nieren geprüft wurde. Eine weitere schmale Treppe führte ihn in den Verkaufsraum, in den sich offenbar einige Menschen vor dem einsetzenden Regen geflüchtet hatten. Er schob sich durch sie hindurch, öffnete die grüne Tür und stand unvermittelt vor Claas, der einen Jutesack geschultert hatte. Beide konnten ihre Überraschung nicht verbergen, ein Gesicht spiegelte das andere, Greven glaubte, Unsicherheit und Unbehagen zu erkennen. Er wich ein paar Schritte zurück. Der Müller rückte vor, setzte den Sack mit viel Schwung genau vor Grevens Füßen auf den Boden und brummte schlecht gelaunt: „Moin, Gerd. Wieder mal einem Mörder auf der Spur? Oder hast du deinen Irrtum immer noch nicht verdaut?“

Greven ließ sich Zeit mit der Antwort und gab dann den Gestressten: „Moin, Class. Keine Sorge, ich bin rein privat hier. Nur, um mal frische Luft zu schnappen und was anderes zu sehn. Tapetenwechsel, verstehst du? So was brauch ich ab und zu."

„Und die Tapeten sind dann wohl in der schicken Ledermappe da?"

„Du hast es erfasst", antwortete er mit aufgesetzter Erleichterung. „So, jetzt muss ich aber gehen." Er stieg über den Sack hinweg, als wäre ihm die kleine Provokation entgangen, klopfte Claas auf die Schulter und stand nach zwei weiteren Schritten vor der Mühle. „Tschüss! Man sieht sich!" Das Tschüss des Müllers wurde vom Zuschlagen der Tür gekappt.

Auf dem Weg zum Auto fluchte er. Genau auf diese Begegnung hatte er keinen Wert gelegt. Er hatte die Mühle für sich haben wollen, hatte ohne Aufsicht experimentieren wollen, zumal Claas ja Teil dieses Experimentes war. Claas war nicht dumm, er hatte gleich auf die Mappe und somit richtig getippt. Greven hatte keinen Zweifel, dass Claas ahnte, was er im Schilde führte. Sein zunehmend spitzer Ton gefiel Greven auch nicht. Er konnte sich keinen Reim darauf machen. Früher hatten sie oft in der Mühle gespielt, waren die Flügel hinaufgeklettert, was Greven heute nicht einmal für unanständig viel Geld tun würde. Als Kind hatte ihm das nichts ausgemacht, für fünfzig Pfennig wäre er lachend hochgeklettert und hätte nicht verstanden, warum jemand eine so große Summe für eine so kleine Tat riskierte.

Welche Laus war Claas über die Leber gelaufen? Doch während er sich diese Frage stellte, musste er sich eingestehen, selbst nicht frei von Vorbehalten gegenüber Claas zu sein. Vergeblich suchte er nach rationalen Begründungen. Am Ende gab er der Zeit die Schuld, die sich zwischen das Spiel der Kinder und die Gegenwart geschoben hatte. Mit Gefühlen, die der Volksmund als gemischt beschreibt, fuhr er zurück nach Aurich.

Kaum hatte er den Schlüssel gezückt, da riss Mona auch schon die Tür auf und strahlte ihn an. „Und? Hast du was gefunden?"

„Leider nicht. Dafür hat Claas mich gefunden. War nicht so toll."

„Aber ich, ich habe eine heiße Spur!", sprudelte es aus ihr heraus. Sie ließ ihn nicht zu Wort kommen, sondern zog ihn am Ärmel ins Haus.

„Langsam, langsam", wehrte er sich. Vergebens, sie zerrte ihn ins Atelier, ließ ihm keine Chance, wenigstens seinen Mantel auszuziehen, und hielt ihm ein Fax unter die Nase.

„Von Kerstin. Na, was sagst du?"

„Wer ist Kerstin?"

„Kerstin Reno. Eine Freundin aus Berlin. Redakteurin bei der *Kunstmeile*."

„*Kunstmeile*?"

„Eine kleine Kunstzeitschrift. Ein bisschen frischer als *Kunstforum* oder *Art*. Auf jeden Fall hat die Redaktion sämtliche anderen Blätter abonniert. Auch die aus den USA. Kerstin hat für mich alles gesichtet und ist tatsächlich fündig geworden, hier, im *New York Art Magazin* vom Januar. Diese beiden Seiten hat sie vorhin gefaxt. Aber sie schickt uns noch das Original."

Greven las die Überschrift. Der Beitrag handelte von einer Kunstauktion in New York, bei der unter anderem zwei bis dato unbekannte Werke von Eike Lüken an einen namhaften Sammler verkauft worden waren. Für zusammen fast 50 000 Dollar. Die beiden Bilder waren abgebildet. Greven erkannte sie trotz der miesen Druckqualität ihres betagten Faxgerätes. Thermopapier. Dass es diese merkwürdigen Rollen überhaupt noch zu kaufen gab!

„Ich wette, dass Jann das *New York Art Magazin* abonniert hatte. Er hat schließlich lange genug in New York gelebt."

Greven brummte nachdenklich. Endlich wusste er, wonach er in dem Chaos des Ateliers hätte suchen können, doch dazu war es jetzt zu spät. Im August hatte er in irgendeiner Zeitung gelesen, dass ein Verwandter x-ten Grades das Atelier ter Fehns geräumt, das meiste aus dem Nachlass verkauft und den Rest einer Entrümpelungsfirma überlassen hatte. Ein reicher Mann war er dadurch nicht geworden, zumal eine spürbare Preissteigerung der Bilder des Toten ausgeblieben war.

„Du hättest zur Kripo gehen sollen, Mona."

„Danke, aber ich bin froh, etwas Richtiges gelernt zu haben."

„Immerhin hast du die Verbindung zwischen Jann ter Fehn und Eike Lüken gefunden, die uns bislang gefehlt hat. Unseren Mörder, falls es ihn gibt, muss jedenfalls ter Fehns Beschäftigung mit Eike Lüken extrem provoziert haben. Und er muss davon gewusst haben, bevor er das Bild bei der *Greetsieler Woche* genau betrachten konnte."

„Und er will nicht, dass man auf Eike Lüken aufmerksam wird, was ihm auch gelungen ist. Denn den Schluss, den wir aus dem Säureanschlag gezogen haben, haben weder deine Emder Kollegen noch die Presse gezogen."

„Schon gar nicht Bönhase."

„Der wahnsinnige Kunstkiller. Allein schon diese Headline. Und das einzige Motiv, das alle in einem solchen Fall griffbereit haben, ist Wahnsinn."

„Unserer Mörder hat jedenfalls einen triftigen Grund gehabt, und er ist, was immer er beabsichtigt, sehr erfolgreich, das musst du zugeben. Denn außer uns bringt offenbar niemand ter Fehns Tod, den Kunstraub und das Säureattentat zusammen."

„Gut, dann sag mir mal, wie es weitergeht."

„Das mit dem Abonnement, das müssen wir natürlich überprüfen. Vielleicht kann uns deine Berliner Kunstexpertin helfen. Bei mir kann und will ich keinen fragen."

Mona nickte.

„Dann werden wir uns intensiv mit Eike Lüken befassen. Am besten frage ich Diekinga. Mit etwas Glück kann ich mir auch die alten Akten besorgen. Und der amerikanische Kunstsammler, der die Lüken-Bilder gekauft hat, ist der noch in Emden?"

„War nie da. Er hat nur seine Bilder für die Ausstellung zur Verfügung gestellt. Aber die Adresse ist schnell besorgt."

„Auch um deine Kollegen, die mit in der Mühle waren, kommen wir nicht herum."

„Ich werde dir alles zusammenstellen, was ich habe."

„Aber bitte mit größter Vorsicht. Auf ein weiteres Duell im Watt habe ich nämlich keine Lust. Versprich mir das bitte, Mona Marple."

„Ja, großer Bwana", sagte Mona und verbeugte sich leicht. „Und jetzt würde ich mir gerne den Mantel ausziehen, die Neue von Charlie Haden hören, den Bordeaux dekantieren, den du von was weiß ich woher mitgebracht hast, und einen Haufen Pasta verdrücken."

„Sehr wohl, der Herr. Wird sofort erledigt. Noch einen weiteren Wunsch?"

12

Hannes Diekinga wohnte in einem der kleinen Arbeiterhäuser am Burggraben, die die umfassende Sanierung in den sechziger und siebziger Jahren überlebt hatten. Der Rest der Altstadt im Süden Nordens war durch massige Wohnblocks ersetzt worden, die den musealen Charakter der nun noch winziger wirkenden, schiefen Häuschen unterstrichen. Wie Spatzen auf einem kahlen Zweig schienen sie sich zusammenzukauern, als hätten sie Angst, eines Tages doch noch aus der Geschichte Nordens gerissen zu werden.

Aber solange Hannes Diekinga lebte, war dies kaum zu befürchten, denn der ehemalige Herausgeber und Chefredakteur des *Norder Tageblatts* war das historische Gedächtnis der Stadt und zugleich ihr Gewissen. Zumindest, was das 20. Jahrhundert und insbesondere die Herrschaft der Nationalsozialisten betraf, konnte ihm keiner das Wasser reichen. Norden war eine Hochburg der Nationalsozialisten gewesen, die dort schon seit 1921 aktiv waren. Adolf Hitler persönlich hatte 1923 die Norder Ortsgruppe „zur ersten Ortsgruppe der NSDAP im Reich außerhalb Münchens" erklärt, worauf die ostfriesische Kleinstadt in manchen Zeitungen als „Klein-München" tituliert wurde.

Norden, die Stadt der Nazis, das war Diekingas Thema. In regelmäßigen Abständen veröffentlichte er Bücher und Zeitungsartikel, in denen er wider das beliebte Vergessen und

Verdrängen anschrieb, mühsam recherchierte Fotos zeigte und Namen nannte. Namen von Opfern und von Tätern, von Juden, denen man ihre Häuser und später ihr Leben genommen hatte, von NS-Karrieristen, Mitläufern und Profiteuren, die nach '45 auch zu Opfern wurden, nämlich zu Opfern der grassierenden Amnesie.

An der grünen Liliputanertür wurde Greven von Diekingas Frau begrüßt und umgehend in ein winziges Arbeitszimmer manövriert, das fast nur aus Büchern bestand. Lediglich die Decke war buchfrei geblieben, was Greven ausschließlich der Macht der Gravitation zuschrieb. Mitten im Zimmer stand ein kleiner Schreibtisch aus Weichholz, eines jener Modelle, die in den zwanziger und dreißiger Jahren bei kleinen Geschäftsleuten sehr beliebt gewesen waren. Die Beine verschwanden in Bücherstapeln. Greven suchte sich einen gangbaren Weg und nutzte geschickt die wenigen freien Flächen, in denen sich ein alter Perserteppich zeigte. Diekinga ließ von der Arbeit an seiner Schreibmaschine ab, einen PC oder Laptop konnte Greven nirgends ausmachen, stand auf und reichte ihm die Hand. Er hatte sich den Journalisten größer und vor allem jünger vorgestellt, was wahrscheinlich den nicht mehr ganz frischen Fotos zu verdanken war, die er aus den Klappen seiner Bücher kannte. Diekingas Brille verstärkte seinen wachen Blick, der Greven kurz und intensiv musterte. Die Bügel fanden hinter zwei großen, fleischigen Ohren Halt, einige weiße Stoppeln sorgten dafür, dass der Ausdruck Glatze nicht ganz gerechtfertigt war.

„Nehmen Sie hier Platz", sagte Diekinga und wies ihm seinen Stuhl an, den einzigen im Zimmer.

„Aber Sie …"

„Doch, doch, ich muss sowieso wieder mal auf die Beine kommen. Ich spüre schon wieder mein Knie."

„Wem sagen Sie das."

„In Ihrem Alter?"

„Eine Schussverletzung."

„Dann kennen Sie sich ja aus."

Diekinga stelzte über die Bücherstapel hinweg und fand neben dem Schreibtisch einen guten Stehplatz. Als Greven seinen Blick von Diekingas Stuhl aus noch einmal durch den Raum schickte, stellte er fest, dass auf einigen der Stapel beschriftete Karteikarten lagen und die verschiedenen Stapel wiederum in Grüppchen beieinander standen. Das vermeintliche Chaos entpuppte sich auf den zweiten Blick als sorgfältig arrangierte Ordnung.

„Sie interessieren sich also für Eike Lüken?“, kam Diekinga gleich zur Sache.

„Ja, vor allem für das Malverbot, seine Ermordung und den möglichen Verbleib seiner Bilder.“

„Dann ermitteln Sie wegen des Säureanschlags in Emden?“

„Nicht direkt“, taktierte Greven, „aber mein Interesse steht in unmittelbarem Zusammenhang mit dieser Tat.“

„Gut“, begann der Exredakteur, der seinen Ruhestand zur Unruhe nutzte, „aber den Mörder Lükens kann ich ihnen auch nicht nennen. Leider konnte ich nie einen Blick in die Akten werfen, das meiste ist damals sowieso in Berlin gelandet, bei der Reichskulturkammer. Vor ... na ... zwanzig Jahren habe ich mal einen Versuch gemacht, an die Akten zu kommen. Aber damals haben die Amerikaner sie nicht freigegeben. Jetzt ist das aber bestimmt möglich. Für Sie dürfte das doch kein Problem sein.“

„Ich werde sie anfordern.“

„Kennen Sie denn in Grundzügen Lükens Geschichte?“

„Eigentlich nicht“, musste Greven zugeben.

„Gut, dann werde ich Ihnen aushelfen. Viel weiß ich allerdings auch nicht, denn die Quellen sind sehr dürftig. Also, Eike Lüken wurde 1904 in Norden geboren. Das genaue Geburtsdatum suche ich Ihnen noch raus. Er besuchte das Ulrichsgymnasium, ...“

„... wie ich ...“, warf Greven ein.

„... machte ein mittelprächtiges Abitur und wollte in Göttingen Architektur studieren. Doch nach ein paar Semestern verließ er die Universität und arbeitete in allen möglich Berufen, vor allem auf dem Bau. Dabei ist er irgendwo von einem Gerüst gestürzt und hat sich so schwer verletzt, dass er seitdem gehbehindert war. Von da an konzentrierte er sich aufs Malen. Jeder Kunstexperte wird Ihnen bestätigen, dass er eine außerordentliche Begabung besaß. Bald konnte er, wenn auch mehr schlecht als recht, sogar von seinen Bildern leben. Nach verschiedenen Ausstellungen kehrte er nach Ostfriesland zurück und richtete sich in Dornum ein kleines Atelier ein."

„Dornum?", wiederholte Greven.

„Ja, aber das Haus steht nicht mehr. Es ist ja 1942 abgebrannt. Aber noch schnell ein paar Worte zu Lüken. Als Künstler war er ein Einzelgänger und dem Expressionismus verpflichtet, obwohl dieser zu Lükens Zeit kaum noch eine Rolle spielte. Er hat nie den *Blauen Reitern*, der *Brücke* oder einer anderen Künstlergruppe angehört. Dafür galt er als besessen, als extrem fleißig, aber auch als Eigenbrötler, der zu seinen Mitmenschen kaum Kontakte pflegte."

„Wo hat er seine Bilder ausgestellt?"

„Von seinen vielen Reisen und Berufen her kannte er einige Kunsthändler und Galeristen, soweit ich weiß, in Dessau, Köln und Berlin. Aber da kann ich mich auch irren, das müsste ich nachschauen."

„Wissen Sie, wie es zu dem Malverbot gekommen ist?"

„Sogar ganz genau, denn das ist ja Teil der Norder Geschichte. Lange Zeit haben ihn die Nazis gewähren lassen, er war ja keine große Nummer, wissen Sie. Seine Qualitäten kannten nur wenige, und seine Bilder waren nur in wenigen Museen zu sehen. Bis 1939, also bis zum Kriegsbeginn, konnte er seine Bilder über einen Schweizer Kunsthändler ins Ausland verkaufen. Auch von der Münchner Ausstellung, 1937, Sie wissen schon, *Entartete Kunst*, war er nicht betroffen. Angezeigt hat ihn schließlich ein anderer Norder Künstler, nämlich Fritz Onnen."

„Den Namen habe ich noch nie gehört", bemerkte Greven.

„Kein Wunder", spottete Diekinga, „denn Onnen hat nicht lange als Künstler gearbeitet. Eigentlich war auch er Architekt, doch dann ist er irgendwann Arno Breker über den Weg gelaufen, dem seine Plastiken und Ideen gefielen. Für einige Zeit, wie lange, weiß ich nicht, war er sogar einer von Brekers Schülern. Egal, Onnen war auf jeden Fall ein glühender Verehrer von Brekers Blut-und-Boden-Realismus im Besonderen und der nationalsozialistischen Kunstauffassung im Allgemeinen."

„Da war ihm Lüken natürlich ein Dorn im Auge."

„Und was für ein Dorn. Noch dazu in seiner Heimatstadt. Als er nach der Zeit bei Breker wieder zurück nach Norden kam, wurde er auf Lüken aufmerksam und hat ihn sofort denunziert, und zwar gleich ganz oben. Schließlich hatte er beste Kontakte. Das bedeutete: sofortigen Ausschluss aus der Reichskulturkammer und ab 1941 sogar Malverbot, nachdem Onnen nochmals in Berlin interveniert hatte. Warten Sie, ich habe ein paar Fotos in meinem Archiv. Daran hätte ich eigentlich gleich nach Ihrem Anruf denken können. Ich bin gleich wieder zurück."

Diekinga stelzte durch das Bücherlabyrinth und schloss die Tür hinter sich. Greven hörte, wie erst die Stufen einer Treppe und dann die Bodendielen über ihm knarrten. Nach wenigen Minuten kehrte Diekinga mit einem dünnen Aktendeckel zurück, der ein Etikett mit der Aufschrift *Lüken* trug.

„Mein Archiv ist unterm Dach, wissen Sie. So schön diese kleinen Häuser sind, viel Platz ist hier nicht. Aber als Alterssitz reicht's. Früher, mit den Kindern, wäre das natürlich nicht gegangen."

Er öffnete die Mappe aus grauem Karton, suchte kurz und reichte Greven ein reproduziertes Schwarzweißfoto.

„Das ist Eike Lüken. Da dürfte er etwa dreißig Jahre alt gewesen sein."

Das Foto zeigte einen großen, kräftigen Mann mit kantigem Kopf und zurückgekämmten, blonden Haaren, die länger waren als damals üblich, aber auch nicht auffällig lang. Sein Blick signalisierte ein überdurchschnittliches Selbstbewusstsein, seine Kleidung wirkte einfach, wenn nicht gar ärmlich. Das Foto war vor einem kleinen Landarbeiterhaus aufgenommen, wie es heute nur noch wenige gab.

„Sein Atelier, in dem er auch gewohnt hat", kommentierte Diekinga, „und auf diesem Foto, vorn auf dem Rednerpult, ist Fritz Onnen zu sehen, aufgenommen bei einer Versammlung der ostfriesischen Bauwirtschaft im Februar 1939."

Auch Onnen war ein großgewachsener Mann, jünger als Lüken, aber mit schon fast kahlem Schädel. Er trug keine Uniform. Der rechte Arm des Redners war zu einer raumgreifenden Geste erhoben, als wolle er einen Vogel im Flug fangen, sein Mund leicht geöffnet, sein Blick beschwörend und starr auf sein Publikum gerichtet. Greven stufte ihn spontan als überheblich ein.

„Ein Fanatiker, Parteimitglied, aber ohne Funktion. Er sah sich nicht als Politiker, sondern als Künstler, als Elite einer neuen, nationalsozialistischen Kunst. In Lüken hat er natürlich einen entarteten Künstler gesehen, eine Art Wahnsinnigen, einen, der das Bild des gesunden Menschen verzerrt. Ganz, wie die NS-Propaganda die moderne Kunst dargestellt hat. Dabei war Onnen nur ein mäßig begabter Bildhauer, Lüken hingegen schon fast genial. Ein Naturtalent eben. Onnens Plastiken dagegen ... hier, sehen Sie sich das mal an." Diekinga reichte Greven einige Fotos. Es waren die üblichen, schon von Breker bekannten Motive, nackte Speerwerfer, Schwertkämpfer und Mütter samt Töchtern. Alle mit markanten, entschlossenen, idealisierten Gesichtern.

„Allerdings, mit der Ausdruckskraft von Arno Breker hat das nichts zu tun."

„Epigonenhaft", kommentierte der Journalist.

„Wissen Sie, wann Onnen geboren wurde?"

Diekinga nahm ihm das Rednerfoto wieder aus der Hand und sah auf die Rückseite: „1912."

„Hm", brummte Greven, „und wie geht die Geschichte weiter?"

„Onnen hat Lüken bei jeder sich bietenden Gelegenheit schikaniert und ab und zu sogar einen berüchtigten SA-Schlägertrupp auf ihn angesetzt. Mehrfach ist Lüken auf offener Straße oder vor seinem Atelier beschimpft, angepöbelt und zusammengeschlagen worden. Aber er hat sich nicht unterkriegen lassen und sogar nach dem Malverbot heimlich weitergemalt."

„Wie Emil Nolde und Max Ludwig Nansen."

„Genau. Außerdem hatte er auch ein paar Fürsprecher, selbst unter den Nazis in Norden. Nachbarn haben ihm heimlich Lebensmittel gebracht und so weiter. Mit der gängigen Schwarzweißmalerei kommt man da nicht weit, sie liefert einfach kein differenziertes Bild der NS-Zeit. Jedenfalls hat Onnen immer darauf geachtet, dass Lüken regelmäßig kontrolliert wurde. Und bei einer dieser Kontrollen durch die Norder Polizei wurde Lüken dann tot aufgefunden, erschlagen mit einem Schürhaken. Das war, warten Sie mal ... "

Diekinga blätterte in seiner Mappe.

„... ja, genau, das war am 8. Januar 1942."

„Warum wurde der Mörder nie gefasst?"

„Ich vermute, weil man kein besonderes Interesse daran hatte, ihn zu finden. Die Nazis haben in Lüken doch nur eine Art Volksfeind gesehen. Der Mord wurde also gar nicht richtig untersucht und schnell zu den Akten gelegt. Es war Krieg, und da waren andere Dinge wichtiger, als den Mörder eines weitgehend unbekannten, mittellosen, behinderten und entarteten Malers zu suchen."

„Onnen?"

„Wäre natürlich ein idealer Täter, und er war auch zur Tatzeit in Norden, hat aber angeblich irgendwo wieder einmal eine Rede gehalten. Doch ermitteln lässt sich heute wohl kaum noch."

„Was ist aus ihm geworden?"

„Nach dem Krieg ist er als Mitläufer eingestuft worden und hat kurz darauf sein Architektenbüro wieder eröffnet. Gestorben ist er, warten Sie mal, ja, 1995."

„Und Lükens Bilder?"

„Die meisten sind von den Nazis aus den Museen geholt, zerstört oder ins Ausland verkauft worden. Einige haben bei Privatleuten die braune Zeit überstanden. Aber bestimmt meinen Sie die Bilder, die noch in seinem Atelier waren. Sie sind verbrannt. Denn einen Tag nach dem Mord ist sein Atelier in Flammen aufgegangen. Die Feuerwehr kam erst, als nichts mehr davon übrig war."

„Könnte es denn nicht sein, dass irgendjemand die Bilder vor dem Brand aus dem Atelier geholt oder gestohlen hat?"

„Und den Brand gelegt hat, um diese Tat zu vertuschen? Daran habe ich auch schon mal gedacht. Aber viel wahrscheinlicher ist doch, denken Sie an Onnen, dass er seinen SA-Trupp geschickt hat, gerade um das Atelier und die Bilder zu vernichten. Ich glaube, dass der Brand gelegt worden ist, um auch die letzten Werke und somit auch die letzten Spuren Lükens auszulöschen. Onnen war ein Fanatiker, vergessen Sie das nicht."

„Ja, vermutlich haben Sie Recht", stimmte Greven zu, der sein Kombinationsvermögen diesmal etwas vorsichtiger einsetzen wollte.

„Wer kommt für Sie noch als Täter in Frage?"

„Für den Mord? Schwer zu sagen. Wahrscheinlich mehr, als wir denken. Er hat einem mächtigen Bauern aus Dornum Geld geschuldet. Nicht viel, aber der Bauer hat ihm mindestens einmal öffentlich gedroht, ihn zu erschlagen, wenn er noch länger auf sein Geld warten muss. Hm, und natürlich Beninga."

„Beninga?"

„Reemt Beninga, der Anführer des SA-Schlägertrupps. Hier haben Sie den ganzen Haufen." Diekinga zog ein Foto aus der Mappe und reichte es Greven. „Der Blonde in der Mitte, das ist Reemt Beninga, ein wirklich übler Geselle."

Die Augen, die Nase, der Schädel, die Haare, die Statur. Diekinga hätte ihm gar nicht zu erklären brauchen, wer gemeint war, denn er war Claas wie aus dem Gesicht geschnitten. Als hätte der vor sechzig Jahren schon einmal gelebt. Oder als hätte Reemt Beninga die Zeit alterslos überstanden.

13

Ein Fluss aus braunen Tränen, die noch immer langsam und klebrig nach unten liefen oder hier und da bereits zu skurrilen Gebilden erstarrt waren, wie sie nur wenige Menschen je gesehen hatten, eingerahmt in weißes Holz, das ebenfalls tropfte. Eine phantastische Landschaft mit Hügeln, Weiten und gähnenden Abgründen, und mitten drin das Nichts, als sei Phantásien bedroht. Rücksichtslos fraß es sich durch die Tränentäler, immer noch, wenn auch langsam, kaum merklich, unsichtbar. Löcher einer Landschaft. Welch ein Titel. Aufzuhalten war das Nichts nur mit einer Lauge, die der Säure Paroli hätte bieten können. Doch auch so hatte das Nichts keine Chance, denn seine Kraft war inzwischen verbraucht, die Löcher waren fast vollendet, ausgefranst die Ränder wie die Polder, Heller und Groden nach einer Sturmflut, nur dass es keine Deiche gab, die das Nichts hätten aufhalten können wie Atreju und Bastian. Was blieb, war der Fluss aus braunen Tränen, der über die alte Leinwand rann wie geschmolzenes Wachs an einer Kerze.

„Schwefelsäure", erklärte Greven.

„Und die kann man sich so ohne weiteres beschaffen?", fragte Gisbert Wilhelm.

„Kein Problem, die gibt es in jeder Autowerkstatt, in jedem Baumarkt."

„Batteriesäure?"

„Genau. Leicht zu beschaffen, aber sehr wirkungsvoll. Außerdem tritt die Wirkung nicht sofort ein, sondern relativ langsam, fast ohne theatralische Effekte. Also nicht so wie in schlechten Fernsehkrimis. Der Täter hat die Säure in eine Spritzpistole gefüllt, ist zur Eröffnung gekommen und hat in einem unbeobachteten Moment die Bilder damit beschossen. Die Pistole hat er auf der Toilette liegen lassen. Auf der Herrentoilette übrigens."

„Warum hat er sie nicht mitgenommen?"

„Aus zwei Gründen. Er hat sich wahrscheinlich später wieder unter die Gäste gemischt. Hätte er sich verdrückt, wäre das irgendjemand aufgefallen und man wäre schnell auf ihn als Täter gekommen. Außerdem hält auch der billige Kunststoff der Säure nur einige Zeit stand, früher oder später war also die Pistole fällig. Von ihr ist übrigens nur ein komischer grauer Klumpen übrig geblieben."

„Viel ist von den Bildern auch nicht mehr übrig."

„Was hältst du davon?"

„Ein Trauerspiel. Der Täter hat ganze Arbeit geleistet. Du siehst es ja selbst. Da ist nichts mehr zu restaurieren. Die Bilder sind unwiederbringlich verloren."

Noch einmal betrachteten Greven und Gisbert Wilhelm die braunen Tränen, die vor wenigen Tagen noch leuchtende Farben gewesen waren, aufgetragen auf die Leinwand vor mehr als sechzig Jahren. Die Museumsleitung hatte die Bilder, die beschädigten wie die beiden total zerstörten, in einen Abstellraum auf eine dicke Folie und alte Teppiche gestellt. Als das Attentat entdeckt worden war, war es für eine Neutralisierung der Säure bereits zu spät gewesen. Nun waren sie nur noch als Asservate tauglich.

„Ausgerechnet die beiden Lüken-Bilder", sagte Gisbert Wilhelm. „Wie gut, dass Jann ter Fehn das nicht mehr erlebt hat."

Greven wandte ruckartig den Kopf von den durchlöcherten Leinwänden ab: „Das musst du mir erklären. Was hatte Jann mit den Bildern zu tun?"

„Hab ich dir doch schon erzählt."

„Bestimmt nicht."

„Janns Statement? Bei seiner letzten Einzelausstellung in Greetsiel?"

„Mit Sicherheit nicht!"

„Komisch, ich dachte … War Mona denn nicht dabei?"

„Nicht, dass ich wüsste. Und jetzt erzähl."

„Das war … warte mal … das war im Februar. In Jüttings Galerie. Nach der Laudatio hat Jann ums Wort gebeten und ein paar Sätze über Lüken gesagt, über sein Leben, über Dornum, und dass sein Mörder nie gefunden worden ist. Und dass er, also Jann, alles daran setzen werde, diesen ungesühnten Mord an einem der besten ostfriesischen Künstler wieder ins Gedächtnis der Allgemeinheit zu rufen. Vielleicht sei es sogar möglich, hat er gemeint, den Fall aufzurollen und den Mörder doch noch zu finden. 'Ich werde den Fall Lüken an die große Glocke hängen!', hat er gesagt. Das war alles. Ein paar Sätze nur, mehr nicht. Hätte ich fast vergessen. Ist mir hier vor den Bildern erst wieder eingefallen. Und das habe ich dir wirklich nicht erzählt?"

„Leider nicht", brummte Greven vorwurfsvoll.

„Ist das denn wirklich so wichtig? Du weißt doch, dass Jann immer politisiert hat, immer hat er irgendeinen Skandal aufdecken wollen. Da hat doch kaum noch jemand zugehört. Das ist damals auch völlig untergegangen. Die meisten haben es gleich wieder vergessen."

„Einer bestimmt nicht, nämlich sein Mörder."

„Ach, darum geht's. Wenn ich das geahnt hätte. Und ich dachte, du wärst irgendwie mit dem Säureattentat befasst. Aber fang bitte nicht schon wieder damit an. Nicht jeder Tote ist ermordet worden. Ich weiß, es ist dein Job, und du machst ihn gut, aber ..."

„Gisbert", fiel ihm Greven ins Wort. „Du hast mit deiner kleinen Geschichte, die du mir ruhig schon früher hättest erzählen können, einen weiteren Hinweis dafür geliefert, dass Jann ter Fehn einem perfiden Mord zum Opfer gefallen ist."

„Gerd, bitte!"

„Auf dem aus der *Greetsieler Woche* gestohlenen Bild waren diese beiden Lüken-Bilder zu sehen."

„Woher soll Jann die gekannt haben, die sind doch erst kürzlich ..."

„Sie waren im *New York Art Magazin* vom Januar abgebildet, und zwar laut und deutlich."

„Wo hatte er denn dieses elitäre Blatt her?"

„Ganz einfach, er hatte es abonniert. Seit seiner Zeit in New York."

Gisbert blieb eine Entgegnung schuldig und begann stattdessen, mit den neuen Fakten zu arbeiten. Erst schüttelte er leicht den Kopf, mehr für sich denn für Greven, dann verriet sein Mienenspiel Zweifel an seinem eigenen Urteil. Mit der rechten Hand fuhr er sich durch die grauen Haare seines Bürstenschnitts und schloss kurz die Augen. „Wer ist auf das *New York Art Magazin* gekommen? Mona?“

„Sie hat mich auch wieder …“

„… aktiviert?“

„Wenn du es so nennen willst. Ja, sie hat die Verbindung zwischen Lüken und Jann ter Fehn hergestellt. Wenn ich natürlich das mit seinem Statement eher gewusst hätte … Aber gut. Eigentlich hatte ich den Fall, der keiner werden wollte, schon aus meinem Kopf verbannt. Die Ansprache vom Staatsanwalt hat nämlich gesessen, und ich war selbst sicher, danebengegriffen zu haben.“

„Und jetzt?“

Greven antwortete mit einem Blick, den Gisbert nicht eindeutig interpretieren konnte.

„Wenn das tatsächlich stimmt, dann war es einer von uns“, grübelte Gisbert Wilhelm laut und sah Greven fragend an. „Hast du schon einen Verdacht?“

„Nein, nicht den geringsten.“

„Kannst du offiziell ermitteln?“

„Nee, Gisbert, wenn ich das mache, versetzen die mich nach Memmert. Das kann ich erst machen, wenn ich was Greifbares in der Hand habe.“

„Bist du dir denn wirklich sicher?“

„Du weißt, ich hab's nicht so mit dem Zufall, schon gar nicht mit einem mehrfachen.“

„Und Lüken und seine Bilder sind wirklich das Motiv?“

„Im Moment sehe ich kein anderes.“

Gisbert Wilhelm zog sich kurz zurück, wandte seinen Blick von Greven ab und durchwanderte erneut die braunen Tränentäler. Gisbert war der erste Künstler, den Mona ihm vorgestellt hatte. Auf Anhieb hatte er sich mit Gisbert verstanden, der wie er den Jazz liebte, aber auch die Oper, auf deren Bühne Gisbert selbst gerne gestanden hätte. Seine Stimme war heute noch beachtlich. Lange Zeit hatte er sich als Innenausstatter durchs Leben schlagen müssen. Längst hatte er einen Namen und konnte gut von seinen Bildern leben.

Für einen Moment überlegte Greven, wie gut er Gisbert wirklich kannte. Er taxierte seine imposante Statur, seine breiten Schultern und seinen massigen Kopf. Wenn er sich richtig erinnerte, hatte Gisbert auch für ein paar Jahre im Boxring gestanden. Eine bewegte Biografie. Noch mit über sechzig wirkte er fit und durchtrainiert. Ihm wäre es ein Leichtes gewesen, Jann ter Fehn mit einem kräftigen Tritt oder einem gezielten Schlag durch die offene Tür auf die Galerie der Mühle zu befördern. Alle waren mit den unbekannten Eindrücken und Geräuschen beschäftigt gewesen, hatte Mona erzählt, oder hatten sich ihren Gedanken hingegeben. Alle waren also abgelenkt gewesen. Kam Gisbert als Mörder in Frage? Grevens Freund? Der MalerBoxerOpernsängerInnenausstatter? Als könnte er Gedanken lesen, verließ der Wanderer die Tränentäler und wandte sich wieder Greven zu.

„Gut, du hast mich überzeugt, wenn auch nicht hundertprozentig. Aber dass die drei Ereignisse tatsächlich dem Zufall anzulasten sind, das kann nicht sein. Da muss ich dir Recht geben. Aber wenn das so ist", sagte er und machte eine kurze Pause, „dann zähle auch ich zu den Verdächtigen. Und Mona natürlich auch."

Greven massierte sein Kinn, strich sich über die Bartstoppeln und nickte: „In letzter Konsequenz ist es so."

„Hm. Ich hab ja schon eine Menge Jobs gemacht in meinem Leben", schmunzelte Gisbert Wilhelm, „aber Verdächtiger in einem Mordfall war ich noch nie."

„Glaub ja nicht, dass mir das leicht fällt, Gisbert. Aber wenn ich jetzt nicht aufpasse wie der Teufel, wenn ich keine externe Position einnehme, habe ich keine Chance, diesen Fall zu lösen. Petra von Hildegard ist meine alte Kunstlehrerin, und Gelbers und Lühr kenn ich auch ganz gut, wie du weißt. Ich muss also jede Möglichkeit …"

„Das sehe ich ein", stimmte ihm Gisbert Wilhelm zu und kehrte zu einer ernsten Miene zurück. „Gut, bin ich eben ein Verdächtiger."

„Nimm's nicht so, sondern hilf mir bitte."

„Ich nehm's nicht so und ich helfe dir", sagte der MalerBoxerOpernsängerInnenausstatter, doch das Lächeln, das er seinem Gesicht verordnete, misslang.

„Okay. Wem würdest du eine solche Tat zutrauen?"

„Keinem!"

„Bon. Eine klare Antwort. Und du bleibst dabei?"

„Keinem! Ich kenne alle seit Jahren, die meisten sogar gut, als Mörder kann ich sie mir allesamt nicht vorstellen, auch wenn vieles dafür spricht."

„Komisch, ich höre von dir und Mona immer nur Geschichten über Missgunst und Neid in der Szene. Wenn der hier ausstellt, stelle ich nicht aus. Ich bin Profi, alle anderen Amateure. Nur ich weiß, was Kunst ist. Wenn ich nicht den größten Raum kriege, stelle ich nicht aus. Ich habe die Akademie besucht, du nur einen Malkurs bei der Volkshochschule. Und so weiter, und so weiter. Das ist doch der Tenor, oder?"

„Keine Frage, auf dem Kunstmarkt wird mit harten Bandagen gekämpft, das weißt du so gut wie ich. Geschenke werden da nicht gemacht, und jeder versucht, sich auf seine Weise zu profilieren. Das Geld ist knapp geworden. Ob du ein oder fünf Bilder verkaufst, kann da überlebenswichtig sein. Dass dabei jeder auf die Bilder und Preise des anderen schielt, ist doch wohl klar. Und die vielen Eitelkeiten? Wie hab ich die dicke. Aber man bringt sich doch nicht gleich um!"

„Weißt du, ob Jann ter Fehn Feinde hatte?"

„Unter den Künstlerkollegen jedenfalls nicht. Unter den Politikern dagegen bestimmt jede Menge. Wie wär's denn mit Frerich Söden?"

„Dem Landrat? Gibt's da etwa noch eine Geschichte, die ich unbedingt wissen müsste?"

„Vielleicht", meinte Gisbert Wilhelm.

14

Türen schlugen, Telefone klingelten, Namen wurden gerufen. Uniformierte wiesen Zeugen ein, Ortsunkundige suchten nach bestimmten Büros. Ein Betrunkener, der lautstark ankündigte, es mit der ganzen Welt aufnehmen zu wollen, musste mit sanfter Gewalt von dieser ferngehalten werden. Aus einem der Büros drang ebenso unüberhörbar die utopische Bitte um Ruhe.

Die übliche Rushhour eben, in der Peter Häring endlich auf eine Spur im Fall Keke Davids gestoßen war. Hartnäckig hatte er zuvor mit Kollegen telefoniert, hatte Akten befragt und Dateien durchforstet. Der rote Opel Manta, der in der Nähe des Tatortes gesehen worden war, spielte offenbar auch in einem anderen ungelösten Fall eine entscheidende Rolle. Vor über einem Jahr war in Hude bei Oldenburg ebenfalls eine Rentnerin ermordet worden. Auch sie hatte in einem freistehenden Haus gewohnt. Bei ihr hatte der Täter einen beachtlichen Geldbetrag mitgehen lassen. Zeugen hatten einen Opel Manta bemerkt, sich aber wegen der Dunkelheit nur die letzte Zahl des Kennzeichens merken können, nämlich die 8. Bei der Farbe gingen die Meinungen allerdings weit auseinander, doch immerhin, zwei Zeugen hatten auf einem dunklen Rot bestanden. Häring hatte sich, gleich nachdem er die Akten von den Oldenburger Kollegen erhalten hatte, bei der Zulassungsstelle nach einem bestimmten Kennzeichen erkundigt und war fündig geworden. Der Vetter der beiden Mädchen, die den roten Opel gesehen hatten, fuhr bekanntlich denselben Typ, amtliches Kennzeichen AUR-Z 38.

„Darauf hätten wir auch eher kommen können“, ärgerte sich Ackermann, als Häring seine Ergebnisse präsentierte. „Die beiden haben ja ganz klar ausgesagt, dass ihr Vetter auch so ’n Maurerporsche fährt.“

„Warum haben wir das versiebt? Warum haben wir diesen Vetter nicht sofort überprüft?“, fragte Jaspers selbstkritisch.

„Eine gute Frage“, antwortete Häring gelassen und hatte auch gleich eine Erklärung parat. „Es war zu naheliegend. Als die Kinder erzählten, das ist genauso ein Auto wie das von unserem Vetter, nämlich ein roter Opel Manta, haben wir alle gedacht, dass dieser von vornherein ausscheidet, denn sonst hätten sie ja gleich gesagt: Es war unser Vetter. Das haben sie aber nicht. Also suchten wir nach einem anderen roten Manta.“

„Wahrscheinlich hast du Recht“, brummte Greven, der genau wusste, dass dieser Fehler ein gravierender war, der nicht hätte passieren dürfen, aber eben doch passiert war. Ein klassischer und gut fundierter Ermittlungsfehler. Sie waren in die Komplexitätsfalle getappt und hatten das Naheliegende übersehen. Auch war ihm klar, dass sich mehr und mehr ein ganz anderer Mordfall in seinem Kopf eingenistet hatte, und er gelobte sich lautlos Besserung. „Rücken wir ihm eben jetzt auf die Pelle, und zwar vorsichtig.“

„Wäre es nicht am einfachsten, ihn hier in die Zange zu nehmen?“, schlug Jaspers vor.

„Im Prinzip schon, vorausgesetzt, wir hätten etwas in der Hand. Dabei haben wir gerade mal seine Adresse, ganz abgesehen davon, dass wir uns auch irren können. Da wir keine DNA-Spuren an den Tatorten sichern konnten, müssen wir konventionell vorgehen. Ohne dass er es gleich merkt, versteht sich. Peter kümmert sich um seine Konten und Konsumgewohnheiten. Vielleicht hast du ja Recht, und er ist wirklich ein Serientäter, der nach einem bestimmten Muster vorgeht. Dieses mögliche Muster …“

„… werden wir finden“, fiel ihm Häring ins Wort und streichelte seinen Laptop.

„Dann bleibt mir wohl wieder der Routinebesuch“, stöhnte Jaspers. „Oder willst du das selbst übernehmen?“

„Nein“, entgegnete Greven. „Ich werde dir doch nicht ins Handwerk pfuschen, der Zeuge gehört dir. Aber bitte …“

„Ich weiß, ich weiß“, nickte Jaspers, „er wird nichts merken. Du kennst mich doch.“

„Eben. Also stell die bewährten Fragen nach dem großen Unbekannten und sonst nichts. Wir wollen doch unsere Kundschaft nicht verscheuchen.“

„Arbeitskollegen? Freunde?“

„Teilen wir uns. Ackermann hört sich in der Nachbarschaft von diesem Hermann Bolke um. Ich werde seinem Arbeitgeber einen Besuch abstatten. Dann sehen wir weiter. Die Gefahr, dass er abtaucht, sehe ich im Moment nicht. Er hätte ja längst verschwinden können.“

Greven hatte sich bewusst für die Druckerei entschieden, in der Bolke arbeitete, denn er wollte die Fahrt nach Norden nutzen, um seiner alten Kunstlehrerin ein paar Fragen zu stellen. Er rief sie vom Auto aus an und vereinbarte einen Termin. Kaum hatte er aufgelegt, schmolzen seine im Büro frisch gemachten Vorsätze wie die leicht gesalzene dänische Butter in Monas teurer Kasserolle. Der Platz, der eigentlich dem Mörder von Keke Davids vorbehalten war, wurde schleichend wieder von dem Gruppenfoto besetzt, das ihm Hannes Diekinga gezeigt hatte.

Zehn junge Gesichter mit SA-Uniformen, zehn Menschen, die alles hassten, was sie nicht verstanden, was anders war, was ihnen als rotes Tuch von Ideologen vor die Nase gehalten wurde. Fanatische Straßenkämpfer für den Aufstand wider die Moderne und für die Rückkehr zu einer letztendlich mythologischen Welt. Und mitten unter ihnen: Reemt Beninga. Größer, stolzer und rücksichtsloser als die anderen. Seit Tagen schon verfolgte ihn dieses Bild, schob sich immer wieder vor andere Gedanken, überlagerte andere Bilder. Vor allem der arrogante, triumphale Blick und die verblüffende Ähnlichkeit mit Claas hatten sich bei ihm fest eingebrannt.

Reemt Beninga war der Vetter von Claas’ Vater. Das hatte Greven herausgefunden, während Häring einem ganz anderen Vetter nachgespürt hatte. Claas hatte seinen Großvetter nie erwähnt. Wahrscheinlich hatte er auch gar nichts von ihm gewusst, als Kind, als sie zusammen in der Mühle spielten. Eigentlich kannte Greven Claas nur als Kind. In ihrer Teenagerzeit war der Alterunterschied von zwei Jahren mit großer Wirkung zum Tragen gekommen, und sie waren in verschiedenen Cliquen gelandet, grüßten sich, sprachen im Schulbus miteinander, verstanden sich, tauschten sogar Platten aus, und kannten sich dennoch nicht mehr richtig. Nach dem Abitur hatte er Claas fast zwei Jahrzehnte nicht mehr gesehen. Erst nach seiner unfreiwilligen Rückkehr nach Ostfriesland hatten sich ihre Wege in Greetsiel wieder gekreuzt. Immerhin, geblieben waren ihnen Kindertage in der Mühle, die sie bei der ersten Begegnung auffrischten. Weißt du noch? Wie wir den Mehlsack auf die Falltür gelegt haben? Wie wir auf die Flügel gestiegen sind? Wie wir die Ratte gefangen haben? Weißt du noch? Allein diese Frage, die immer öfter formuliert wurde, war ein Indiz dafür, dass die Zeit ihre Fratze immer eindrucksvoller zeigte.

Reemt Beninga war in den letzten Kriegstagen in Berlin gefallen. Aller Wahrscheinlichkeit nach, denn einen Beweis dafür gab es nicht. Er zählte jedenfalls zu jenen, die bis zum Schluss dem Regime die Stange gehalten und an irgendeine Art von Endsieg geglaubt hatten. Nach dem Krieg wurde er als vermisst gemeldet und 1958 für tot erklärt. Das war keine Seltenheit, denn oft waren Leichen in brennenden Häusern restlos eingeäschert worden. Vermutlich eine der vielen Tausend Aschleichen, hatte das Rote Kreuz geschrieben. Verschwand dann auch noch die Erkennungsmarke im Schutt, löste sich der Mensch in nichts auf. Was blieb, waren Briefe, Erinnerungen und Fotos. Wie das von dem SA-Schlägertrupp.

Greven hatte auch bei der Kriegsgräberfürsorge und anderen Institutionen nachgefragt und immer die gleiche Antwort erhalten: Wahrscheinlich gefallen in den letzten Kriegstagen in Berlin im Alter von 28 Jahren, letzter Dienstgrad: vermutlich Hauptgefreiter. Beninga war erst 1943 eingezogen worden, weil er, wie auch der Vater von Claas, bis dahin als unabkömmlich eingestuft worden war. Denn auch Reemt war Müller gewesen.

Natürlich hatte Greven nachgerechnet, schon um der Wahrscheinlichkeit Rechnung zu tragen. Sollte Reemt Beninga, allen Akten zum Trotz, doch nicht gefallen sein und unter anderem Namen eine neue Existenz begonnen haben, so wäre er zum Zeitpunkt des Mordes an Jann ter Fehn genau 87 Jahre alt gewesen. Viel zu alt also, um auch nur im Entferntesten als Täter in Frage zu kommen. Und dennoch ging Greven das Foto nicht aus dem Kopf, nicht mal, als er in der Druckerei im

Gewerbegebiet Leegemoor durch eine große Scheibe auf den Gabelstaplerfahrer Hermann Bolke blickte. Ein unauffälliger und zuverlässiger Mitarbeiter, wie der Inhaber betonte, dem Greven verschwieg, warum er wirklich gekommen war. Stattdessen hatte er dem mittelständischen Unternehmer eine harmlose Geschichte aufgetischt, in der es lediglich um das Sorgerecht für eine noch minderjährige Verwandte ging. So hanebüchen diese Geschichte auch war, Bolkes Chef schluckte sie und gab bereitwillig Auskunft, musste jedoch sehr schnell zugeben, dass er eigentlich kaum etwas über seinen langjährigen Mitarbeiter wusste.

„Er redet nicht viel. Auf jeden Fall ist er unverheiratet und hat keine Kinder. Ob er eine Freundin hat, kann ich Ihnen allerdings beim besten Willen nicht sagen. Aber ohne Frau kommt er für Sie ja wahrscheinlich sowieso nicht in Frage", meinte der korpulente Druckereibesitzer und blickte ebenfalls durch die Scheibe in seinem Büro auf den Tatverdächtigen.

„Sagen Sie ihm bitte nichts von meinem Besuch", bat Greven, bevor er sich wieder auf den Weg machte, der ihn ins *Kunsthaus* in die Großneustraße führte. Dort hatte der Kunstkreis Norden Ende der achtziger Jahre eines der alten Bürgerhäuser erworben, restauriert und in eine Galerie umgewandelt. Rote Klinker, ein Giebelstein, weiße Fenster und die Hausnummer 13 zeigten ihm sein Ziel. Er parkte unmittelbar vor der Galerie und fand seine alte Kunstlehrerin gleich im ersten Ausstellungsraum. Die Wände waren leer, dafür warteten flache Holzkisten darauf, geöffnet zu werden.

„Bilder von Michael Podulke", erklärte Petra von Hildegard grußlos und selbstverständlich, „für die neue Winterausstellung."

Podulke, ein amerikanischer Künstler von Rang, hatte von 1975 bis zu seinem Tod 1988 in Norden gelebt und war mit von Hildegard eng befreundet gewesen. Seine Bilder hingen nicht nur in Norden, sondern auch im *Museum of Modern Art* in New York, im Amsterdamer *Rijks Museum* und anderen namhaften Museen. Längst war er zu einer Visitenkarte des *Kunsthauses* geworden, die regelmäßig präsentiert wurde. Ohne sich von Grevens Erscheinen stören zu lassen, fuhr von

Hildegard mit ihrer Arbeit fort, zupfte Holzwolle aus einer der Kisten und zog schließlich, fast wie in Zeitlupe, ein Bild heraus. Eine schwarze Fledermaus, ein typisches Podulke-Motiv.

„Gerd? Kannst du mal mit anfassen?“

Von Hildegard duzte ihn noch immer, als wäre er noch ihr Schüler, während Greven sie ebenso selbstverständlich siezte. Nie hatte er daran einen Gedanken verschwendet, es war einfach so, eine Gewohnheit, die nicht in Frage gestellt oder geändert zu werden brauchte. Greven packte die Kiste und hielt sie so, dass von Hildegard das Bild wieder verstauen konnte. Ihre schulterlangen Haare waren schon damals grau gewesen, vielleicht blondgrau. Jedenfalls hatte sich die Frisur nicht wesentlich verändert, ganz zu schweigen von ihrem leichten Silberblick. Den hatte sie manchmal hinter einem großformatigen Buch über Monet oder Renoir verborgen, wenn sie Aufsicht während einer mehrstündigen Latein- oder Matheklausur zu führen hatte. Nicht nur Greven hatte ihr sein Latinum zu verdanken, mit dem er bis heute gerne prahlte, wenn sich eine passende Gelegenheit bot.

„So, und jetzt das nächste. Sind alle aus Amsterdam. Scheinen die Reise gut überstanden zu haben.“

Greven hatte ihr am Telefon keinen Grund für seinen Besuch genannt, und dieser schien sie auch nicht zu interessieren. Vielmehr schien ihr Greven gerade recht zu kommen, um ihr bei der ersten Sichtung der Bilder zu helfen.

„Die sind doch einfach klasse!“, strahlte sie, ohne seine Meinung abzuwarten, auf die sie wahrscheinlich auch keinen großen Wert gelegt hätte. Von Hildegard war eine ebenso liberale wie dominante Persönlichkeit, die jederzeit bereit war, gegen Intoleranz auf die Barrikaden zu gehen, aber gleichzeitig Ausstellungen platzen ließ, weil ihr plötzlich der zugewiesene Raum nicht mehr gefiel. Auch in Greetsiel hatte sie vor Jahren schon mal ihre Bilder wieder eingepackt und sich aus dem Staub gemacht. Eine Anekdote, die Mona gern zum Besten gab, denn dieser spontanen Entscheidung ihrer Kollegin verdankte sie ihre erste Ausstellung in Ostfriesland. In seiner Not hatte nämlich der Galerist einen Notruf an einige Künstler abgesetzt, in der Hoffnung, doch noch den Raum füllen zu können. Mona war die Einzige gewesen, die genügend Bilder parat gehabt hatte.

„Was hast du auf dem Herzen? Doch nicht etwa was Kriminalistisches?“ Kaum hatte sie das letzte Bild gesichtet und für gut und unbeschädigt befunden, wechselte sie das Thema.

„Sie treffen den Nagel auf den Kopf.“

„Aber fang bitte nicht wieder mit Jann ter Fehn an!“

Und wie sie den Kopf des Nagels getroffen hatte. Greven blieb nichts anderes übrig, als ihr denselben kleinen Vortrag zu halten, den er auch Gisbert gehalten hatte.

„Einer von uns ein Mörder? Das hab ich im Sommer schon nicht geglaubt, als du mir diese komische Skizze gebracht hast. Das war ein Unfall. Auch wenn es jemand offensichtlich auf Lüken abgesehen hat. Basta.“

Rigoros wie eh und je hatte Petra von Hildegard ihr Urteil abgegeben. Auch ihre achtzig Jahre hatten die Schärfe, die er aus der Schulzeit kannte, nicht abnutzen können. So sehr sich Greven bemühte, er konnte sie nicht von der Wahrscheinlichkeit eines Mordes überzeugen.

„Ach was!“ Mit diesem Schlusswort wischte sie alle Argumente vom Tisch, sah ihm silberblickend in die Augen und wechselte wieder das Thema. „Fass lieber mit an. Die Kisten müssen alle nach hinten. Dann hat deine weite Reise wenigstens einen Sinn gehabt.“

Da Greven nicht offiziell ermittelte, musste er sich geschlagen geben und Kisten schleppen. Als er die letzte Kiste in einer Art Lagerraum verstaut hatte und von Hildegard ihm in einem kleinen Büro eine Tasse grünen Tee anbot, fiel ihm doch noch eine Frage ein: „Sagen Ihnen die Namen Fritz Onnen und Reemt Beninga etwas?“

Von Hildegard ließ den Teekessel sinken und stellte ihn zurück auf das Stövchen. Waren ihre Antworten bislang kurz und bündig gewesen, so bot sie nun eine flammende Rede.

„Beninga sagt mir nichts, aber Onnen kannte ich natürlich. Eine ganz rechte Socke, ein alter Nazi. Hat sich damals für Breker und das Heine-Denkmal stark gemacht. Das war ... 1983, da warst du schon nicht mehr hier. Hoch her ging es damals, das kann ich dir sagen. Anfangs haben wir das ja für einen üblen Scherz gehalten, dass ausgerechnet Arno Breker eine Heine-Plastik für Norderney schaffen sollte. Hitlers Leib-und-Magen-Bildhauer und seine hyperklassizistischen Übermenschen. Der und Heine. Wir waren fassungslos. Und Michael hättest du erst mal erleben sollen. Außer sich war der vor Wut. Hat gleich Collagen gegen Breker und für Heine gemacht und jedem das berühmte Zitat aus Heines *Almansor* mit auf den Weg gegeben."

„Dort wo man Bücher verbrennt, verbrennt man auch am Ende Menschen."

„Genau. Ist ja doch was hängen geblieben bei dir. Michael hat jedenfalls den ganzen Kunstkreis gegen das Breker-Denkmal mobilisiert. 1985 hat er sogar im *Heine-Institut* in Düsseldorf eine Ausstellung gehabt. Heine und die Nordsee. Quasi als Gegendenkmal zur Breker-Plastik."

„Und Onnen?"

„War einer der Wortführer der Gegenseite. Er hat argumentiert, dass Heine durch das Werk eines wahren Künstlers wie Breker aufgewertet werden würde. Oder so ähnlich. Über Heine hat der kaum ein Wort verloren, sondern nur über seinen geliebten Breker. Kein Wunder, Onnen war ja auch sein Schüler."

„Nicht nur das", fügte Greven vorsichtig hinzu, „er kommt auch als Mörder Lükens in Frage."

„Das ist nicht dein Ernst?!"

„Doch, dafür gibt es klare Hinweise. Er ist zwar nicht der Einzige, der in Frage kommt, steht aber auf der Liste ziemlich weit oben."

„Gut, dass das Michael nicht gewusst hat. Dieser Onnen hat ihm so schon voll und ganz gereicht. Siehst du denn eine Chance, den Mörder noch zu finden? Leben wird der wahrscheinlich nicht mehr. Zumindest Onnen ist tot. Aber für die Geschichte, für unsere Geschichte halte ich das schon für wichtig."

„Die Frage kann ich Ihnen nicht beantworten. Ich habe die Akten angefordert, aber eine reale Chance ist schwer auszumachen. Vielleicht stoße ich im Laufe der jetzigen Ermittlungen auf eine Spur."

„Den Mörder von Jann kannst du vergessen. Den gibt es nicht. Such lieber den von Eike Lüken. Das ist eine gute Tat. Auch wenn niemand mehr zu bestrafen ist."

Damit war das Thema für Petra von Hildegard erst einmal erledigt, und sie wandte sich wieder dem grünen Tee und den Bildern von Michael Podulke zu. Greven sah auf die Uhr. Der Abstecher ins Kunsthaus hatte ihn mehr Zeit gekostet, als er veranschlagt hatte. Also bedankte er sich artig, zu artig, wie er sich später eingestand, und fuhr zurück nach Aurich.

„Wenn er jetzt das Geständnis noch unterschreibt, kann nicht mehr viel schief gehen", meinte Ackermann, dem die Anspannung der letzten Stunden deutlich anzusehen war. Seine ansonsten makellose Frisur hatte jeglichen Halt verloren.

„Besorg uns auf jeden Fall den Haftbefehl", sagte Greven erschöpft. „Selbst wenn er das Geständnis widerrufen sollte, die Indizien sind zwar mager, aber ausreichend."

„Sie reichen aus", triumphierte Häring, der in dem Augenblick ins Büro geplatzt kam. „In Cloppenburg konnten tatsächlich DNA-Spuren gesichert werden. Beim dritten Mord, den er uns gestanden hat, gibt es kein Zurück. Außerdem habe ich noch was gefunden. In Cloppenburg hatte er doch 850 DM erbeutet. Und die habe ich auf seinen Kontoauszügen gefunden. Ausgeben konnte er die ja nicht, also hat er die Scheine nach und nach auf sein Konto eingezahlt. Hier, zweimal 300 DM und einmal 250 DM."

„Wo hatte die alte Dame das Geld aufbewahrt?", fragte Ackermann.

„Klassisch", antwortete Greven, „unter der Matratze. Offenbar hat sie dem Euro nicht getraut und sich einen Notgroschen in D-Mark zurückgelegt. Wie auch immer, wir haben ihn, und das haben wir Peter zu verdanken."

„Nein, nein, das war eine Teamleistung."

„Keine falsche Bescheidenheit, ohne deine Hartnäckigkeit hätte Hermann Bolke wahrscheinlich noch eine alleinstehende Frau ermordet."

Nach einem kaum hörbaren Klopfen sprang die Tür des Büros erneut auf, ohne dass jemand reagiert hatte. Ein älterer Mann erschien, fischte aus einem Stapel Umschläge, die er mit der linken Hand hielt, ein großformatiges Kuvert heraus und reichte es Greven.

„Für Sie, Herr Kommissar."

Kaum hatte Greven das Kuvert in der Hand, verschwand der Überbringer ebenso schnell, wie er gekommen war.

„Mann, ist der dick, Mann", kommentierte Jaspers das amtsbraune Päckchen.

„Bundesarchiv Berlin-Lichterfelde?", las Häring den Absender vor.

„Geht euch nichts an", murrte Greven und entzog das Kuvert der Neugier seiner Kollegen. „Reine Privatsache. Lasst uns lieber sehen, dass wir für Bolke einen Termin beim Haftrichter bekommen."

In das braune Kuvert aus Berlin hatte Greven hohe Erwartungen gesetzt. Doch als er es endlich vor den neugierigen Augen seiner Kollegen in Sicherheit, also in Monas Haus gebracht hatte, hinderte ihn ein betörender Küchenduft daran, zum Brieföffner zu greifen. Der Tisch im Atelier war eingedeckt und schien bereits ungeduldig auf ihn zu warten. Greven ließ das Kuvert auf der freien Seite des Tisches zurück und eilte in die Küche, in der Mona gerade frisch gemachte Bandnudeln inspizierte, die über einem Besenstiel hingen.

„Na endlich!", stöhnte sie ihm entgegen. „Wo bleibst du so lange. Ich hoffe, es hat sich wenigstens gelohnt."

„Allerdings", schnaufte Greven erschöpft und nahm sie in den Arm.

„Wir können Bolke die drei Morde nachweisen. Wenigstens dieser Fall ist endlich vom Tisch."

Mona gab ihm einen Kuss. „Na, dann kehrt ja langsam wieder Ruhe ein bei euch."

„Stimmt", schmunzelte Greven und versuchte, über ihre Schulter in die Töpfe auf dem Herd zu schauen.

„Jakobsmuscheln mit Lauchgemüse auf Bandnudeln mit weißen Trüffeln."

„Hatten wir das nicht auf Juist? Im Hotel Papst?"

„Ich habe versucht, es nachzukochen. Und dazu gibt es einen fantastischen Riesling, den ich in Oldenburg aufgetan habe."

„Na, dann her damit!"

„Geduld, Geduld, großer Detektiv. Ein paar Minuten dauert's noch."

Greven schenkte sich einen Grappa ein, setzte sich an den Tisch und öffnete das Kuvert. Der Inhalt bestand aus einem Konvolut von Fotokopien, die er auf Staatskosten hatte anfertigen lassen. Obwohl er nicht die Originale in Händen hielt, glaubte er, die Aura des Historischen zu spüren. Die Briefköpfe, die Schreibmaschinenschrift – wahrscheinlich eine Schwabacher Schrift oder eine Kleine Frakturschrift – , die Stempel mit dem Hakenkreuz und die schnittigen Unterschriften rückten die Geschichte in greifbare Nähe.

Die Wege von Akten aus der NS-Zeit waren oft verschlungen. Lükens Akten waren nach 1945 irgendwie im *Berlin Document Center* gelandet, nicht nur seine Personenakten der Reichskulturkammer samt Malverbot, sondern auch die Ermittlungsakten. Mischprovenienzen, hatte ihm jemand am Telefon erklärt. Die Amerikaner hatten die Akten aus verschiedenen Quellen und ohne Rücksicht auf ihre Herkunft und Entstehung zusammengestellt und unter Personennamen und Geburtsdaten archiviert. Erst seit das *Bundesarchiv* das *Berlin Document Center* 1994 übernommen hatte, waren diese Akten zugänglich. Greven hatte sie ohne Mühe unter Angabe von Lükens Namen und Geburtsdatum erhalten. Und Beningas Akten hatte er gleich mit angefordert.

Fasziniert ging er Blatt für Blatt durch, fand Onnens Anzeige, seine Eingaben, las die knappe Begründung für das Malverbot, stieß auf zahlreiche Vermerke über tatsächliche oder angebliche Verstöße gegen das Malverbot und langte schließlich bei den Ermittlungsakten an. Dokumente ohne auf den ersten Blick erkennbare Hinweise überging er, doch schon nach vier Seiten lösten sich seine Hoffnungen in Luft auf. Ein Paar spärliche und wenig aussagekräftige Protokolle, zwei Zeugenaussagen von Nachbarn und schließlich die aus Berlin mehr oder weniger diktierte Einstellung des Verfahrens, leicht verschleiert und mit Euphemismen gespickt, wie so viele NS-Befehle, aber dennoch klar erkennbar. Der Mord wurde dem gesunden Volksempfinden und dem Volkszorn zugeschrieben. Das Volk, meinte der Autor des letzten Schreibens, habe angesichts der allgemeinen Anstrengungen für den Endsieg kein Verständnis mehr aufgebracht für einen Volksschädling, den es habe in diesen schweren Zeiten der Prüfung durchfüttern müssen.

Zum Schluss stieß Greven dann doch noch auf ein interessantes Detail. Die Einstellung des Verfahrens war zwar von Berlin angeordnet worden, jedoch aufgrund eines Schreibens aus Norden. Ausgerechnet dieses Schreiben fehlte in dem Konvolut. Wahrscheinlich war es in einer anderen Akte gelandet. Mischprovenienzen eben.

Dann kam Beningas Akte an die Reihe, die noch weniger hergab als die von Lüken. Mehr, als dass er sich als SA-Schläger, Müller und Soldat bewährt hatte, war nicht zu erfahren. Seine anderen Daten kannte Greven bereits aus den Unterlagen des Roten Kreuzes. Reemt Beninga hatte sich in der Reichshauptstadt in Luft aufgelöst.

„Hast du endlich die Unterlagen aus Berlin bekommen?“, fragte Mona, als sie die Teller mit den Jakobsmuscheln, Bandnudeln und hauchdünn gehobelten Trüffeln auftrug. „Wer war es? Beninga oder Onnen?“

„Keine Ahnung, Mona. Die Akten geben nichts her. Nichts, was ich nicht schon wusste. Sie bestätigen nur, wie gut Diekinga recherchiert hat.“

„Und Lükens Bilder?“

„Sind wahrscheinlich tatsächlich verbrannt. Hier steht es. Lies selbst.“

Greven blätterte in dem kleinen Papierbündel und fand die entsprechende Seite.

„Tatsächlich“, sagte Mona. „Sofern keiner von den Nazis gelogen hat.“

„Aber warum sollte dieser Kriminalbeamte lügen? Für ihn war es doch eine Art Bilderverbrennung, ganz im Sinne der Ideologie. Der Mord und das Feuer als Akt der Gerechtigkeit. Mehr nicht.“

„Gut. Aber jetzt ist Schluss. Themenwechsel. Räum die Akten weg und konzentrier dich auf diesen einmaligen Riesling!“

Mona hatte Recht. Der Tag war lang genug gewesen, hatte viel Kraft erfordert und verlangte nicht nach weiteren Ermittlungen. Greven entkorkte die Flasche und schob noch schnell Till Brönner in den CD-Player, bevor er sich Monas Kochkünsten anvertraute.

Der Vorsatz, an diesem Abend nicht mehr zu bestimmten Realitäten zurückzukehren, hielt bis zum geeisten Espressoschaum, den Mona nach einem Rezept von Alphons Schuhbeck gekocht hatte. Kaum hatten sie ihre Grappagläser gefüllt, fiel ihr Blick auf das braune Kuvert.

„Wer fehlt eigentlich noch von meinen Kollegen und Mitverdächtigen?“

Greven folgte ihrer Blickrichtung und antwortete: „Reinhardt Müller-Eilsum und Onno Jütting. Wenn ich die Berichte und Protokolle morgen Vormittag vom Tisch habe, schaffe ich es vielleicht noch in die Krummhörn.“

„Viel haben wir ja nicht, oder?“

„Nicht viel? Nichts haben wir, von unseren Gedankenspielen einmal abgesehen.“

„Aber deine kleine Befragungsaktion muss doch den Mörder zu irgendeiner Reaktion zwingen?“

„Das ist nicht gesagt. Meine erste Aktion mit den Tatortskizzen und Bönhases Artikel haben ihn ja auch nicht provoziert. Wenn es ihn gibt, hat er bislang lediglich dafür gesorgt, dass niemand einen Zusammenhang zwischen Jann ter Fehn und Eike Lüken herstellen kann. Wenn er konsequent bleibt und sich weiterhin darauf beschränkt, sehe ich kaum eine Chance.“

„Trotzdem ist einer von uns ein Mörder, und ein perfider noch dazu.“

„Vergiss bitte Claas Beninga nicht. Außerdem weiß ich noch nicht, ob unser Landrat nicht auch zu den Verdächtigen zählt. Gisbert hat mir jedenfalls von einer Drohung erzählt, die Landrat Söden während einer Vernissage gegenüber Jann ter Fehn ausgesprochen hat, und diese Drohung muss absolut glaubhaft geklungen haben.“

„Das glaube ich aufs Wort. Als Jann ihm erklärt hat, warum er ihn als Judas dargestellt hat, ist Frerich Söden bestimmt geplatzt. Außerdem halte ich die Korruptionsvorwürfe nicht für frei erfunden. Du weißt schon, das große Touristenzentrum bei Greetsiel. Das war doch ein gefundenes Fressen für Jann."

„Dieser Söden soll ein richtiger Choleriker sein, hat Gisbert erzählt. Andererseits wird nicht jeder, der cholerische Drohungen ausspricht, auch gleich zum Mörder."

„Außerdem war er gar nicht in der Mühle. Ich habe ihn jedenfalls nicht gesehen."

„Er nicht, aber Jabbe de Vries."

„Und was hat Jabbe de Vries mit Frerich Söden zu tun?"

„Der erfolgreiche, stets korrekt gekleidete und wegen Körperverletzung vorbestrafte Tourismusmanager wird demnächst Södens Schwiegersohn."

16

Die Galerie *Steenbikker* lag im Katrepel direkt am Neuen Greetsieler Sieltief, keine Minute vom Restaurant *Witthus* und vom Haus Thea Woltkes entfernt. Vor gut fünf Jahren war sie von Onno Jütting, einem Kunsthändler aus dem Rheiderland, in einem der kleinen Fischerhäuser eingerichtet worden und besaß mittlerweile einen überregionalen Ruf. Auch Mona hatte hier schon ausgestellt.

Als Greven die schiefe, aber gut restaurierte Tür öffnete, ließ die über der Tür angebrachte Glocke den Galeristen aufblicken. Er saß an einem kleinen Schreibtisch, der gerade in einer Nische des Ausstellungsraumes Platz fand, und auf dem sich Papiere und Akten fast so eruptiv stapelten wie auf Grevens Schreibtisch. Als hätte Jütting seine Gedanken gelesen, sprang der Galerist auf und begrüßte ihn auf halbem Weg mit einer Rechtfertigung.

„Der Platz, Herr Greven, Sie sehen ja selbst. Mir fehlt ganz einfach ein Schrank in greifbarer Nähe. Immer muss ich alles nach hinten tragen, und daher bleibt es meistens hier liegen."

Jütting war noch keine vierzig, so groß wie Greven, schlank, sportlich und trug eine mit Gel in Form gebrachte Kurzhaarfrisur. Stiefel, schwarze Jeans, ein schwarzes T-Shirt und ein ebenfalls schwarzes Lederjacket ließen ihn sehr jugendlich erscheinen. Ein herber Moschusduft erreichte Greven, der dem Galeristen weder modisch noch figürlich etwas entgegenzusetzen hatte. An den Wänden hingen kleinformatige, abstrakte Bilder eines Malers, den er nicht kannte. Jütting erreichte Greven mit wenigen Schritten und verpasste ihm einen übertrieben kräftigen Händedruck.

„Holger Jensch."

Greven sah Jütting fragend an und versuchte, dem Zangengriff zu entkommen.

„Der Künstler, auf dessen Werke Sie gerade einen kurzen Blick geworfen haben. Holger Jensch aus Leer. Ein junges Talent, das ich hier erstmals einem größeren Publikum vorstelle."

Endlich gab der Galerist Grevens Hand frei, um die seine umgehend auf eines der Bilder zu richten.

„Der Reiz dieser Bilder liegt nicht in den kubistischen Formen oder den kräftigen Farben, sondern im Farbauftrag. Sehen Sie hier, wie er den Spachtel eingesetzt hat, um diese räumliche Wirkung seiner Formen zu erzielen. Für einen so jungen Künstler ist das ungewöhnlich."

Greven wandte seinen Blick nur kurz der verspachtelten Farbe zu.

„Herr Jütting …"

„Ja, ja, ich weiß, Sie sind wegen Jann hier."

„Woher wissen Sie das?"

„Raten Sie mal, wer bei einem hiesigen Galeristen so alles ein- und ausgeht."

„Schon gut. Ich hätte es mir denken können."

„Haben Sie etwa gemeint, Ihre Verdächtigen halten sich an das von Ihnen auferlegte Schweigegelübde?"

„Nicht wirklich."

Jütting drehte sich um und machte zwei Schritte in den Ausstellungsraum hinein. „Wie kommen Sie nur darauf, dass einer von uns ein Mörder sein soll?"

„Ich misstraue dem Zufall."

„Ja, ja, Gisbert hat mir davon erzählt. Doch Zufall hin oder her, wer soll es Ihrer Meinung nach gewesen sein? Gisbert? Petra von Hildegard? Rudi? Karl Grammler? Gerd Otto Gelbers? Oder etwa Mona?“

„Es gibt noch andere Möglichkeiten.“

„Beninga? Der war draußen auf der Galerie.“

„Sind Sie sicher?“

„So sicher wie die anderen dreizehn Zeugen, deren Angaben Sie zur Genüge kennen dürften.“

Erst jetzt machte Jütting kehrt und wandte sich wieder Greven zu, der das Unverständnis des Galeristen sehr wohl nachvollziehen konnte. Dennoch unternahm er einen zweiten Anlauf.

„Eike Lüken.“

„Ein bedeutender und lange Zeit unterschätzter Maler. Spätexpressionist. Von den Nazis verfolgt und ermordet. Nur wenige Bilder sind bekannt. Kommt also als Täter ebenfalls nicht in Frage.“

„Aber vielleicht als Motiv.“

Jütting hob die Augenbrauen: „Also, das müssen Sie mir erklären.“

„Das ist gar nicht so einfach“, begann Greven seinen kleinen Vortrag und versuchte, die wenigen Zusammenhänge plausibel über die Rampe zu schieben. Jütting lauschte und senkte langsam seine Augenbrauen. Ein sanftes Schmunzeln nahm die Spannung aus seinem Gesicht.

„Das ist nicht Ihr Ernst.“

„Es ist mein Ernst.“

Jütting schmunzelte noch immer.

„Dann kann ich Ihnen nur den Rat geben, sich doch wieder langsam mit dem Zufall vertraut zu machen. Eike Lüken und seine Mörder sind tot. Selbst wenn Jann für ihn noch einmal auf die Barrikaden gehen wollte, auf einen Gegner wäre er bei diesem Unterfangen wohl kaum gestoßen. Das ist Schnee von vorgestern, Herr Kommissar. Oder, um mit Alfred Tetzlaff zu sprechen, historische Geschichte.“

Längst war Greven klar, dass er Jütting nicht überzeugen konnte und jede weitere Argumentation sinnlos war. Die ganze Befragungsaktion war sinnlos. Bei keinem der Beteiligten hatte er irgendetwas erreicht. Im Gegenteil, er hatte das Gefühl, dass die Widerstände mit jedem Befragten wuchsen. Keiner wollte sich auch nur im Mindesten an den Gedanken gewöhnen, mit einem Mörder befreundet oder bekannt zu sein. Und bislang hatte sich auch keiner aus der Reserve locken lassen. Keiner hatte Nerven gezeigt, keiner hatte einen Fehler begangen. Darauf hatte er gehofft. Auf einen simplen, aber gravierenden Fehler. Ein Versprecher, ein nervöses Zucken. Ihm blieb nur der Rückzug.

„Hat Jann ter Fehn schon bei Ihnen ausgestellt?"

„Selbstverständlich. Schließlich leite ich eine Galerie mit einem klaren Konzept. Große Namen alternieren mit etablierten Vertretern der regionalen Szene. Daher habe ich sogar großen Wert auf Jann ter Fehn gelegt. Das war, warten Sie mal, im Februar. Eine überaus erfolgreiche Einzelausstellung."

Greven nickte.

„Tut mir leid, dass ich nicht mehr für Sie tun kann", sagte Jütting mit routinierter, warmer Laudatorenstimme. „Aber ich bleibe dabei. Lassen Sie dem Zufall sein Existenzrecht."

„Schön gesagt."

Als Greven die schiefe Tür hinter sich schloss und sich noch einmal umsah, saß Jütting bereits wieder hinter seinem kleinen Schreibtisch und kramte in den Papieren.

Nur kurz überlegte Greven, ob er nicht lieber auf den letzten Besuch verzichten sollte, doch das kam, schon der Vollständigkeit halber, nicht in Frage. Wie oft war er schon auf der Suche nach seinem Pass oder irgendeiner Rechnung in der letzten Schublade fündig geworden.

Die beiden Mühlen im Rücken, fuhr er an den alten Darren vorbei. Eigentlich gab es sie längst nicht mehr, aber vor seinen Augen, mehr noch in seiner Nase, tauchten sie aus der Kindheit auf. Die alten Darren waren längst modernen Fischverarbeitungsbetrieben gewichen, früher wurde hier in großen Schuppen der Gammel, also der Beifang, getrocknet und als Tierfutter verkauft. Für viele Greetsieler stellte der dabei entstehende Gestank eine Geruchsbelästigung dar, andere, wie sein Vater, konnten aus der Intensität des Geruchs auf das

Wetter der nächsten Stunden schließen. Fast immer stimmten seine Prognosen. Seine Mutter war weniger begeistert, denn immer wieder kam es vor, dass sich der Geruch der getrockneten Fische und Krebse in der frisch gewaschenen Wäsche niederließ, die sie gerade der Leine im Garten anvertraut hatte.

Und einmal hatte er beobachtet, wie Helge Alberts, ein sehr einfach gestrickter Mitschüler, von einem der ersten Touristen, die Greetsiel erreicht hatten, gefragt wurde, ob und wo im Dorf eine Drogerie zu finden sei. Ohne auch nur eine Sekunde nachzudenken, hatte Helge die Frage mit dem Satz beantwortet: „Drögerie? Dor lang!“ Dann hatte er seine Hand in Richtung der Darren ausgestreckt, die auf Platt eben Drögerie hießen. Nur zu gerne wäre Greven damals dem sich freundlich für diese Auskunft bedankenden Pärchen gefolgt.

Reinhardt Müller-Eilsum wohnte in einem großen Bürgerhaus im Zentrum von Eilsum. Wie so viele Maler, die seit Geburt mit dem Namen Müller ausgestattet waren, hatte er diesen um den Namen seines Wohnortes ergänzt, um von anderen malenden und zeichnenden Müllern besser unterschieden werden zu können. Müller-Eilsum war ein Großverdiener unter den ostfriesischen Künstlern. Seine kolorierten Federzeichnungen im Stile Gerhardt Janssens fanden reißenden Absatz. Die Gründe waren leicht nachvollziehbar. Müller-Eilsum zeigte in seinen Bildern ausschließlich Idyllen. Kleine Fischerhäuschen, die sich an den Deich anschmiegten, schmale Dorfgassen, die Bönhase gerne als malerisch-verträumt beschrieb, zum Trocknen und Flicken aufgespannte Netze, einsame Leuchttürme und sturmtrotzende Mühlen. Menschen fehlten fast ausnahmslos. Außerdem waren seine Motive modernefrei. Kein Auto, kein Telegrafenmast, kein Funken Technik aus der Zeit nach 1850 trübte das Bild seiner rückwärtsgewandten Utopien. Ein Verkaufsschlager ersten Ranges, von vielen seiner Kollegen belächelt, aber von nicht minder vielen Käufern geliebt, deren Sehnsüchte er offenbar befriedigte.

Greven klingelte lustlos. Ein Routinebesuch bei einem Routinemaler. Müller-Eilsum ließ sich Zeit. Erst nach einem zweiten Druck auf den Klingelknopf hörte Greven Schritte hinter der

Glastür, die mit ihrem Alurahmen in keiner Weise zu dem Haus aus der vorletzten Jahrhundertwende passte. Der Türöffner war, wie Greven von Mona wusste, dreiundsechzig und von Haus aus schlecht gelaunt. Er steckte in einem weißen Labormantel, der jedem Chemiker zur Ehre gereicht hätte. Die Farbspuren und -flecken hielten sich in Grenzen. Sein Gesicht war zerknautscht wie einst das von Walter Matthau, seine Haare standen grau und willkürlich vom Kopf ab. Große Blumenkohlohren hielten eine Brille mit Gläsern, dick wie Flaschenböden.

„Ach, Sie, Herr Kommissar", sagte Müller-Eilsum, würdigte ihn keines weiteren Blickes und schlurfte den Flur zurück in sein Atelier im hinteren Teil des Hauses. Greven folgte ihm. Vor einer kleinen Staffelei hielt der Maler an, setzte sich mit leichtem Schwung auf einen Klavierhocker und fuhr mit seiner Arbeit fort. Das kleine Atelier, früher einmal vielleicht das Wohnzimmer, besaß einen kleinen Wintergarten und war das sauberste, aufgeräumteste und ordentlichste Atelier, das Greven jemals gesehen hatte. Der absolute Gegenentwurf zu Jann ter Fehns Atelier. Alles hatte seinen Platz, die rohen Leinwände steckten in großen Holzfächern, die Tintenflaschen und Farbtuben standen und lagen in Reih und Glied auf einem großen Zeichentisch, die zahlreichen Pflanzen sahen gesund und regelmäßig gegossen aus, der Papierkorb war leer, das kleine Bücherregal mit Fachliteratur und Kunstdruckbänden wirkte geordnet und wohlsortiert. Die Buchrücken priesen Caspar David Friedrich, Carl Spitzweg, Jean-François Millet und Richard Wilson an. Über dem Regal prangten Millets *Ährensammlerinnen*, auf die Greven schon in vielen bäuerlichen Küchen und Wohnzimmern gestoßen war.

„Was wollen Sie? Meine Zeit ist knapp, das sehen Sie doch."

„Wissen Sie das nicht schon längst?"

„Natürlich", antwortete Müller-Eilsum barsch, seine Augen nicht von der Leinwand nehmend, die er mit kleinen Pinselbewegungen akribisch bearbeitete. „Aber ich kann Ihnen nichts sagen. Jann ist tot. Er ist von der Mühle gefallen, weil er nicht aufgepasst hat. Alles andere ist Quatsch. Ausgemachter Quatsch. Also lassen Sie mich in Ruhe."

Dennoch hielt Greven seinen kleinen Vortrag, routiniert und in der kürzesten Version, die ihm möglich war.

„Alles Quatsch!“, kommentierte der Maler, den Pinsel mit einem Tuch abwischend, die Spitze formend und erneut in einen Farbklecks auf der Palette eintauchend, die von einem Notenständer getragen wurde. „Vor allem das mit Eike Lüken. Typisch für Jann, so was in die Welt zu setzen. Den Mord an Lüken aufrollen. Blödsinn. Und Sie kaufen ihm das auch noch ab und stricken daraus gleich eine abstruse Mordgeschichte. Und jetzt gehen Sie bitte, Sie haben Ihre Fragestunde gehabt, ich muss jetzt wieder arbeiten. Wenn Sie offiziell ermitteln, können Sie mich ja vorladen. Finden Sie alleine raus?“

Große Augen hinter Flaschenböden sahen ihn kurz an. Wieder blieb Greven nur ein Nicken. Er hatte keinen Zweifel daran, dass er hier nichts mehr gewinnen konnte. Schnell warf er noch einen Blick auf die *Ährensammlerinnen* und wollte sich gerade in den langen Flur zurückziehen, als sein Blick von drei Gesichtern eingefangen wurde, die in Öl neben der Tür hingen. Da er bei seinem Besuch mit dem Rücken zu den Gesichtern gestanden hatte, waren sie ihm entgangen. Doch jetzt sahen sie ihn frech an und hinderten ihn am Rückzug.

„Sie sind ja immer noch da!“, murrte Müller-Eilsum, der aufgestanden war, um sich eine frische Farbtube zu holen.

„Haben Sie dieses Bild gemalt?“, fragte Greven, ohne sich von den Gesichtern abzuwenden.

„Das ist lange her. So habe ich mal angefangen. Portraits von Passfotos und Familienfotos. Das war mal ein echter Renner.“

„Ist dies Bild auch nach einem Foto entstanden?“

„Es ist eines der Trainingsbilder, die ich gemalt habe. Trainingsbilder. Ja, so habe ich die damals genannt.“

„Wissen Sie, wer die drei Männer sind?“

„Na klar. Der in der Mitte ist mein Vater, links, das ist Garbrand Hein und rechts, das ist Reemt Beninga. Die drei waren mal Freunde. In dunklen Zeiten, wenn Sie verstehen, was ich meine. Aber warum interessiert Sie das überhaupt?“

17

Abgespannt ließ sich Greven im Atelier ins Sofa plumpsen und angelte sich die Grappaflasche vom Tischchen, das rechts neben der Lehne stand. Ein kleines Messingtablett hielt passende Gläser bereit. An diesem Tag hatte wieder einmal die Bürokratie dominiert, hatte ihn in den Bürosessel gezwungen, hatte ihn längst überfällige Berichte schreiben, Akten sortieren und Formulare ausfüllen lassen. Jeder Versuch, den einen oder anderen Vorgang auf einen seiner Mitarbeiter abzuwälzen, war von diesen mit Hinweisen wie „Chefsache" oder „eindeutig deine Baustelle" pariert worden, womit sie im Übrigen auch Recht hatten. Selbst Aktendeckel mit dem Dringlichkeitsstempel hatte er ignoriert und seiner eruptiven Ordnung einverleibt. Seit jeher hasste Greven diese Art der Betätigung, die ihm wie keine andere in Erinnerung rief, dass er ein Beamter war.

Rolling Stone von Terje Rypdal und der Tresterschnaps schafften langsam Distanz zu den Formularen. Seine Gedanken fanden einen Weg zurück zu einem Konzert des norwegischen Gitarristen, 1975 in Hamburg, in der Fabrik, zu dem ihn ein Nachhilfelehrer mitgenommen hatte, anstatt mit ihm Latein zu pauken. Welch folgenschwere Entscheidung. Andere Konzerte in der Fabrik und im Onkel Pö tauchten auf, während er langsam abtauchte. Greven erwachte erst wieder, als die Nadel nur noch um das Label kreiste. Er sah auf die Uhr und stellte fest, dass Mona noch immer nicht zurück war. Träge schlich er in die Küche, um den Kühlschrank zu inspizieren, denn bis zum Abendessen würde wohl noch einige Zeit vergehen.

Der Zettel klebte am Kühlschrank. Mona hatte ihn also richtig platziert. Sie war nochmals fortgegangen, um eine Freundin zu besuchen. Der Zettel verriet allerdings nicht, welche. Dafür berichtete er von einem Anruf. Claas hatte sich gemeldet und um Grevens Besuch gebeten. Ihm sei etwas Wichtiges eingefallen. Nach seiner Tour und dem Ausladen könne er ihn in seiner Mühle treffen, also etwa ab zwanzig Uhr.

Greven schüttelte den Hunger ab, der ihn schon den ganzen Tag verfolgte, schnappte sich seine Jacke, vergaß, die Lichter zu löschen, ließ die Tür hinter sich ins Schloss fallen, stieg in seinen schmutziggrauen Passat, der nach der letzten Wäsche im Sommer überraschend weiß gewesen war. Die Aktenberge waren aus seinem Kopf ebenso verschwunden wie die Hamburger Fabrik. Dafür spielte er mit der Hoffnung auf einen entscheidenden Hinweis, auf ein winziges, aber wichtiges Detail, das Claas plötzlich wieder eingefallen war. Solche Details, das wusste er aus eigener Erfahrung, fielen einem manchmal überraschend ein, wenn man eine vergleichbare Situation noch einmal erlebte oder einen entsprechenden Gegenstand wieder vor Augen hatte. Die kleinste Assoziation konnte schon ausreichen.

Greven überholte auf der B 72 einen Langsamfahrer mit fränkischem Kennzeichen und sah auf die Uhr. Ein bisschen später würde es werden. Erst jetzt fiel ihm ein, dass er Claas auch hätte zurückrufen können. Also fingerte er sein Handy aus der Brusttasche seines Hemdes und wählte die seit Kindertagen unveränderte Nummer. Doch Claas meldete sich nicht. Vielleicht war er noch beim Abladen seiner Biokartoffeln und konnte das Klingeln nicht hören. Claas' Handynummer hatte er in den Akten. Er ließ das Handy wieder verschwinden und gab Gas. Greetsiel war jetzt ohnehin nicht mehr weit.

Mühle, Mühlencafé und Bioladen lagen komplett im Dunkeln, als seine Scheinwerfer den Parkplatz vor dem achtkantigen Gebäude erhellten. Außer der diffusen Straßenbeleuchtung brannte kein Licht, und Claas' Lieferwagen stand auch nicht an seinem gewohnten Platz. Wahrscheinlich hatte er sich verspätet. Greven wartete im Wagen und nutzte die Zeit, um bei Mona anzurufen, die sich jedoch nicht meldete. Ihr Handy war mal wieder ausgeschaltet. Wahrscheinlich ein dringendes Freundinnenberatungsgespräch, das keine Unterbrechung duldete. Nach einer Viertelstunde Autoradiochannelhopping, einigen Fetzen eines aktuellen Popsongs, der irgendwie auf allen Sendern gleichzeitig lief, und einem halben Wetterbericht wurde es kalt und Greven unruhig. „Erst ruft er an, bestellt mich in die Mühle, und dann ist er nicht da", fluchte er leise und schwor sich, höchstens noch eine weitere Viertelstunde zu warten und dann auf seine Couch im Atelier zurückzukehren. Und was zu essen.

Endlich näherten sich zwei Autoscheinwerfer, doch der Wagen kroch an der Mühle vorbei ins Dorf. Greven stieg aus und umrundete im Fastdunkel der Straßenbeleuchtung sein Auto. Die Sedimente auf dem Lack machten es fast unsichtbar, während die Mühle und die angrenzenden Gebäude gegen den Himmel noch relativ deutlich zu erkennen waren. Tiefschwarze Wolken drückten sich vorbei, begleitet von einem auffrischenden Wind aus Nordost, mit dem der Winter schon mal das Terrain sondierte. Wieder passierte ein Wagen langsam die Mühlenstraße. Als er den Blick zurück auf die Mühle lenkte, in der er so oft als Kind gespielt hatte, blieben seine Augen abrupt am Pellsöller hängen. Hinter einem der Fenster war für einen kurzen Moment ein Licht zu erkennen gewesen. Das wandernde Licht einer Taschenlampe.

Greven zögerte nur kurz, spielte blitzschnell mit verschiedenen Möglichkeiten und erreichte nach wenigen schnellen Schritten die große Mühlentür, die ihm bereitwillig Einlass gewährte. Im Erdgeschoss, das tagsüber von Touristen nach Souvenirs und Mühlenliteratur durchstöbert wurde, sorgten zwei grünlich schimmernde Notlichter für homöopathische Helligkeit. Greven ließ die Tür sanft ins Schloss fallen, blieb stehen und horchte in den Achtkant hinein. Ohne Mühe konnte er ein schleifendes Geräusch ausmachen, dessen Ursache nicht zu erklären war. Nicht einmal das Stockwerk ließ sich erahnen, in dem irgendetwas über den Boden schleifte oder geschleift wurde. Sicher war nur die Anwesenheit eines Menschen, denn die Bedienung von Taschenlampen hatte er bei Tieren noch nie beobachtet. Greven hasste es, in einer Situation wie dieser schnell eine Entscheidung fällen zu müssen. Als das schleifende Geräusch nicht verstummte, entschloss er sich für die verbale Variante.

„Claas? Hier ist Gerd! Alles okay?"

Das schleifende Geräusch wurde plötzlich lauter und durch einen kaum hörbaren Hilferuf ergänzt. Im Treppenaufgang zum Mahlboden schneite es ein paar Gramm Mehl, grünlich illuminiert von einem der Notlichter. Greven hakte nach.

„Claas? Bist du es?“

„Hier!“, war die nun etwas deutlicher wahrnehmbare Antwort aus dem Achtkant. Zwei Treppen waren es bis zum Pellsöller. Greven kannte den Weg genau und würde ihn sogar ohne die Notlichter finden. Das könnte ihm einen gewissen Vorteil gegenüber unkundigen Mühlengästen verschaffen. Nur gegenüber Claas nicht. Um auf mögliche Überraschungen reagieren zu können, zog er seine Dienstwaffe aus dem Halfter und entsicherte sie. Wie John Robie schlich er die erste Treppe hinauf zum Mahlboden. Sein Knie machte jede Bewegung mit. Noch immer schneite es Mehl. Auch das sonderbar schleifende Geräusch über ihm war noch zu hören.

Inzwischen hatten sich seine Augen ganz gut an die Grautöne, die Schatten und die schwarzen Formen gewöhnt.

Nach einer kurzen Orientierungspause nahm er sich die Treppe zum Pellsöller vor. Ein dickes Seil diente als flexibles Geländer. Nach zwei Dritteln des Aufstiegs kniete er sich hin. Vorsichtig und nur für einen Sekundenblick hob er den Kopf über den Boden, die Waffe in der rechten, das Seil in der linken Hand. Der Pellsöller schien leer zu sein. Er riskierte einen weiteren Blick, richtete sich auf und nahm die letzten Stufen, so schnell es ging. Als Deckung hatte er sich den nächstgelegenen der beiden Mahlgänge zum Ziel erkoren. Doch so weit kam er nicht. Er hatte erst einen Fuß auf den Boden gesetzt, als er ein Hindernis spürte, das seinen Beinen verwehrte, der Bewegung des Oberkörpers zu folgen. Jemand hatte ihm, wortwörtlich, einen Knüppel zwischen die Beine geschoben. Alles Rudern half nichts, er landete ungebremst und der Länge nach auf dem Boden des Pellsöllers. An verschiedenen Stellen seines Körpers verspürte er Schmerzen, wenn auch keine starken. Dafür war es ihm gelungen, die Pistole in der Hand zu behalten. So schnell es ging, drehte er sich auf die Seite und richtete die Waffe in die Dunkelheit. In diesem Augenblick traf ihn ein grelles Licht und fast gleichzeitig landete der ebenso dicke wie harte Besenstiel eines Müllerbesens auf seiner rechten Hand, die nun doch die Pistole einbüßte. Sie machte einen Satz und rutschte dann hinter den Mahlgang, während Greven die getroffene Hand impulsiv an seinen Körper zog, wo sie von der linken schützend in Empfang genommen wurde. Der Schmerz ließ ihn die Zähne zusammenbeißen. Vergeblich suchten seine auf Dunkelheit justierten Augen in dem blendend weißen Lichtkegel nach dem Angreifer. Auch den Besenstiel sah er nicht kommen, der ihn diesmal auf der Schulter traf und ihn aufstöhnen ließ. Noch einmal versuchte er die verbale Variante: „Claas, was soll das? Hör sofort auf damit!“

Die Antwort kam prompt und erwischte seinen linken Oberarm. Gegen das Licht und das dicke Eschenholz hatte er keine echte Chance. Aber reagieren musste er. Noch immer wusste er, wo er sich im Pellsöller befand. Er schloss die Augen, hievte sich schnell in die Hocke und sprang, bevor der Besenstiel ihn ein weiteres Mal erwischen konnte. Unsanft landete er dicht beim Mahlgang und rutschte sofort hinter den Steinkran, mit dem die Mühlsteine zum Schärfen oder Auswechseln angehoben werden können. Das Licht erlosch, blieb aber seiner Netzhaut in heftiger Erinnerung. Weißlichgelbe Lichtkreise machten einen Blick ins Dunkel unmöglich. Blind tastete er nach seiner Waffe, jedoch ohne Erfolg. Wahrscheinlich war sie auf der anderen Seite des Mahlgangs gelandet. Ein paar Mal kniff er die Augen zu, in der Hoffnung, die beharrlichen Lichtflecke schneller vertreiben zu können, dann wagte er einen Ausfall. Wieder explodierte das Licht, und der Besenstiel schlug unterhalb des Knies ein, zum Glück war es das intakte. Der Schmerz war dennoch heftig. Er robbte stur hinter den Mahlgang, doch seine Waffe blieb ihm untreu. Dafür konnte er, kurz bevor das Licht wieder verebbte, wenigstens den Umriss einer Mütze erkennen. Es war eine Müllermütze, wie sie häufig auf dem Kopf von Claas zu finden war, und die ihn noch einmal auf die Sprache setzen ließ.

„Claas, das hat doch keinen Sinn! Leg den Knüppel hin und lass uns reden!“

Der Pellsöller blieb stumm und finster. Greven nutzte die Kampfpause, um wieder auf die Beine zu kommen. Langsam beruhigte sich auch die Netzhaut wieder, Schemen tauchten vor ihm auf.

„Claas! Was immer vorgefallen ist …“

Das Licht blitzte erneut auf. Der Besenstiel landete auf seinem Rücken, so dass er vorwärts taumelte und sich nach einem weiteren Treffer vor der Tür zur Galerie wiederfand.

„Class!“

Die Spitze des Stiels bohrte sich in seinen Rücken, sein nach vorn fliehender Körper ließ die Tür aufspringen. Nach einem zweiten Stoß stand er auf der Galerie, wo ihn der kalte Nordostwind teilnahmslos empfing. Ohne Ahnung einer Gegenwehr traf ihn ein weiterer Schlag, der ihn in die Nähe des Geländers choreographierte. Hinter dem Licht und dem Besenstiel konnte er nun die Silhouette des Angreifers erkennen, dem allerdings ein Gesicht fehlte.

„Claas, das hat keinen Zweck, damit kannst du das Problem nicht lösen!“

Wieder raste der Knüppel auf ihn zu, verfehlte ihn, brachte dafür aber den Angreifer kurz aus dem Gleichgewicht. Unverletzt und mit gesunden Knien hätte Greven ihn nun mit einem Sprung erreichen können. Doch in seiner Situation blieb nur eine Art Rolle. Er ging in die Knie, stieß sich ab, überschlug sich und landete vor Claas' Füßen. Der hatte sich jedoch wieder gefangen und holte gerade aus. Greven trat, auf dem Rücken liegend, mit beiden Beinen und ohne zu zielen zu. Nun war sein Peiniger mit Rudern an der Reihe, was ihm leider auch gelang. Zwar konnte er den Müllerbesen halten, doch seine Taschenlampe flog lautlos in der Nacht. Greven krabbelte ein, zwei Meter zurück und quälte sich langsam wieder auf die Füße, doch für einen weiteren Gegenangriff war es bereits zu spät, der Besenstiel vor ihm nahm wieder Fahrt auf. Instinktiv machte Greven einen mühsamen Satz zurück, so dass der Schlag ihn erneut verfehlte. Nach zwei weiteren Schritten stand er am Geländer. Sein Angreifer folgte ihm zwar, löste sich jedoch nicht vom Achtkant, als sei er auf den Schutz des Mühlenriesen angewiesen. Greven machte noch ein paar Schritte am Geländer entlang. Der Müller blieb ihm treu, aber in der Deckung des Achtkants. Seine Bewegungen waren langsamer geworden, fast vorsichtig. Er sagte kein Wort, schwang drohend den Knüppel, trat aber nicht aus dem schwarzen Schatten des Achtkants.

Dadurch erwischte Greven unerwartet etwas Zeit. Zeit genug, um sich zu wundern, warum Claas zögerte, warum er ihn nicht mehr attackierte, jetzt, wo ein, zwei Schläge ausreichen würden, ihn über das Geländer zu schicken. Wieder machte sich der Besenstiel auf den Weg, konnte ihn aber nicht erreichen. Dazu hätte Claas einige Schritte auf ihn zukommen müssen, was er aber nicht tat.

Das ist gar nicht Claas!, schrie eine innere Stimme auf. Denn dieser falsche Müller dort hat Höhenangst! Er trägt Claas' Mütze und seinen Overall. Aber er erträgt den Blick in die Tiefe nicht, selbst wenn sie nachtschwarz ist! Deshalb traut er sich auch nicht wirklich auf die Galerie. Doch kaum wollte Greven der ersten Stimme zustimmen, da meldete sich eine zweite, weniger laute, die ihm in Erinnerung rief, dass Claas nachtblind war. Seiner Atomtaschenlampe beraubt, war die Nacht für ihn mehrfach so dunkel wie für Greven, dessen Augen bereits wieder ganz gut zurechtkamen.

Dennoch gab Claas nicht auf, sondern folgte ihm beharrlich. Greven konnte zwar den nächsten Schlägen ausweichen, doch bemerkte er auch, dass sich Claas bei jeder neuen Attacke ein bisschen weiter vorwagte. Lange würde das Spielchen nicht mehr gehen, dann würde ihn der Müllerbesen doch wieder erreichen. Greven glaubte, jeden einzelnen Kochen in seinem Körper zu spüren. Vor allem seine rechte Hand und sein Knie rebellierten gegen jede Bewegung. Wieder musste er am Geländer einen Schritt zurückweichen, als neben ihm ein Flügel auftauchte, der sich in den schwarzen Himmel erhob. Nie wieder, hatte er sich noch vor gar nicht langer Zeit geschworen, würde er da hinaufklettern, wie sie es als Kinder so oft getan hatten. Da oben jedoch würde er vor einem Nachtblinden, der zudem noch einen Müllerbesen in einer Hand hielt, erst einmal sicher sein. Meinte er jedenfalls. Er brauchte nur eine Minute, eine Minute, in der er sich nicht auf das Geländer und den Besenstiel zu konzentrieren brauchte und telefonieren konnte. Diese Minute musste er sich verschaffen. Er vergrößerte den Abstand, humpelte zum Flügel und zwang seinen Körper, so zu tun, als sei er noch mal elf oder zwölf. Nicht mehr wie John Robie, eher wie Long John Silver enterte er die Sprossen auf und bezog etwa drei Meter über der Galerie Position. Mit seiner Linken klammerte er sich fest, in seiner Rechten war der erste Treffer konserviert, seine Knie zitterten. Für einen Moment dachte er an Schreien, die Lichter der nächsten Häuser waren nicht weit, doch der Nordostwind besaß im Moment die Lufthoheit über alle Nachtgeräusche und würde keine Konkurrenz dulden.

Unter ihm hatte Claas den Flügel erreicht, den er sofort mit seinem Knüppel bearbeitete, was das tonnenschwere Kennzeichen jeder Mühle jedoch nicht beeindruckte. Auf die Sprossen wagte sich der Müller aber nicht. Greven holte ein paarmal tief Luft und tastete dann sein Hemd und seine Jacke mit der halbtauben Hand nach seinem Handy ab. Er musste es im Auto vergessen haben, denn er stieß lediglich auf einen schon stark verformten Schokoriegel, der sein Mittagessen hätte sein sollen. Für Claas muss es reichen, dachte er, gab eine Fantasienummer in den Riegel ein, hielt ihn ans Ohr und war überraschend schnell mit Karl Renken, dem Greetsieler Dorfsheriff, verbunden. Unter ihm beendete Claas sein Schlagwerk, ließ den Besenstiel fallen und verschwand lautlos in der Dunkelheit. Greven wiederholte zur Sicherheit nochmals seine Worte.

„Ja, zur Mühle von Claas Beninga! So schnell es geht!"

Greven drückte auf die imaginäre rote Taste und stopfte das Schokoladenhandy zurück in eine erreichbare Jackentasche. Claas war zwar verschwunden, doch sicher fühlte er sich keineswegs. In ihm war eine Geschichte von Wilhelm Busch aufgeflackert, für die Claas als Kind geschwärmt hatte. Ein Bauer bindet in dieser Geschichte seinen Esel an den Flügel einer Ständermühle an. Der Müller hingegen, ein böser Müller, löst die Bremse, so dass der Esel mitgerissen wird und nach einer Umdrehung tot vor den Füßen des Bauern liegen bleibt. Sofort machte sich Greven an den Abstieg, verharrte jedoch etwa zwei Meter über der Galerie. Von hier aus war er ebenso schnell oben wie unten. Ohne Ergebnis erkundeten seine Sinne die Nacht, während der Wind sich seiner Körperwärme bemächtigte. Mühsam krallte er sich noch ein paar endlose Minuten an den Sprossen fest, dann musste er kapitulieren und zurück auf die Galerie. Auf der letzten Sprosse rutschte er ab und polterte auf die Bohlen. Vor seinen Augen lag der Besenstiel. Schnell hob er den Kopf und griff zu, rappelte sich auf und pirschte sich zurück in den Pellsöller, in dem irgendwo hinter dem Mahlgang noch immer seine Pistole lag. Falls Claas sie nicht inzwischen gefunden hatte. Bei dem Gedanken fuchtelte er ein paarmal mit dem Besen durch den Raum, bevor er sich umständlich bückte und nach kurzer Suche seine Waffe aufspürte. Sie war noch immer entsichert. Ein Wunder, dass sich kein Schuss gelöst hatte.

Ohne den Besen, die Waffe in der linken Hand, schleppte er sich langsam zu seinem Wagen zurück, ohne dass weitere Überraschungen auf ihn warteten. Claas blieb unsichtbar. Vom Wagen aus und beim Stand von 0:1 platzte er Karl Renken in ein UEFA-Cup-Spiel, dann erst meldete er sich in Aurich. Als er Jaspers eine Kurzfassung seiner unheimlichen Begegnung der Müllerart durchgegeben hatte, verlor der Nordostwind gegen das Martinshorn des uniformierten HSV-Fans, dessen Dienstwagen auf den Parkplatz schoss und dort filmreif über den Asphalt rutschte, bevor er zum Stehen kam. Unter dem zuckenden Blaulicht kam ein nicht ganz korrekt gekleideter Polizist zum Vorschein, der wie Greven eine entsicherte Waffe in der Hand hielt. Ein Schmunzeln huschte über Grevens Gesicht, vielleicht das erste des Tages, er wusste es nicht.

Noch bevor Greven seinen Greetsieler Kollegen aufklären und ihn um den einen oder anderen Gefallen bitten konnte, fuhr ein weiterer Wagen auf den Parkplatz, ein alter, rostiger Lieferwagen mit der Aufschrift *Beningas Mühle* auf der grauen Plane. Die Fahrertür öffnete sich für einen Müller, mit dem Greven als Kind oft gespielt hatte. In der Mühle hinter ihnen. Claas trug seine Müllermütze und riss die Augen weit auf, denn er blickte in die Mündungen von zwei Pistolenläufen.

„Was ist hier denn los?“, fragte er verstört, ohne die Hände zu erheben.

„Das würde ich auch gerne wissen“, antwortete Greven erschöpft.

18

Als Greven am nächsten Morgen aus unruhigen Träumen erwachte, fand er sich in seinem Bett zu einem ungeheuren Esel verwandelt. Er lag auf dem Rücken, über den ein fast schwarzer Aalstrich führte, sein zerzaustes graues Fell war mehlstaubig, über ihm stakten vier dünne Einhuferbeine in der Luft. Ein Strick war um seinen dicken Hals geschlungen und zog sich immer enger, ein Strick, der zu dem Flügel einer riesigen Mühle führte, die in einem blauschwarzen Himmel verschwand, und aus deren einzigem Fenster ein Müller verschlagen grinste. Mit aller Kraft versuchte er, sich umzudrehen und mit den Hufen irgendwo Halt zu finden, doch durch seinen Körper wanderte nur ein verzweifeltes Zucken.

In diesem Augenblick beendete Mona seinen Traum, und er erwachte ein zweites Mal, nun verwandelt zu einem ungeheuren blauen Fleck, der seinen ganzen Körper zu bedecken schien. Auch diesem Körper war fast jede Bewegung unmöglich.

„Wie hast du geschlafen?“, fragte ihn Mona, die schon länger wach neben ihm gelegen hatte.

„Halbwegs“, log Greven und versuchte sich aufzurichten.

„Hast du immer noch Schmerzen?“

„Nicht im rechten Fuß“, murmelte er und arbeitete sich auf der Matratze nach oben, „aber der Rest könnte eine Schachtel Aspirin vertragen. Jeder verdammte Knochen … Ich kann mich kaum rühren.“

„Dafür hast du aber die ganze Nacht gezappelt“, kommentierte Mona besorgt seine Versuche, aus den Federn zu kommen.

„Das haben Esel so an sich, besonders wenn ihnen ein Müller an den Kragen will.“

„Esel? Wieso Esel?“

„Erzähl ich dir später. Erst mal brauche ich ein Kanne Kaffee. Und dann ist Claas reif.“

„Willst du wirklich aufstehen? Überleg dir das gut!“

„Keine Sorge, das wird schon wieder. Alle Knochen sind heil, nur die blauen Flecken …"

„Hämatome, hat der Arzt gesagt, und Prellungen. Und ein, zwei Tage Ruhe."

„Nicht, wenn ich mir Claas vornehmen kann", schnaufte Greven, endlich auf der Bettkante sitzend. „Geht doch. Außerdem soll Langsamkeit in Mode sein, seit alle dieses Buch über John Franklin gelesen haben. Warum soll ich also nicht auch mal mit der Mode gehen."

„Bist du denn nach wie vor sicher, dass es Claas war?", fragte Mona, die sich durchs Bett gewühlt hatte und nun neben ihm saß.

„Die Auswahl ist nicht besonders groß. Wer sonst kennt sich in der Mühle aus, trägt sein Mülleroutfit und ist nachtblind? Außerdem hast du doch seine Stimme erkannt, gestern, am Telefon."

„Höchstwahrscheinlich, habe ich dir gesagt. Ich kenne seine Stimme zu wenig, um das beschwören zu können."

„Das kriege ich schon aus ihm raus. Immerhin hat jemand auf unsere Beharrlichkeit reagiert, und das war nun mal Claas. Das wollten wir doch, oder?"

„Nur dass der Preis fast zu hoch gewesen wäre", sagte Mona, nahm ihn vorsichtig in den Arm und legte ihren Kopf auf seine Schulter. Greven konnte diese Zärtlichkeit nur bedingt erwidern, gab aber sein Bestes.

„Vielleicht wissen wir schon heute Abend, warum Jann ter Fehn wirklich sterben musste."

„Aber pass auf dich auf", flüsterte Mona. „Willst du mit dem Verhör nicht doch noch warten? Wenigstens bis morgen?"

„Nein", entgegnete Greven, „ich will endlich wissen, was in der Mühle los war, und was Claas damit zu tun hat."

„*Wenn* er was damit zu tun hat."

„Hat er, glaub mir, und wenn nicht mir, dann wenigstens meinen blauen Flecken!"

„Wenn er dir die Falle gestellt hätte, würde er doch wohl kaum eine halbe Stunde später neben dir aus seinem Wagen steigen", konterte Mona vorsichtig.

„Ich könnte dir mehrere Fälle aufzählen, in denen der Täter genau das gemacht hat, und zwar, um genau diese Reaktion hervorzurufen. Aber damit kriegt er mich nicht!“

„Das will er vielleicht auch gar nicht. Könnte es nicht sein, dass die Falle nicht nur für dich, sondern auch für ihn …“

„Das hab ich gestern schon durchgespielt, aber der Besenschwinger in der Mühle, das war Claas, auch wenn ich sein Gesicht nicht gesehen habe. Und ich wette mit dir, Hansen wird keine Probleme haben, ihm das auch nachzuweisen!“

Mona löste sich von seiner Schulter und sah ihn nachdenklich an. Seine Bemerkung von dem Esel kam ihr wieder in den Sinn. Sein Resthaar schien ihr auch grauer als noch vor kurzem. Und die Ohren? Waren nicht auch seine Ohren …? Dann fasste sie einen Entschluss, den sie ihm sofort und mit apodiktischem Tonfall mitteilte: „Du gehst heute nicht ins Büro!“

„Wie …?“, schnaufte Greven, dem es nur mit Mühe gelang, ihr seinen Kopf zuzuwenden.

„Ganz einfach, mein Blaumann, du machst heute blau, wie es der Arzt dir verordnet hat. Das ist erstens für deine Gesundheit das Beste und zweitens für die Suche nach Janns Mörder. Denn wenn du dich mit dieser fantastischen Laune auf Claas Beninga stürzt, wirst du gar nichts aufklären, sondern nur Porzellan zerschlagen und umgehend wieder beim Staatsanwalt landen. Und ob wir dann noch einen dritten Versuch haben, wage ich zu bezweifeln!“

„Aber ich muss doch …“, entgegnete Greven mit erhöhter Lautstärke und wollte sich aufrichten, was jedoch misslang, da sein Rücken nicht vom Bett lassen konnte. Auf halber Höhe entfuhr ihm ein kurzes, aber heftiges „Ah!“, dann sackte er zurück auf die Bettkante. Geladen, aber ohnmächtig traf sein Blick den ihren.

„Das wäre also geklärt“, stellte Mona fest und nötigte Greven mit einigen hilfreichen Handgriffen zurück in die Horizontale, in der sein Körper umgehend Zufriedenheit signalisierte. Greven verzichtete auf einen Kommentar, behielt aber seinen Blick bei.

„Jetzt mache ich dir erst mal ein ordentliches Frühstück, danach gibt’s die Schachtel Aspirin. Und wenn du dich wieder beruhigt hast, darfst du mit deinen lieben Kollegen telefonieren. Überlass ihnen das Verhör. Ein paar Tipps kannst du ja geben, aber dann ist wieder Krankenlager angesagt."

Ohne eine Antwort abzuwarten, ließ sie den Entmündigten, der ihr noch ein vergebliches „Mona!" hinterherschickte, im Schlafzimmer zurück.

Nach dem versprochenen Frühstück, das er erst zurückweisen wollte, dem er dann aber doch nicht widerstehen konnte, fanden Ratio und Differenzierungsvermögen auf Schleichwegen langsam wieder zu ihm zurück. Auch gelang es ihm, den Zustand seines Körpers erst einmal zu akzeptieren und sich darüber zu freuen, dass der Besenstiel sein mühsam im Klinikum Eppendorf zusammengeflicktes Knie und seine Keimdrüsen verschont hatte.

„Sieh dich einfach als eine Mischung aus Heinrich Heine und Auguste Dupin an. Nicht etwa wegen Paris, sondern ..."

„Ich weiß, ich weiß, Mona, und wahrscheinlich hast du Recht. Also her mit dem Telefon."

Nach den Genesungswünschen von Häring, Ackermann und Jaspers gab er, unter strenger Kontrolle von Mona, eine möglichst objektive Schilderung der gestrigen Ereignisse zu Protokoll und verheimlichte auch nicht den Grund für sein gesteigertes Interesses an dem Greetsieler Müller. Allerdings nahm er seinen Kollegen das Versprechen ab, diesen Aspekt zunächst unerwähnt zu lassen, worauf ihm Häring im Gegenzug gestand, dass ihnen allen „gewisse konspirative Verhaltensweisen" ihres Chefs „nicht gänzlich verborgen geblieben" waren.

„Wir sind nämlich bei der Kripo", erklärte Häring mit gespielter Naivität. „Aber wir helfen dir trotzdem."

Mona las Erleichterung in Grevens Gesicht, der sich nun doch sehr wohl in seinen Kissen zu fühlen schien, die sie im ganzen Haus zusammengesucht hatte. In wiedergefundener Ruhe gab er nun Häring seine Anweisungen für das Verhör und vergaß auch nicht die mögliche Bedeutung von Reemt Beninga.

„Wir machen das schon", sagte Häring zum Schluss und überließ seinen Vorgesetzten wieder Mona, die Grevens rechte Hand und alles andere Blau mit einem kühlenden Schmerzgel versorgte, das ihnen der Arzt tubenweise überlassen hatte.

Ganze drei Stunden hielt er es so aus, dann wusste er nicht mehr, wie er liegen und sich drehen und wenden sollte. Außerdem meldete sich seine Blase. Mona sah sich sein Gezappel eine Weile an und willigte schließlich ein. Diesmal gelang es ihm, sich von der Bettkante zu lösen, und mit jeder Bewegung und jedem Schritt verbesserte sich seine Bewegungsfreiheit. Nach dem dringend notwendigen Gang zum Klo entschied er sich fürs Atelier und legte eine der neuen alten Vinylscheiben auf, die er und Mona kürzlich bei Ebay ersteigert hatten. *Lizard* von King Crimson. Was Anfang der 70er Jahre als Popmusik galt, würde heute jeder Popfan mit der Kneifzange anfassen und im Giftschrank unter Freejazz entsorgen. Vermutete Greven. Dann ließ er sich, kurz an seinen zweiundachtzigjährigen Onkel Heinrich denkend, vorsichtig auf die Couch sinken und spitzte die Ohren. Am frühen Nachmittag ohne Zeitdruck Musik hören … Mona konnte das, wann immer sie wollte, ihre Bilder lebten immer auch von der Musik, die sie hörte, wobei ihr die *Zauberflöte* genauso viel gab wie *Bitches Brew*. Ihm blieben dafür nur die Abende und die Wochenenden.

Er folgte Monas Rat und versuchte, nicht in Gedanken beim gerade stattfindenden Verhör zu sein, sondern die erzwungene Auszeit auch tatsächlich für seine Rekonvaleszenz zu nutzen, die Prügel zu verdauen, sich zu entspannen und Abstand zu schaffen. Was ihm dank der lange nicht mehr gehörten Titel fast auch ein bisschen gelang. Nach der A-Seite klingelte das Telefon und Häring erstattete endlich Bericht. Mona löste sich mit gezücktem Pinsel von einem rund zwei Meter großen Gesicht, das sie gerade formte. Grevens Ohr kroch fast in den Hörer, doch schon nach den ersten Sätzen verpuffte seine Erwartungsspannung, denn Claas Beninga hatte, nüchtern und ohne in eine der bewährten rhetorischen Fallen zu tappen, Folgendes zu Protokoll gegeben:

„Pünktlich um achtzehn Uhr bin ich von der Mühle losgefahren. Meine übliche Tour durch die Krummhörn, die etwa zwei Stunden dauert. In Groothusen und Pewsum habe ich bei zwei Bauern, die zu meinen Lieferanten gehören, Kartoffeln und Rotkohl abgeholt. Dann habe ich meine Liste abgefahren, auf der sieben Kunden stehen, die regelmäßig von mir Bioware beziehen. Auf meinem Rückweg bin ich zwischen Pewsum und Visquard, ich fahre immer einen dieser Flurbereinigungswege, mit dem Wagen liegen geblieben. Das war so gegen zwanzig Uhr. Die Ursache habe ich schnell gefunden. Der Tank war leer, obwohl ich erst vor ein paar Tagen getankt hatte. Da die Tankuhr schon seit Jahren nicht mehr geht, Volkswagen eben, habe ich so einen flexiblen Messstab. Erst wollte ich zurück nach Pewsum, doch dann fiel mir ein, dass die Tankstelle dort bestimmt schon geschlossen war. Also bin ich in Visquard zu Manfred Garrelt gegangen, einem ehemaligen Mitschüler, der mir auch tatsächlich mit ein paar Litern aushelfen konnte, die wir aus dem Tank seines Autos abgezapft haben. Damit bin ich dann zurück zur Mühle gefahren. Mit dem Überfall auf den Kommissar habe ich nichts zu tun. Ich habe weder ihn noch seine Lebensgefährtin angerufen und ihn auch nicht in die Mühle bestellt."

„Hm", brummte Greven skeptisch. „Konntet ihr seine Angaben schon überprüfen?"

„Zumindest einen Teil", führte Häring aus. „Wir haben gleich den Pewsumer Kollegen in Bewegung gesetzt. Darum musstest du auch so lange warten. Das Verhör war ja nur von kurzer Dauer, denn nach seiner Aussage hat dein Müller kein Wort mehr gesagt. Nicht mal unser vereintes Zureden hat da geholfen. Das ist einer dieser Hardcore-Friesen. Für die müssen wir uns noch mal was Besonderes überlegen."

Greven schüttelte brummend, aber nachvollziehend den Kopf: „Sag mir lieber, was Barfs herausgefunden hat."

„Er war bei diesem Manfred Garrelt und drei von Beningas Kunden. Alle haben seine Angaben bestätigt. Ich habe seine Route und seine Zeitangaben überprüft. Alles scheint zusammenzupassen."

„Du weißt, dass Garrelt kein unbeschriebenes Blatt ist", wandte Greven nach kurzer Pause ein.

„Weiß ich", entgegnete Häring, „aber Barfs hat auch die Aussage eines Nachbarn, der Beninga um die angegebene Uhrzeit bei Garrelt gesehen haben will."

„Hat sich Hansen schon gemeldet?“, setzte Greven das Gespräch an anderer Stelle fort.

„Hat er. In der Mühle Fingerabdrücke zu finden, ist kein Problem, ganz im Gegenteil. Und die von Claas sind sowieso überall, auch auf dem Besen. Nur auf der Taschenlampe, die im Garten gelandet ist, sind keine Fingerabdrücke, woraus Hansen schließt, dass der Täter Handschuhe getragen haben muss und, da du sein Gesicht nicht sehen konntest, wahrscheinlich auch eine Art Strumpfmaske.“

„Hm“, brummte Greven erneut und rieb mit Daumen und Zeigefinger über seine geschlossenen Lider. „Habt ihr ihn nach Reemt Beninga gefragt?“

„Haben wir. Reemt sei der Vetter seines Vaters gewesen, eine Art braunes Schaf der Familie, die ihn deshalb weitgehend totgeschwiegen habe. Persönlich gekannt habe er ihn nicht.“

„Ach was“, meinte Greven und massierte noch immer seine geschlossenen Augen. „Das ist alles?“

„Tut mir leid, aber das ist wirklich alles.“

Greven ließ seinen Kopf sinken.

„Was sollen wir jetzt mit ihm machen?“, mahnte Häring schließlich und beendete das deutlich vernehmbare Schweigen seines Chefs, der für einen nur schwer messbaren Zeitraum zu einer Mehllandschaft zurückgekehrt war, über die Matchbox-Autos fuhren, immer mehr Mehl heranschafften, um weitere Straßen zu bauen. Oft hatten sie auch um diese Autos gewettet, hatten die Autos wie Murmeln eingesetzt, Mehlbarrieren errichtet, die durchbrochen werden mussten, Dämme aus Mehl aufgehäuft, deren Tragfähigkeit bewiesen werden musste. Brach der Damm, war das Auto verloren. Fast immer war Greven der Verlierer, denn Claas hatte das Mehl nicht nur in der Mühle, sondern auch im Blut. Als Greven eines Tages auf einen Schlag alle seine Autos verlor, suchte er einen Sommer lang andere Spielorte auf, den Hafen oder den Gulfhof von Mammens, bevor ihn der Herbst wieder in die Mühle wehte. Als wir Kinder waren. Oft hatte er diesen Satz in letzter Zeit gedacht. Kindheitserinnerungen. Mühlengeschichten. Die immer noch durch die Neuronen geisterten, ohne ihren Platz gefunden zu haben.

„Fahrt ihn zurück nach Greetsiel“, ließ Greven endlich los. „Und danke.“

„Keine Ursache“, sagte Häring erleichtert.

„Aber eine paar kleine Aufträge hätte ich noch zu vergeben, wenn ihr euch schon auf die Konspiration einlasst.“

„Kommt darauf an.“

„Mona wird euch die Reproduktion von einem alten Foto vorbeibringen. Von sieben Personen auf dem Foto habe ich die Namen, ich möchte aber auch wissen, wer die anderen drei sind. Das wird schwer, denn das Foto ist von 1942. Durchleuchtet bitte auch die Familien der Männer, soweit das möglich ist.“

„Klingt gut.“

„Das gilt auch für Claas Beninga und unsere Künstler, Mona ausgenommen. Ich würde gerne wissen, welche verwandtschaftlichen Beziehungen zwischen den SA-Männern auf dem Foto und den Tatverdächtigen bestehen.“

„Das war’s schon?“

„Nein, da wäre noch eine Kleinigkeit.“

„Wie beruhigend.“

„Vielleicht habe ich mich zu sehr auf den Pellsöller konzentriert. Wir sollten daher wissen, wer am bewussten Tag sonst noch in der Mühle war, ich meine, in den anderen Stockwerken.“

„Aber wie sollte jemand von dort aus …?“

„Eine gute Frage, die ich leider auch noch nicht wirklich beantworten kann. Aber meine Begegnung gestern hat mich da auf eine Idee gebracht. Treibt ihr erst mal die Leute auf. So lautlos wie möglich.“

„Wir ermitteln nur im Fall Greven. Gegen Unbekannt. Schwere Körperverletzung und versuchter Mord.“

19

Der ausgedehnte Spaziergang, der zugleich ein Gedankengang war, führte Greven zurück zum Hafen, vorbei an neuen Ferienhäusern, die hier inzwischen noch schneller aus dem Marschboden schossen als die so gerne zum Vergleich herangezogenen Pilze. Längst hatten sie das Dorf eingekesselt und erdrückt, hatten von dem, was Großstädter und Abgeschiedenheitssucher ursprünglich einmal hierher gelockt hatte, kaum noch etwas übrig gelassen. Der Wind kam aus nördlicher Richtung und schien mehr Salz als gewöhnlich zu enthalten. Er schmeckte nach einem Segeltörn, den Greven viel zu lange nicht mehr unternommen hatte, schmeckte nach Töwerland und Kachelot. Sein Blick wanderte zur Fahrrinne, in der man im Sommer neben den Greetsieler Kuttern auch das Ein- und Auslaufen gepflegter holländischer Plattbodenschiffe beobachten konnte. Eines fernen Tages, spätestens nach seiner Pensionierung, wollte er sich so ein Schiff kaufen. Wenigstens träumte er davon, mit einem dieser Plattbodenschiffe und einer Mannschaft aus alten und neuen Freunden von Hafen zu Hafen zu segeln. Nun war die Fahrrinne leer. Zu hören waren nur die Schreie und Pfeiflaute einiger Standvögel, denen der Weg in den Süden zu weit war.

Greven verließ die Deichkrone und ging hinunter zur Slipanlage, mit der die Fischer ihre Kutter aus dem Wasser ziehen konnten, um sie trockenen Fußes zu reparieren oder zu streichen. Er peilte eine mit Seepocken überzogene Tonne an, um seinem Knie eine kurze Pause zu gönnen. Kaum hatte er sich auf den kalten Stahl gesetzt, spürte er die Müdigkeit, die ihn seit Tagen verfolgte, denn der Nordwind, die verschiedenen Bilder in seinem Kopf und das permanente Bemühen seines Rückens, die richtige Schlafposition zu finden, hatten ihm die Nächte verdorben. Dafür war seine Rückverwandlung inzwischen weitgehend abgeschlossen. Aus Blau war Violett, aus Violett Grün, und erst aus dem Grün war ein Gelb geworden, das sich nur noch hier und da von der Farbe der unversehrten

Haut unterscheiden ließ. Grevens Zeiten als „menschliches Chamäleon“, wie Mona ihn getauft hatte, waren vorbei. Der Schmerz hatte zwar den Körper längst verlassen, nicht jedoch seinen Kopf. Als er vor ein paar Tagen das Büro betreten hatte und ihn seine Mannschaft mit Schulterklopfen begrüßen wollte, war er instinktiv zurückgewichen.

Während seiner Abwesenheit waren seine Kollegen fleißig gewesen. Jaspers war im Fall des Hoteliermordes auf ein winziges, aber vielleicht entscheidendes Detail gestoßen, er hatte, eher zufällig, von einem bereits pensionierten Angestellten erfahren, dass sich zwei der Hauptakteure gut und schon lange kennen mussten, obwohl sie angegeben hatten, sich im Hotel in Aurich erstmals begegnet zu sein. Dadurch mussten beide nun doch zum Kreis der Tatverdächtigen gezählt werden, dem sie bislang nicht zugerechnet worden waren. Die Sackgasse, in die die Ermittlungen geraten waren, verfügte plötzlich über eine vielversprechende Ausfahrt, vorausgesetzt, das Alibi der Witwe des Mordopfers war gar nicht so fragwürdig, wie sie bislang angenommen hatten. Grevens Team arbeitete auf Hochtouren, so dass die kleinen konspirativen Aufgaben nur schleppend erledigt werden konnten.

Die drei Unbekannten auf dem Foto blieben, was sie waren. Müller-Eilsum hatte nur mit den Achseln gezuckt, und Diekinga hatte die Grenzen seines Archivs eingestehen müssen. Mit dem Foto als Eintrittskarte hatte Greven den Versuch unternommen, mit Claas Beninga zu reden, um ihm seine Warte der Geschichte zu erklären. Doch der Müller hatte ihn als Unsichtbaren behandelt, während er Häring die Frage nach den SA-Männern auf dem Foto kurz, aber korrekt beantwortet hatte. Die einzige Person, die er benennen könne, sei sein Großvetter. Dann hatte er, abschiedsgrußlos, die Mühlentür geschlossen.

„Gib ihm etwas Zeit“, hatte Mona ihm geraten, „und dir auch.“ Eine andere Wahl hatte er auch gar nicht. Noch immer konkurrierte das Bild von dem nächtlichen Angreifer mit Beningas Alibi, und noch immer war Greven nicht vollständig von der perfiden Konstruktion der ihm gestellten Falle überzeugt. Von dem Unbekannten fehlte jede Spur. Dafür hatte Ackermann zwölf Mühlenbesucher ausfindig machen können, darunter drei Ostfriesen. Der Rest waren Touristen, die sich bei Holzkämpers, Dirksens oder Jansens eingemietet hatten. Die drei Ostfriesen waren Elke Henning aus Dornum, Habbo van der Plog aus Emden und Jabbe de Vries, den Greven gleich in seinem Büro aufsuchen würde. Dornum und Emden hatte er Jaspers und Ackermann überlassen.

Bei der Sielmauer und vor dem Gebäude der Fischereigenossenschaft grüßten ihn vertraute Gesichter. Touristen waren nun kaum noch auf den Straßen unterwegs, aber in der sogenannten Serviceagentur der Tourismus GmbH Greetsiel wurde trotzdem gearbeitet. Das Geschäft florierte, was Greven angesichts der Preise mancher Restaurants nur schwer nachvollziehen konnte. Die Serviceagentur befand sich in einem Neubau, dessen Architektur von den entsprechenden Unternehmen gerne als „friesischer Landhausstil" bezeichnet wurde. Das Haus ähnelte einem kleinen Gulfhof, besaß Außenmauern aus rotvioletten Klinkern und rote Dachpfannen, verfügte über unechte Sprossenfenster, eine ebensolche Tür, grüne Regenrinnen und einen geklinkerten Fußweg, um Geschichte und Authentizität vorzutäuschen. Aus einer gewissen Entfernung sah es aus wie ein hervorragend restauriertes Gebäude aus den 1920er Jahren. Es war bei weitem nicht das einzige Haus dieses Typs in Greetsiel.

Unmittelbar hinter der Tür endeten die Ambitionen der ostfriesischen Potemkins. Das alte Friesenhaus war bis unters Dach vollgestopft mit modernen Büros, wie sie überall zu finden waren. Angestellte saßen vor Flachbildschirmen, trugen Headsets, schrieben, telefonierten, buchten, stornierten, e-mailten, verkauften. Greven sah ihnen eine Weile fasziniert zu, betrachtete die Souvenirs in den Vitrinen und die Poster an den Wänden, bis eine kleine Dicke, ihr volles Kürbisgesicht kam ihm bekannt vor, ihn bemerkte, sich von ihrem Platz erhob, ihn mit Namen begrüßte und eine Treppe hinaufführte. Unterm Dach, die schrägen Wände und Büromöbel ganz in Weiß, mit einem Rosenstrauß, residierte Jabbe de Vries, etwas kleiner als er, aber mit blauer Bundfaltenhose, persilweißem Hemd und einer Krawatte in den Farben der ostfriesischen Flagge.

Während die kleine Dicke, Claudia Schoffelmann, ihr Name war ihm mittlerweile wieder eingefallen, ihm seine schwarze

Lederjacke und seine bommellose Pudelmütze abnahm, beides hatte er schon mehrmals vor Monas Zugriff retten müssen, die sich am fortgeschrittenen Alter der Kleidungsstücke störte, durchquerte de Vries langsam den Raum. Sein Gesicht war regungslos, wie bei ihrer ersten Begegnung, seine Emotionen ließen sich nicht einmal erahnen. Greven taxierte seine Größe und seinen Gang. Beides passte ungefähr zu den Bildern in seinem Kopf. Als de Vries bei ihm eintraf, legte er ein routiniertes Begrüßungslächeln auf und gab dem beginnenden Gespräch, ebenfalls routiniert, gleich eine klare Richtung. Sein Händedruck war kräftig wie der von Jütting.

„Moin, Herr Kommissar. Nett, dass Sie mich mal besuchen. Was macht Ihre Gesundheit? Wenn man den hiesigen Zeitungen Glauben schenken darf, sind Sie nur knapp dem Tode entronnen. Dafür sehen Sie aber schon wieder ganz gut aus." Dann folgte eine Floskel, die Greven nicht mehr hören konnte, und das nicht nur, weil sie inzwischen fast überall zu hören war: „Was kann ich für Sie tun?"

„Danke der Nachfrage", entgegnete Greven, das Echo des Händedrucks abschüttelnd und die Richtung beibehaltend, „aber ich lebe noch, wie Sie sehen. Und tun können Sie tatsächlich etwas für mich, nämlich mir sagen, wo Sie an jenem Abend waren, auf den Sie anspielen?"

Das Begrüßungslächeln des Tourismusmanagers erstarb, als hätte jemand einen Schalter umgelegt. Er machte ein paar Schritte auf seinen weißen Schreibtisch zu, hielt zögernd an, drehte sich um, hob die Hände leicht an und öffnete sie zu einer Geste, die, so interpretierte Greven, Unschuld beteuern sollte.

„Immer wieder diese alte Geschichte. Nur weil man als junger Student einmal zu viel getrunken und die Beherrschung verloren hat, zählt man automatisch bis ans Ende seine Lebens zu den Verdächtigen, ganz egal, um welche Straftat es sich handelt."

Ein guter Auftritt, erkannte Greven an und konterte umgehend mit dem seinen, den er sich während des Spaziergangs zurechtgelegt hatte: „Ich muss Sie enttäuschen, ganz so automatisch ist die Polizei nun auch wieder nicht. Dafür haben aber mehrere Zeugen zur fraglichen Zeit in der Nähe der Mühlen einen Mann gesehen, dessen Beschreibung auf Sie passt. Eine vage Beschreibung, zugegeben, eine Beschreibung, die auch auf andere passen würde. Mir bleibt also nichts anderes übrig, als die in Frage kommenden Personen um ihre Alibis zu bitten."

De Vries ließ seine Hände sinken, fast so, als wolle er kapitulieren, brachte aber seine Miene nicht ins Spiel. Lediglich seine Schweigeminute verriet, dass er sein Gedächtnis bemühte.

„Gut. Diese Frage ist schnell beantwortet. Ich war, zusammen mit meiner Freundin Anja Haayen, in Emden im Kino. Sie müssten sie eigentlich kennen. Außerdem sitzt sie unten, Sie können sie also gleich fragen."

„Anja Haayen? Die Tochter, pardon, Stieftochter unseres Landrats? Hat sie Ihnen nicht auch im letzten Jahr schon ein Alibi gegeben?"

„Genau das meinte ich mit 'kennen'. Aber ich habe leider nur sie. Selbstverständlich haben uns auch die Kassiererin und andere Kinobesucher gesehen. Der Film, genauer gesagt, die Werbung, ging pünktlich um acht los."

„Danke, Herr de Vries, wir werden das überprüfen."

„Verstehe. Reine Routine."

„So könnte man es nennen."

„Könnten jetzt Sie mir eine Frage beantworten?"

„Wenn es mir möglich ist?"

„Die Zeitungen haben zu diesem Thema ja geschwiegen, aber wer will, kann im Dorf hören, dass bereits ein Tatverdächtiger verhaftet worden sei, nämlich Claas Beninga."

„Herr de Vries", antwortete Greven, bewusst schmunzelnd, „eigentlich müssten Sie doch wissen, was von dem, was man im Dorf so hört, zu halten ist. Da Claas Beninga nun einmal der Besitzer der Mühle ist, mussten wir ihn natürlich ausgiebig befragen. Dass daraus beim Bäcker oder beim Friseur eine Verhaftung wird, lässt sich leider nicht vermeiden. Dabei fällt mir ein, am Tag, als Jann ter Fehn von der Galerie gestürzt ist, waren Sie da nicht auch in der Mühle?"

„Wie kommen Sie jetzt da drauf?"

„Wie zitierten Sie gerade so schön alle gängigen Fernsehkommissare? Reine Routine."

Endlich tat sich etwas in dem Managergesicht, wenn auch nicht viel. Aus der einsetzenden Arbeit weniger Muskeln deutete Greven, dass de Vries mit dieser Frage noch weniger gerechnet hatte als mit seiner ersten, und dass ihn die zweite Frage irgendwie traf oder berührte.

„Ach so. Sie glauben immer noch an Ihren Mord. Den schieben Sie mir ebenso wenig in die Schuhe wie die Prügel, die Sie bezogen haben. Außerdem habe ich die Zeitungsberichte verfolgt. Es gibt gar keinen Fall ter Fehn."

„Das überlassen Sie bitte mir", sagte Greven langsam, aber bestimmt, während sich ter Fehn, nun doch leicht nervös, zum Schreibtisch zurückzog. „Abgesehen davon möchte ich von Ihnen nur wissen, ob Ihnen damals irgendetwas Außergewöhnliches aufgefallen ist. Hat sich jemand sonderbar verhalten? Haben Sie Geräusche gehört, die Sie nicht einordnen konnten? Hatte jemand etwas dabei, was man für einen Mühlenbesuch nicht unbedingt benötigt, zum Beispiel einen Koffer oder einen größeren Rucksack?"

Die Fragen ließen das Gesicht des Managers wieder zur gewohnten Miene erstarren und ihn die rechte Hand kurz vor den Mund nehmen. Greven nutzte die Zeit, um ihn nochmals zu taxieren, nahm sich seiner Kopfform an, seiner Statur, konnte aber keine Entscheidung treffen.

„Nein, tut mir leid, mir ist nichts aufgefallen, nur, dass mir der Zutritt zum oberen Stockwerk ..."

„... also zum Pellsöller ..."

„... dass mir der Zutritt zum Pellsöller verwehrt wurde."

„Warum waren Sie überhaupt an diesem Tag in der Mühle?"

„Um dabei zu sein. Um zu sehen, ob und wie wir derartige Aktionen, immerhin handelte es sich ja um einen offiziellen Besuch der ausstellenden Künstler der *Greetsieler Woche*, in unser Gesamtkonzept einbinden können. Doch leider hat mich Herr Beninga daran gehindert. Er ist ohnehin nicht sehr kooperativ, dieser Biomüller, obwohl er ja auch ganz gut vom Tourismus lebt. Er hat sogar gedacht, er könne allein vom tragischen Tod ter Fehns profitieren. Aber da hat er sich geirrt."

„Inwiefern?", stutzte Greven.

De Vries wandte sich um und angelte aus einem der offenen Schränke einen Prospekt, den er Greven nach zwei Schritten überreichte.

„Druckfrisch. Auf den Seiten drei und vier."

Greven schlug die nobel wirkende Hochglanzbroschüre auf und stieß unter der Headline *Tatort Greetsiel* auf Fotos von Maria Furtwängler als Kommissarin Charlotte Lindholm und Ottfried Fischer als Pater Braun. Auf der linken Seite waren der Hafen und die beiden Mühlen abgebildet. Als er die Bildunterschriften und kurzen Textpassagen gelesen hatte und seinen Blick wieder hob, hatte de Vries erneut sein Begrüßungslächeln eingeschaltet.

„Wie Sie sehen, haben wir auch die Mordfälle vom vergangenen Jahr nicht vergessen."

„Ist mir ebenso wenig entgangen wie Jann ter Fehn. Dabei haben Sie sich doch gerade der amtlichen Ansicht angeschlossen, es gäbe gar keinen Fall ter Fehn", staunte Greven.

„Selbstverständlich gibt es keinen Fall. Uneingeschränkt. Aber das ist selbstverständlich nur meine ganz private Meinung. Vom Standpunkt der Werbung her bleibt sein Tod dagegen ein faszinierendes Rätsel, ein mysteriöser Vorfall, der ins neue Bild von Greetsiel passt."

„Das Sie entworfen haben."

„Jetzt kann ich Ihnen ein Geständnis bieten. Und in diesem Bild ist Greetsiel nicht länger das beschauliche und daher vielleicht auch etwas langweilige Fischerdorf, sondern ein Ort, an dem das Fernsehen Morde inszeniert und auch schon mal echte Morde verübt werden. Ein Ort voller Geheimnisse, ein spannendes Dorf."

Fast wörtlich hatte der Manager aus der Broschüre zitiert, deren Text wahrscheinlich ohnehin von ihm stammte. Greven überflog nochmals die Doppelseite. Wenigstens blieb er selbst unerwähnt. Dann versuchte de Vries sich zum wiederholten Mal an dem Profilächeln, das jedoch undurchdringlich blieb. In diesem Augenblick klopfte es, und Claudia Schoffelmann trat ein, ohne eine Antwort abzuwarten.

„Entschuldigen Sie, Herr Kommissar. Jabbe, Herr Wegener von der Deichacht ist da. Außerdem sind deine Tickets endlich gekommen. Diesmal sind es die richtigen." Vor der noch immer aufgeschlagenen Broschüre wanderte ein Fächer bereits geöffneter Briefe vorbei, die der Manager sofort in Empfang nahm.

„Ich kann Herrn Wegener nicht warten lassen", sagte de Vries, mal Greven anschauend, dann wieder den Fächer sichtend. „Eine unaufschiebbare Angelegenheit. Ich muss Sie daher leider bitten ..., falls Sie nicht noch dringende Fragen haben. Claudia wird Sie hinausbegleiten. Ach ja, die Broschüre dürfen Sie selbstverständlich behalten."

In Grevens Brusttasche wartete noch das Foto auf seinen Einsatz, doch nach kurzem Zögern ließ er es stecken und folgte dem freundlichen Kürbisgesicht.

Sein Rückweg zum Auto führte ihn nicht wieder über den Deich, sondern mitten durch den Ort, vorbei an *Simons Original African Cultershop*, einem exotischen Laden, der auf angenehme Art Widerstand gegen die gängigen Souvenirläden leistete. Nach einem Blick auf die Uhr rief er nacheinander Ackermann und Jaspers an, die, wie sich schnell herausstellte, noch erfolgloser gewesen waren als er. In Dornum und Emden waren sie auf Greise gestoßen, die sich an dem Tag, als ter Fehn starb, von einer Kaffeefahrt abgesetzt hatten, da sie die Mühlen interessanter fanden als die angebotene Hafenrundfahrt mit der *Gretchen*. Beide hatten damals jedoch nicht einmal die erste Treppe geschafft und umgehend ihre Entscheidung bereut. Kurz überlegte Greven, ob er bei Claas doch noch einen Versuch unternehmen sollte, entschied sich aber, zurück nach Aurich zu fahren, um den Nachmittag in die neue Spur im Hoteliermord zu investieren.

Ein langer Nachmittag, der erst kurz nach sieben und ohne greifbare Fortschritte endete. Mona war ebenfalls nicht vorangekommen und haderte mit ihrem großformatigen Gesicht, dessen Faltentäler sie für missraten hielt. Mit einem kleinen Spachtel hatte sie bereits die ersten Täler wieder von verschiedenen Sedimenten befreit, um neue aufschichten zu können. Das Abendessen konnte Greven also vergessen, was nicht tragisch war, da ihn die Müdigkeit mehr bedrängte als der Hunger. Vor dem Kühlschrank stehend, vertilgte er eine Schillerlocke, die er schnell auf Butter und Schwarzbrot gebettet hatte. Dann zog er sich mit einem Glas Chablis in seine geliebte Badewanne zurück, die er, nach dem Abschluss seiner Metamorphose, endlich wieder füllen durfte. Aus dem Atelier war die bekannte Arie aus Catalanis *La Wally* zu hören, die ihn, im milchigen Wasser sitzend, an Beineixs *Diva* erinnerte, auch wenn in diesem Fall Maria Callas glänzte und nicht Wilhelmenia Fernandez. Die Oper hatte er sogar einmal gesehen, in Bregenz, auf der berühmten Seebühne, vor etwa fünfzehn Jahren. Er hatte sie als sehr handlungsarm empfunden, im Gegensatz zu dem Film, der ihm gefiel, weil er sich nicht an irgendeiner Realität verging. Nach einem zweiten Glas konnte ihn nicht einmal mehr die Callas am Einschlafen hindern. Um nicht wieder zu ertrinken, verließ er fluchtartig die Wanne, gab Mona, die sich tief in ihre Täler verkrochen hatte, einen unvollendeten und kaum erwiderten Kuss und ging ins Bett, so früh wie seit Jahren nicht mehr, und schlief wie betäubt ein.

Doch aus dem seit Tagen gehegten Traum, endlich eine Nacht durchschlafen zu können, wurde wieder nichts. Dabei war sein Schlaf traumlos und ruhig. Keine Bilder zogen durch seinen Kopf, und auch sein Körper hatte keine eigenen Pläne. Um Viertel nach zwei meldete sich das Telefon, nicht das mit dem Anrufbeantworter, sondern das mit der geheimen Privatnummer. Als er nachgab und die Augen aufschlug, hatte Mona den Hörer bereits abgenommen und begann zu lauschen. Aus der gewählten Tonhöhe ihrer Antworten und Rückfragen schloss er, dass es sich bei dem nächtlichen Anrufer um einen alten Freund oder eine alte Freundin handeln musste. Die Fragen selbst, etwa „Weißt du das genau?“ oder „Seit wie vielen Jahren?“, ließen ihn vermuten, dass Mona wieder mal dringend benötigt wurde, um eine akute Beziehungskrise in den Griff zu bekommen.

„Muss das denn unbedingt jetzt sein?“, maulte er und verkroch sich unter das Federbett. Mona kommentierte seine Kritik mit dem Ellenbogen und setzte ihr Beratungsgespräch fort, bei dem jetzt finanzielle Aspekte in den Vordergrund zu rücken schienen.

„Könnt ihr das nicht morgen klären?“, Er kämpfte gegen ein endgültiges Wachwerden an. Diesmal reagierte Mona mit einer Aufforderung, die sie betont laut in den Hörer sprach: „Kerstin? Sorry, neben mir wird einer unruhig. Also bitte alles noch einmal in Kurzform für müde Kommissare!“ Dann reichte sie ihm demonstrativ den Hörer.

Greven verweigerte zunächst die Annahme, doch Monas Blick nötigte ihn, wenigsten nach dem Namen des Ruhestörers zu fragen.

„Kerstin Reno!“, flüsterte Mona laut, die Hand vor den Hörer haltend. „Sie ruft aus New York an!“

„Wer?“

„Kerstin Reno von der *Kunstmeile*! Also manchmal könnte ich dich ...!“

Um am Leben zu bleiben, akzeptierte Greven schließlich den Hörer. Eine freundliche Stimme meldete sich. Im Hintergrund war eine eindrucksvolle Schallkulisse zu hören, vielleicht die Halle eines großen Hotels.

„Also, wie gewünscht, hier ist die Kurzfassung: Bei meinen Recherchen für die nächste Sonderausgabe habe ich verschiedene Galeristen auch auf Eike Lüken angesprochen.“

Von einer Sekunde zur anderen war Greven hellwach. Mona nickte erleichtert.

„Seit einigen Jahren, seit wann genau, konnte mir keiner sagen, tauchen plötzlich Lüken-Bilder auf dem amerikanischen Kunstmarkt auf. Allein in den letzten beiden Jahren waren es mindestens zwölf, die zusammen für mehr als 350 000 Dollar verkauft oder versteigert worden sind. Expressionisten dieser Güte sind gesucht, und potente Sammler gibt es hier wie Sand am Meer.“

„Konnten Sie herausfinden, wer die Bilder angeboten hat?“

„Leider nicht, da die Auktionshäuser und Galeristen den Verkäufer nicht immer angeben und auf Wunsch sogar verschweigen. Wer will, bleibt völlig anonym. Was glauben Sie, wie viel Beutekunst und Hehlerware auf dem Kunstmarkt kursiert. Ein echtes Problem. Aber das ist eine andere Geschichte. So, das war’s im Prinzip. Wenn Sie Lükens Mörder finden, mach ich ein Interview mit Ihnen. Viel Glück.“

Die Unterbrechung der Nacht wurde vor dem Kühlschrank fortgesetzt. Als Nachtmahl dienten schwarze Oliven, Artischocken, Mailänder Salami, Ziegenkäse und für jeden ein Glas Rieslingsekt, denn die Laune, in die sie nach dem Anruf geraten waren, war eine Sektlaune. Nachdem Mona noch ein paar Worte über ihre Freundin verloren hatte, brachte Greven den Kern ihrer gemeinsamen Schlussfolgerungen auf den Punkt.

„Es bleibt dabei. Diekinga muss sich geirrt haben. Als Lükens Haus in Flammen aufgegangen ist, waren seine Bilder längst an einem anderen Ort. Jemand hat sie sich unter den Nagel gerissen. Entweder der Mörder oder der Brandstifter, sofern es sich dabei überhaupt um verschiedene Personen handelt, oder ein Dritter, ein Trittbrettfahrer, der die Gunst der Stunde genutzt hat. Und diese Bilder werden jetzt in sicherer Entfernung jenseits des Atlantiks zu Geld gemacht, und zwar zu viel Geld. Erfahren darf das in der ostfriesischen Provinz natürlich niemand, schon gar nicht mögliche Erben."

„Wenn das kein gutes Motiv ist!", gluckste Mona mit einem tropfenden Artischockenherz in der Hand.

„Gibt es überhaupt Erben?"

„Ob er Kinder hatte, weiß ich nicht, aber die Familie, aus der Lüken stammt, war kinderreich. Cousins und Cousinen werden sich also bestimmt auftreiben lassen."

„Die Frage ist nur", schmatzte Greven, „warum die Bilder erst jetzt verkauft werden. Dass Expressionisten zu Beginn des 21. Jahrhunderts besonders viel Geld einbringen, konnte ja niemand voraussehen. Warum also wurden die Bilder nicht schon nach dem Krieg verkauft, oder später, in den 70ern oder den 90ern?"

„Weil ... weil dem Dieb die Bilder zu heiß waren und er sich erst jetzt traut. Und weil er schon sehr alt ist und nicht mehr länger warten kann. Oder weil ..."

„... der unbekannte Anbieter erst seit ein paar Jahren über die Bilder verfügt und sie daher auch erst jetzt verkaufen kann", vollendete Greven den Satz.

20

„Nicht einen Namen?“, wiederholte Greven und überflog ein weiteres Mal die Antwortfaxe und E-Mails, die Jaspers ihm gereicht hatte. Die letzten Vibrationen seiner Sektlaune, die er in den Vormittag hatte retten können, waren endgültig verflogen. „Hast du auch …?“

„Hab ich“, bekräftigte Jaspers. „Die Heimatvereine, die Vermissten- Organisationen, Kriegsgräberfürsorge, Simon-Wiesenthal-Zentrum, Rotes Kreuz, aber die drei Typen kennt keiner.“

Greven legte die Ausdrucke auf den rechten Eruptionsstapel auf seinem Schreibtisch und wandte sich Ackermann zu: „Wie sieht es bei den verwandtschaftlichen Verflechtungen aus?“

„Nicht besser. Außer denen, die wir vorher schon kannten, Müller-Eilsum und Beninga, haben sich keine neuen ergeben. Tut mir leid.“

„Aber ohne die drei anderen auf dem Foto bleibt das Bild fast wertlos“, dachte Greven laut.

„Wir bleiben ja dran“, spendete Jaspers Hoffnung, „noch haben wir ja nicht alle Antworten.“

Nach einem Fortschritt bei der Suche nach weiteren Zeugen oder Verdächtigen, ter Fehns Todesstunde betreffend, wagte Greven erst gar nicht zu fragen. Hätte es entsprechende Neuigkeiten gegeben, wären sie ihm längst mitgeteilt worden. Also dankte er seinen Kollegen und schickte sie zurück in den Ermittlungsalltag. Seinen eigenen zögerte er noch etwas hinaus, denn ohne sich von dem Foto zu lösen, war ihm eine Konzentration auf alles andere nur schwer möglich. Also stahl er sich von Härings Tisch eine der ostfriesischen Tageszeitungen, für deren Durchsicht der Pedant, Archivar und Sammler von allem und jedem bestens geeignet war.

Abgesehen von einigen Verkehrsunfällen wegen maßlos überhöhter Geschwindigkeit auf vereisten Fahrbahnen hatte sich in Ostfriesland wenig ereignet. Die Stadt Norden bereitete sich in einer Art und Weise auf ihre 750-Jahr-Feier vor, dass Greven den Hinweis auf eine Adresse vermisste, an die die Beileidsbekundungen zu schicken waren. Von reichlich antiquierten Vorschlägen aus Honoratiorenkreisen war die Rede, die euphemistisch als Konzept gepriesen wurden, von den üblichen Gedenkmünzen, der guten alten Zeit und der begründeten Sehnsucht nach dieser. Von Aufbruch, der Gestaltung der Zukunft und neuen Chancen war nicht die Rede.

Im Weltteil nahm sein Auge die Meldungen über den täglichen Selbstmordanschlag im Irak kaum noch wahr, dafür blieb es an einem Artikel hängen, den er bis gestern mit Sicherheit voll und ganz ignoriert hätte. Denn wenn ihn etwas wirklich nur ganz marginal interessierte, dann waren es Messen, und ganz besonders Tourismusmessen. Aber diese, die in der nächsten Woche ihre Pforten öffnen würde – warum Messen Pforten besaßen, war ihm schon lange ein Rätsel, aber die Journalisten bestanden hartnäckig immer wieder darauf – wurde gerade in New York vorbereitet. Der Artikel war weder besonders groß noch wirklich informativ, aber er gesellte sich in seinem Kopf zu einem Fächer geöffneter Post, der gekrönt war von einem Flugticket. Sofort ließ er die Zeitung sinken und zog aus dem linken Eruptionsstapel das Telefonbuch.

„Tourismus GmbH Greetsiel, Claudia Schoffelmann am Apparat, was kann ich für Sie tun?"

„Moin, Greven, Kripo Aurich, ich war gestern bei Ihnen. Leider habe ich vergessen, Herrn de Vries ein Foto zu zeigen, das für unsere Ermittlungen von großer Bedeutung ist. Ich bräuchte also unbedingt noch einen Termin. So bald wie möglich, am besten gleich am Montag."

„Tut mir leid, Herr Kommissar, aber da ist Herr de Vries schon in New York auf der Internationalen Tourismusmesse."

„Ach, das hatte ich total vergessen, da ist er ja jedes Jahr", log Greven.

„Stimmt, und leider fliegt er immer nur allein", klagte die kleine Dicke. „Aber am Montag in einer Woche ist er wieder im Büro. Ist Ihnen 9:30 Uhr recht?"

„Sehr sogar."

Greven führte den Hörer langsam zurück zu dem klobigen Büroapparat und rutschte wieder in seine Zeitungsleseposition, während de Vries in die Top Ten aufstieg und sogar Claas Beninga überrundete, den Greven noch immer nicht gelöscht, sondern auf einen unteren Rang abgeschoben hatte. Noch einmal überflog er den Artikel, dann legte er die Zeitung weg, um erneut zum Hörer zu greifen. Er wollte dranbleiben und die New-York-Reise des Managers nutzen, um eine äußerst sensible Mission durchzuführen. Die Nummer fand er auf der Telefonliste, die mit Tesafilm auf das örtliche Telefonbuch geklebt war. Sie gehörte dem Landrat, der quasi gleich um die Ecke residierte. Zu seiner Überraschung meldete sich nicht eine Sekretärin oder sein Stellvertreter, sondern Frerich Söden höchstpersönlich, und noch dazu mit einer warmen Stimme. Doch das blieb nicht die einzige Überraschung, denn Grevens vorsichtige Frage nach einem baldigen Termin wurde vom Landrat fast euphorisch mit einem „Für Sie immer!" beantwortet. Diesmal flog der Hörer zurück in die Gabel.

„Wo finden wir dich, falls wir dich noch brauchen?", fragte Häring keine Minute später.

„Gleich nebenan, beim Landrat."

„Ein offizieller Besuch?"

„Jein. Gewissermaßen fast eine Privataudienz."

„Wie hast du die denn bekommen?"

„Bleibt mein Geheimnis", sagte Greven schmunzelnd und zog die Tür hinter sich zu.

Nach einem Fußmarsch von wenigen Minuten öffnete sich eine andere Tür, die der seines Büros verblüffend ähnlich war. Greven vermutete denselben Schreiner und eine parallel durchgeführte Renovierungsmaßnahme, die schon etliche Jahre zurückliegen musste. Der Mann, der die Tür öffnete, war Ende fünfzig, keine 1,70 Meter groß, mit freundlich rundem Gesicht ohne Falten und vollem Haar, dessen Dunkelbraun so vor Glanz strotzte, dass Greven sofort der Echtheit der Farbe misstraute. Dafür trug Söden keine Krawatte, sondern ein offenes, blassblaues Hemd, auf dem sich ein paar blasse Soßenflecke eingenistet hatten. Auch sonst sah der Mann nach Arbeit aus und nicht nach jemandem, der es immer und überall aufs Repräsentative angelegt hatte. Im Gegensatz zum Ganz in Weiß seines Schwiegersohns hatte es Söden mehr mit dem Ganz auf Alt, denn sein erstaunlich kleines Büro war mindestens mit den Möbeln seines Vorgängers ausgestattet. Der kleine Schreibtisch aus furniertem Holz war computerfrei, die Büroschränke so voll, dass mehrere Aktenordner auf dem Teppichboden stehen mussten, sein Telefon noch betagter als das in Grevens Büro. Eine deutsche Amtsstube, deren Resistenz gegen den permanenten Wandel Greven fast schon bewunderte, und das ihn an eine Sonderausstellung des Museums für Post und Kommunikation in Nürnberg erinnerte, die er vor einigen Jahren besucht hatte. Auch dort waren derartig ausstaffierte Amtsstuben zu sehen gewesen.

„Aber bitte, Herr Greven, kommen Sie rein. Endlich lerne ich Sie einmal persönlich kennen." Der Landrat wies ihm einen Bürostuhl mit abgenutzter Ledersitzfläche zu, deren Polsterung längst kapituliert hatte. Er selbst nahm hinter seinem kleinen Schreibtisch auf einem ähnlichen Modell Platz.

„Ich verfolge Ihre Ermittlungsarbeit seit Ihrem Dienstantritt hier in Aurich und bin sehr beeindruckt. Wirklich. Vor allem, wie Sie im letzten Jahr diesen unappetitlichen Fall gelöst haben, der im weitesten Sinn auch unser Haus betroffen hat. Meine Hochachtung. Aber das bleibt natürlich unter uns. Kommen wir zum Anlass Ihres … Besuches?"

„Besuch gefällt mir sehr gut, Herr Söden, denn wie ich Ihnen am Telefon schon sagte, geht es lediglich um ein paar nebensächliche Informationen über Jabbe de Vries, der leider in die Ermittlungen in meinem eigenen Fall …"

„Das Attentat auf Sie?"

Greven nickte und fuhr fort: „… hineingezogen wurde."

„Man hat ihn in der Nacht gesehen, sagten Sie?"

„Nicht ihn, sondern einen Unbekannten, dessen vage Beschreibung jedoch auch auf Herrn de Vries passen könnte. Ich habe ihn schon kurz dazu befragt, jedoch ein paar Details vergessen. Da ich ihn nicht noch einmal behelligen will, zumal er sich schon faktisch auf dem Weg nach New York befindet, wende ich mich an Sie."

„Käme er denn tatsächlich …?"

„Auf keinen Fall, doch die Regeln meines Berufes verpflichten mich dazu, selbst kleinsten Hinweisen nachzugehen. Ich bin mir jedoch sicher, dass wir Herrn de Vries schnell wieder von der Liste streichen können – wenn Sie mir dabei helfen."

„Aber selbstverständlich", freute sich Söden. „Und alles wird auch wirklich diskret behandelt?"

„Darauf können Sie sich verlassen", versicherte Greven, der sich seinerseits freute, offenbar den richtigen Ton getroffen zu haben, was ihm keineswegs immer gelang.

„Fangen Sie an."

„Gut. Die Zusammenhänge will ich Ihnen ersparen", begann Greven mit diplomatischer Miene und fingerte das Foto aus seiner Brusttasche. „Sagen Sie mir bitte, ob Sie einen der Herren auf diesem Foto kennen?"

Söden ertastete, seinen Blick schon auf das Foto gerichtet, seine Brille, richtete sich auf und sagte erstaunt: „Aber was hat denn das ...?"

„Es würde zu lange dauern, das zu erklären. Beantworten Sie einfach meine Frage."

Greven beobachtete den Blick des Landrats, der ihn kein Schauspiel vermuten ließ und die Antwort bereits vorwegnahm.

„Ich muss Sie enttäuschen, aber ich kenne nicht einen dieser sogenannten Herren. Und Jabbe bestimmt auch nicht. Zumal seine Familie ... Aber das gehört nun wirklich nicht zur Sache. Ich dachte, es geht um das Attentat?"

„Geht es ja auch, Herr Söden. Doch steht das Attentat vielleicht in Zusammenhang mit einem außergewöhnlichen Todesfall."

„Nämlich ...?"

„Ich weiß nicht, ob ich Ihnen das ...?"

„Nun spucken Sie es schon aus. Ich werde ebenso diskret sein wie Sie."

„Gut", sagte Greven und fuhr bewusst die Lautstärke seiner Stimme herunter, um den Geheimhaltungsgrad zu betonen. Der Landrat reagierte mit weit aufgerissenen Augen auf seine vielleicht doch etwas übertriebene Darbietung, zu der auch eine wohlüberlegte Formulierung zählte, die das Wort Mord ausdrücklich vermied: „Es gibt Hinweise, dass der Grund für das Attentat in meinem starken Interesse an dem Tod Jann ter Fehns gelegen haben könnte."

Kaum hatte Greven den Satz beendet, schnappte Söden nach Luft und verlieh seinem Gesicht die Farbe eines frisch gekochten Hummers. Einen derartigen Blitzstart eines Cholerikers hatte Greven noch nicht erlebt. Selbst die gefärbten Haare des Landrats schienen nun schlagartig rötlich zu glänzen. Er stand fast auf, was ihn allerdings nicht wesentlich größer erscheinen ließ, und präsentierte Greven eine weitere Überraschung, denn er zielte nicht auf ihn, sondern auf den Toten. Dabei verzichtete er auf jede Form der Einleitung, sondern ging gleich *in medias res*.

„Das Einzige, was ich daran nicht verstehe, ist, dass dieser Schmierfink nicht schon viel früher umgebracht worden ist! Gründe gab es ja genug! Und falls mein zukünftiger Schwiegersohn etwas damit zu tun haben sollte, bitte schön, ich werde ihm die besten Anwälte besorgen, die man mit Geld kaufen kann! Ermitteln Sie nur. Ich werde Ihnen keine Steine in den Weg legen, wie der Staatsanwalt!"

„Sie glauben also nicht an einen Unfall?", fragte Greven, noch immer das Tabu berücksichtigend.

„Was heißt hier glauben? Für so einen kommt doch nur Mord in Frage. Da ist endlich einem der Kragen geplatzt, was ich, mit aller Rücksicht auf den Toten, sehr gut nachvollziehen kann. Mit Verlaub, das war doch ein Anarchist, ein Radikaler, ein Verfassungsfeind. Ein Künstler war das jedenfalls nicht. Der hat doch alles und jeden schlecht gemacht und wurde dafür auch noch belohnt. Der stand doch öfter in der Zeitung als ich. Nur weil er wieder einmal eine seiner Hetztiraden zum Besten gegeben oder seine abstrusen Bilder irgendwo ausgestellt hat. Vor dem war doch keiner sicher. Der hat ja sogar auf die Grünen geschossen!"

Söden drehte immer mehr auf. Unmengen Text sprudelten aus seinem Mund, wobei er mit Wiederholungen nicht geizte. Was sein Mund nicht zu leisten vermochte, übernahm als zweitwichtigstes Ausdrucksmittel seine rechte Hand. Die linke ruhte auf dem Schreibtisch, als müsse sie dort für den nötigen Halt des kleinen Mannes sorgen. Nach und nach konzentrierte sich seine flammende Rede auf die Aufklärung des Mordes, die er von Greven mehrfach mahnend einforderte.

„Nur so wird noch einmal deutlich, was das für ein Mensch war“, wetterte Söden, „denn im Prozess müssen ja die Motive genau geklärt werden. Dabei wird sich zeigen, dass die Motive für Hunderte von Morden ausgereicht hätten. Und ich wette mit Ihnen, der Täter wird daraufhin nur wegen Totschlags verurteilt und erhält am Ende eine Bewährungsstrafe! Also los! Fragen Sie! Finden Sie den Totschläger dieses Anarchisten! Soll ich mal mit dem Staatanwalt reden? Der pfeift Sie nicht mehr zurück, dieser Ignorant!“

Nun war ein Punkt erreicht, an dem Greven begann, sich Sorgen um die Gesundheit des Landrats und seinen Job zu machen. Er wählte eine klassische Deeskalationsmethode, stimmte ihm zurückhaltend zu und führte den Hummer rhetorisch in kältere Gewässer, fragte nach unwichtigen Details, zwang ihn, sich an Daten und Einzelheiten zu erinnern und nahm ihm so seine Energie.

„Ja, ja, meine Rede war allerdings missglückt. Ich habe die fehlende Seite erst nach Wochen gefunden. Sie werden lachen, sie war in meine Steuererklärung geraten“, flachste der Land rat wenig später. Und Greven lachte erleichtert, auch darüber, dass Söden nicht nur diese Anekdote über die letzte *Greetsieler Woche* erzählt hatte, sondern viel mehr über Jabbe preisgegeben hatte, als er zu hoffen gewagt hatte. Als er sich von dem Landrat verabschiedete, war dessen freundlich-rundem Gesicht nicht anzumerken, dass es noch vor wenigen Minuten krebsrot dem Hass verfallen war.

„Ich sage Ihnen nochmals, Sie können jederzeit zu mir kommen. Und halten Sie mich bitte auf dem Laufenden“, sagte Söden mit warmer, weicher Stimme und zwinkerte dabei mit einem Auge, als wären sie bayerische Amigos. Greven brauchte frische Luft. Er lächelte mühevoll und floh aus dem Haus der Kreisverwaltung in den kalten Regen, den der Winter in Ostfriesland gerne als Schneeersatz anbot. Dennoch schmeckte der Regen nach Winter. Für ein paar Sekunden genoss er das Aufschlagen der dicken Tropfen auf seinem Gesicht.

21

An diesem Abend öffnete Mona ihm die Tür, noch bevor er seinen Schlüssel aus der Hosentasche gekramt hatte. Aus ihrem Lächeln, das ihn immer wieder aufs Neue gefangen nahm, schloss er, dass es ihr gelungen war, die Sektlaune der vergangenen Nacht über den Tag zu retten. Ohne viele Worte nahm sie seine Hand und zog ihn ins Atelier, wo er schnell hinter das Geheimnis ihrer Launekonservierung kam. Sie hatte neue Sedimente aus Ölfarbe aufgeschichtet, die nun ihrem Riesengesicht zu Faltentälern verhalfen, von denen sich das Auge nur schwer wieder lösen konnte. Jedes dieser Täler erzählte eine Geschichte, berichtete von Liebe und Tod, Elend und Glück. Wenn man nur genau hinsah. Vergaß man darüber das Ganze nicht, war das Gesicht tatsächlich mehr als die viel zitierte Summe seiner Teile. Greven verstand ihre Freude, denn sie hatte viel Zeit mit dem Gesicht und seinen Tälern verbracht, in die sie auch sie beide gelegt hatte, wie er nach einigen Gebirgstouren schmunzelnd bemerkte. In einem kleinen Bergsee, der verdächtig ihrer Badewanne ähnelte, gingen sie gerade einer ihrer Lieblingstätigkeiten nach.

Nachdem er das Bild in sich aufgenommen hatte, umarmte und küsste er sie, denn wie immer wusste er nicht, wie er seine Anerkennung und Bewunderung in Worte fassen sollte. Kunstkritik war nicht sein Ressort.

„Jetzt wäre doch was fällig?“, strahlte Mona. „Wie wär’s zum Beispiel mit Hummer?“

„Hummer?“

„Ja!“

„Hatte ich heute schon.“

„Doch nicht etwa in der Kantine?“, erschrak Mona und riss ihre Augen auf.

„Nicht ganz. Aber es war auch im Fischteichweg. Außerdem war der Hummer sehr lebendig und wird es wohl auch bleiben“, meinte Greven und erzählte ihr von der Begegnung mit dem Paradecholeriker.

„Ein unmöglicher Mensch“, kommentierte Mona sein Erlebnis, „aber bei der *Greetsieler Woche* Jann in den Himmel loben und von einem tragischen Tod faseln. Der Hummer ist gestrichen.“

„Und was gibt's statt dessen?“, protestierte Greven.

„Bärenkrebs.“

„La Vecchia Pesa?“

„Was sonst.“

La Vecchia Pesa. Lingue parlate Tedesco e Inglese. Spezializzati in banchetti e cerimonie. Wenn sie essen gingen, war es meistens bei diesem Italiener, dessen Stammhaus in Luino am Lago Maggiore stand und der gehobene norditalienische Küche bot. Wie dieser Ableger des namhaften Restaurants den Weg nach Ostfriesland gefunden hatte, war ihnen ein Rätsel. Selbst der Inhaber, Antonio de Curtis Gagliardi Ducas Comnuno de Bisanzio mit vollem Namen, hatte ihnen keine wirklich glaubhafte Erklärung anbieten können.

Dafür aber Bärenkrebse, die er in unregelmäßigen Abständen zusammen mit anderen Raritäten direkt aus Frankreich geliefert bekam. Noch dazu verstand er es, aus diesem zu den Zehnfußkrebsen zählenden Gliedertier und frischer Panna eine Pastasoße zu kochen, die er und Mona nirgendwo sonst auf der Speisekarte gefunden hatten. Als Beilage bestellten sie Artischocken nach Art des Hauses und als Wein einen Dragone rosso aus Matera, der voller Bescheidenheit die Bezeichnung Tafelwein auf dem Etikett führte. Mit ihm war der falsche Hummer schnell verdaut, so dass sie sich Ausstellungsphantasien hingeben konnten.

„Bei *Bodenstein* in Köln könnte ich mir das Bild gut vorstellen. Als zentrales Bild in der Mitte der Galerie. Du weißt schon, wo du damals die grüne Flamme hängen hattest“, spann Greven.

„Und den Rest der Ausstellung bestücke ich mit den kleinen Portraits vom Frühjahr“, fuhr Mona fort. „Fehlt nur noch ein Titel, und ich rufe wirklich in Köln an. Wir haben zwar keinen Vertrag mehr, aber der nimmt mich bestimmt.“

„Was hältst du von … *Gesichtstiere*?“, schlug Greven vor.

„Nicht schlecht für einen, der sonst nur was von Musik versteht.“

„Oder … *Without Lifting*?“

„Völlig daneben! Du hast wohl zu viel Faltencremewerbung gesehen!“

„*Lebende Landschaften*?“

„Inflationär. Jede dritte Ausstellung preist irgendwelche Landschaften an. *Gesichtstiere* gefällt mir sehr gut. Ich glaube, dabei bleibt's.“

„Und was ist mit *Zeus*?“

„Auch keine schlechte Adresse. In Berlin habe ich mich schon viel zu lange nicht mehr blicken lassen. Gefällt mir fast noch besser als *Bodenstein*.“

„Nach Berlin könnten wir sowieso …“

Eine vertraute Melodie hinderte Greven an der virtuellen Abfahrt in die Hauptstadt. Er zog sein Handy aus der Tasche und sah auf das Display.

„Der liebe Kollege Peter Häring. Aber nicht jetzt. Der kämpft bestimmt wieder mit einem Junggesellenproblem.“

Kaum hatte er sein Handy abgeschaltet, fing Monas synthetisch zu musizieren an.

„Auch Peter“, sagte sie erstaunt und drückte die grüne Taste, noch bevor Greven einschreiten konnte. „Für dich. Dringend.“

Greven rollte mit den Augen und ließ die Gabel sinken, mit der er gerade ein Artischockenherz aufgespießt hatte.

„Wo brennt's denn?“, brummte er ohne Begrüßungsformel in das für seine Hände zu kleine Gerät.

„Rate mal!“

„Du hattest endlich mal wieder Sex?“

„Lass den Quatsch.“

„Du hast den Hotelmörder?“

„Falsch!“

„Du hast einen der Männer auf dem Foto gefunden?“

„Nah dran.“

„Komm, mach's nicht so spannend. Unser Essen wird kalt.“

„Beim Foto bin ich nicht weitergekommen. Aber bei unseren Verdächtigen. Du hast doch neulich ganz am Rande von diesem Onnen erzählt.“

Greven warf Mona einen Blick zu, der sie von ihrem Platz aufstehen ließ. So gut es ging, klebte sie ihr Ohr an das Handy.

„Nun, dein Galerist Onno Jütting ist der Enkel von Fritz Onnen."

„Was?", sagte Mona so laut, dass sich die Blicke einiger Gäste am Nebentisch auf sie richteten.

„Bist du sicher?", hakte Greven nach.

„Ganz sicher. War übrigens nicht schwer, das herauszubekommen."

„Hast du etwa den Rechner vom Einwohnermeldeamt …?"

„War gar nicht nötig. Steht auf Jüttings Homepage. Kann also jeder lesen, der sich für diesen Herren interessiert. Aber da du ja nie surfst, habe ich mir gedacht …"

„Schon gut, ich weiß, ich weiß. Was noch?"

„Er ist der einzige Sohn von Greta, Onnens einziger Tochter, die 1964 einen gewissen Hermann Jütting geheiratet hat. Die Mutter lebt irgendwo im Rheiderland."

„Bist du zufällig auf irgendwelche rechten Kontakte von Jütting gestoßen?"

„Nein, aber ich habe auch noch nicht danach gesucht. Laut Homepage ist er parteilos. Sieht auch nicht nach rechter Gesinnung aus, was er da sonst noch von sich gibt."

„Peter?"

„Ja?"

„Danke!"

„Schon in Ordnung."

Als Mona wieder Platz genommen und ihr Handy verstaut hatte, zitierte Greven: „Gute Leute muss man haben."

„Aber auf die Idee, einen Blick auf die eine oder andere Website zu werfen, hättest du auch kommen können", entgegnete Mona.

„Okay, okay, mein Fehler", gestand Greven ein. „Aber diese Idee wäre auch was für dich gewesen. Noch dazu, wo du Jütting ganz gut kennst."

„So gut nun auch wieder nicht. Mir gegenüber hat er das jedenfalls nie erwähnt."

„Aber ein Geheimnis hat er offenbar auch nicht daraus gemacht, denn sonst hätte er diese Tatsache wohl kaum in seine jedermann zugängliche Biographie aufgenommen."

„Was schließt du daraus?"

„Erst einmal, das Jütting einen Großvater hatte, der am Tod Lükens zumindest beteiligt war und die Möglichkeit hatte, die Bilder an sich zu nehmen."

„Und was ist mit Beninga und de Vries?"

„Ich weiß, erst haben wir keinen Verdächtigen auftreiben können, jetzt haben wir gleich drei, und wer weiß, wie viele es noch werden, wenn wir weiter in den Familiengeschichten stochern. Das Problem ist nur, dass ich keine offiziellen Ermittlungen einleiten kann, weil wir gegen keinen dieser Kandidaten etwas Stichhaltiges in der Hand haben."

„Und wenn wir wüssten, wer die Lükens in New York verkauft?"

„Das wäre natürlich ein wesentlicher Fortschritt, aber der Mord an Jann ter Fehn lässt sich damit nicht beweisen. Aber ein Fortschritt wäre es, das ist richtig. Dabei fällt mir ein, wo würdest du, sagen wir mal, vierzig bis fünfzig heiße Gemälde so verstecken, dass du sie jederzeit griffbereit hättest? Vorausgesetzt natürlich, du hast keine Geheimtür in unterirdische Verstecke oder etwas Ähnliches zur Verfügung."

„Lass mich nachdenken ... Ich würde es so ähnlich machen wie in der Poe-Geschichte von dem gestohlenen Brief. Ich würde die Gemälde dort verstecken, wo sie am wenigsten auffallen."

„Zwischen anderen Gemälden."

„Genau. Zumal die Lükens ja unbekannt sind und nur mit einiger Erfahrung als solche zu erkennen sind. Noch besser wäre es, sie einfach so hinter die Leinwände anderer Bilder zu heften, dass sie wie deren Rückseiten aussehen. Wenn das richtig gemacht wird oder die Bilder sogar mit Tapetenkleister fixiert werden, hat zumindest ein Laie kaum eine Chance. Außerdem hätte ich sie so jederzeit schnell zur Verfügung", dozierte Mona und versuchte gleichzeitig, Grevens sich verändernde Miene zu deuten. „Du willst doch nicht etwa für Jüttings Galerie eine Durchsuchung beantragen?"

„Wohl kaum. Die Richter, die ich kenne, haben schon bessere Witze gehört", antwortete Greven.

„Aber du willst nachsehen?"

„Was bleibt uns anderes übrig. Seine Galerie ist, wie du selbst gesagt hast, ein geradezu ideales Versteck. Wenn er die Bilder nicht schon längst alle in die USA gebracht hat, was ich nicht glaube, hat er sie in seinem Fundus. Von der Statur her kommt er als falscher Müller absolut in Frage, falls Claas nicht doch irgendwas gedreht hat."

„Und wie willst du das anstellen? Etwa einen von dir vor Jahren verknackten, aber im Kern doch hochanständigen Profieinbrecher anheuern, der dir noch was schuldig ist? Wie das in Krimis so üblich ist?"

„Keine Sorge. Aus dieser Szene kenne ich sowieso niemanden. 1. Fachkommissariat, wie du weißt. Für Raub und Einbruch ist das 2. Fachkommissariat zuständig. Andere Baustelle, ist nicht mein Ding. Ich kenne nur Mörder und Totschläger."

„Das mag sein, aber ich kenne dich und diesen Gesichtsausdruck. Das ist nämlich meine Baustelle. Wenn du dabei erwischt wirst, hast du eine blendende Karriere als Kaufhausdetektiv vor dir."

„Auch von dem Gehalt eines Kaufhausdetektivs kann man eine Frau ernähren. Ganz zu schweigen von der Feinkostabteilung, in der man ab und zu was abstauben kann."

„Das finde ich gar nicht komisch. Und hör auf, so zu grinsen. In deiner Fantasie kannst du ausbaldowern, was du willst, aber ein Exknacki wird nicht engagiert. Auf keinen Fall! Überleg dir was anderes. Versprochen?"

„Versprochen!", lenkte Greven ein und führte endlich die marinierte Artischocke zum Mund.

22

Den Wagen hatten sie auf dem großen Parkplatz hinter dem Seniorenheim *Regenbogen* geparkt, wo er zwischen dreißig anderen stand. Von dort aus waren sie einzeln und auf getrennten Wegen ins Dorf gegangen und hatten sich erst im Katrepel, in dem die Galerie *Steenbikker* lag, wieder getroffen. Das Fußballländerspiel und die winterliche Dunkelheit hatten dafür gesorgt, dass ihnen kaum jemand begegnet war. Greven hatte sich für eine alte Jeansjacke, eine schwarze Schirmmütze, wie sie manche Fischer trugen, und einen grauen Schal entschieden, der fast sein ganzes Gesicht verbarg. Nur einmal erreichte ihn ein einheimisches „Moin!“, das er mit verstellter Stimme müde erwiderte.

Im Katrepel waren sie, nach mehrmaligem Umschauen, in einer schmalen Gasse verschwunden, die zu den Gärten und Rückseiten der Häuser führte. Peinlich hatten sie darauf geachtet, keinen Rotkäppchenfehler zu begehen, wie man in bestimmten Kreisen das Verlassen fester Wege nannte, und sich nur auf rotem Klinker zur Rückfront der Galerie geschlichen. Erst dort hatten sie sich umgezogen, ihre Jacken und Mützen in eine Plastiktüte gesteckt, sich schwarze Strumpfmasken aufgesetzt und die Overalls übergestreift.

Trotz der niedrigen Temperaturen begann Greven sofort unter seiner Tarnkappe zu schwitzen. Jetzt, als es tatsächlich darum ging, den im Ristorante gefassten Entschluss in die Tat umzusetzen, ließ ihn sein Magen im Stich. Er sackte plötzlich unter ihm weg und nahm einen Teil seiner Überzeugung, die richtige Entscheidung gefällt zu haben, mit sich in die Tiefe. Doch das behielt Greven für sich.

Der kleine Mann neben ihm schien einen intakten Magen zu haben. Er hatte sich gleich daran gemacht, das Sicherheitsschloss der massiven Eichentür in Augenschein zu nehmen. Wie Greven trug er einen weißen Overall und hatte eine Minitaschenlampe eingeschaltet, deren Licht gerade ausreichte, die Dunkelheit in unmittelbarer Nähe zu durchdringen.

„Kein Problem", sagte der kleine Mann und zog aus einem Etui ein kleines, handliches Werkzeug, das für Greven wie ein Rasierpinsel mit viel zu wenigen Haaren aussah. „Das Allerneueste. Kommt aus England und hinterlässt keine wirklichen Spuren. Man setzt es einfach auf das Schloss auf, und den Rest besorgen diese lustigen Metallfühler."

„Aber was ist mit der Alarmanlage? Du hast doch vorhin gesagt, die hat es in sich?"

„Hat sie auch. Die stammt nämlich von der alteingesessenen und renommierten Firma *Dreesen & Söhne*. Wurde erst vor einem Jahr installiert. Hat eine eigene Stromversorgung, Infrarot, Bewegungsmelder und den ganzen Schnickschnack. Wird mit einer speziellen Fernbedienung aktiviert und deaktiviert. Ganz ähnlich wie bei einem automatischen Garagentor. Allerdings benötigt man einen Code. Ganz ähnlich wie bei deinem Handy. Nur eben ..."

„Deinen Vortrag kannst du dir sparen."

„Ist der Herr Hauptkommissar etwa nervös?"

„Du etwa nicht?"

„Dafür gibt es keinen Grund. Der Herr Galerist weilt in Emden, und, jetzt kommt die versprochene Überraschung, ich habe da zufällig diese süße kleine Fernbedienung hier von der besagten Firma *Dreesen & Söhne*. Eine Art Universalgerät. Kommt ohne Code klar. Eigentlich nur für Herrn Dreesen bestimmt, genauer gesagt, für seine Söhne, denn Herr Dreesen spielt ja nur noch Golf. Für den Fall der Fälle eben. Also auch für den Fall, der jetzt eingetreten ist. Man braucht nur diese breite Taste hier zu drücken, und schon ..."

„Halt endlich deinen Mund!", zischte Greven, dessen Maske schon ganz nass war, und dessen Magen seine Komplizenschaft verweigerte. Das kleine rote Lämpchen, das bislang hinter einem der vergitterten Fenster gegen die Dunkelheit angekämpft hatte, gab abrupt auf und überließ einem bis dahin unsichtbaren grünen Partner diese Aufgabe. Der kleine Mann ließ die Fernbedienung in eine Hosentasche gleiten und setzte den englischen Rasierpinsel mit äußerster Vorsicht auf das Schloss auf. Zwei, drei Mal führte er sonderbare Bewegungen aus, dann öffnete sich die Eichentür fast lautlos.

„So, jetzt noch die Schuhe in Fluchtrichtung parken. Und du verhältst dich so, wie ich es dir gesagt habe. Alles immer genau wieder an seinen Platz. Nichts in die Hand nehmen, bevor du dir nicht alles eingeprägt hast."

„Was du nicht sagst!"

Hinter der Eichentür befand sich ein kleiner Werkstattraum, in dem gleich zwei Gehrungssägen und eine Auswahl verschiedener Leisten mit unterschiedlichen Profilen auf ihren Einsatz warteten. An den Wänden hingen fertige Rahmen und Schraubzwingen, die Werkbank war aufgeräumt, ein kleiner Werkzeugschrank stand offen und präsentierte Hämmer, Zangen und Winkel. Die nächste Tür führte zum Fundus der Galerie. Zwar war auch dieser durch eine massive Tür gesichert, doch stellte das entsprechende Schloss für den kleinen Mann keine echte Herausforderung dar. Im Fundus angekommen, löschten sie die fahlen Lichtkegel der Minitaschenlampen und stellten eine große, batteriebetriebene Handlampe auf. Da der Raum kein Fenster besaß, konnten sie sich diesen Luxus leisten.

„Schalte bloß das Licht nicht ein", sagte der kleine Mann, „denn am Zähler hängt ein Timer, der jeden Stromverbrauch auf die Sekunde genau registriert."

„Ich weiß, *Dreesen & Söhne*."

„Genau. Geh mal zur Seite. Ich mach jetzt die Polaroids."

In großen Fächern vor ihnen lagerten mindestens hundert Bilder und Gemälde in verschiedenen Formaten. Greven und sein Komplize nahmen sich ein Fach nach dem anderen vor, zogen die Bilder heraus, betrachteten sie genau, tasteten die Rückseiten ab und suchten nach versteckten Einschüben. Auch die Fächer selbst und deren Wandhalterungen ließen sie nicht aus. Hatten sie ein Fach durchgesehen, arrangierten sie es mit Hilfe ihres Gedächtnisses und der Polaroids wieder genau so, wie sie es vorgefunden hatten. Zum Glück hatte sich eine grundlegende Befürchtung als falsch herausgestellt. Jütting war ein sauberer Mann. So etwas wie Staub gab es bei ihm nicht.

Dafür hatte sich eine andere Befürchtung als richtig erwiesen. Die genaue Inspektion des Fundus kostete weitaus mehr Zeit, als sie veranschlagt hatten. Greven wagte kaum noch, auf die Uhr zu schauen, denn bei jedem Blick hatte sich wieder mindestens eine Viertelstunde von ihrem Konto verabschiedet. Auch sein Magen blieb verschollen. Die Leere, die er hinterlassen hatte, machte ihm zunehmend zu schaffen. Wieder streifte er den Ärmel des Overalls zurück und sah auf die Uhr.

„Der Vortrag ist bestimmt schon zu Ende", sagte er, „und wir haben noch nicht einmal die Hälfte geschafft."

„Keine Bange, die Herren Künstler gehen bestimmt noch einen heben. So ein Vortrag von einer Kunsthistorikerin ist doch bestimmt sehr trocken", entgegnete der kleine Mann.

„Dieser bestimmt nicht, denn die Dame kenne ich zufällig. Stammt nämlich aus Greetsiel, ist ein paar Jahre jünger als ich und spricht über ihr Lieblingsthema: Ludolf Backhuysen. Sonst wäre Jütting vielleicht gar nicht hingefahren."

„Windjammer, Schoner und Klipper. Seefahrt tut Not. Na, wenn das so ist, dann gehen die doch erst recht einen heben. Wir haben also jede Menge Zeit. Der Rest geht jetzt fast von allein."

„Deinen Humor möchte ich haben."

„Hast du aber nicht."

Zum Rest gehörten auch große Kartonrollen, in denen Grafiken, Aquarelle, Leinwände und Drucke lagerten. Steckte in einigen Rollen jeweils nur ein Bild, enthielten andere gleich mehrere, die nur mit viel Fingerspitzengefühl wieder zusammenzurollen und zurückzuschieben waren. Doch nicht nur die dafür erforderliche Konzentration vergrößerte die Leere in Grevens Bauch, denn schon lange bevor sie mit ihrer Inspektion fertig waren, wurde ihm klar, dass sie die gesuchten Bilder wahrscheinlich nicht finden würden. Bei der vermuteten Anzahl hätten sie nämlich längst auf das eine oder andere stoßen müssen. Dennoch suchten sie weiter. Während Greven sich um die letzten Rollen kümmerte, tastete der kleine Mann den Fußboden und die Wände ab, um schließlich auch noch die anderen hinteren Räume der Galerie in Augenschein zu nehmen. Einen Keller schien das Haus nicht zu besitzen, dafür fand er eine schmale Stiege, die zu einem kleinen, aber leeren Dachboden führte. Andere Stockwerke besaß das Haus ohnehin nicht. Kein mögliches Versteck ließ er aus, und er wusste genau, wo und wie er danach zu suchen hatte.

„Wo immer deine Kunstwerke sind, hier sind sie nicht“, sagte der eifrige Komplize, als er seine kleine Tour beendet hatte. Doch das war nicht Grevens einziges Problem. Inzwischen hatte sich nämlich die Leere entschieden, sich auch auf seinen Darm auszudehnen, der jedoch nicht leer war. Der Zustand der Leere musste also erst noch hergestellt werden. Noch dazu bestand der Darm darauf, dass dies umgehend und blitzartig zu geschehen habe. Nach dem ersten Aufbegehren dachte Greven, er könne den Darm noch eine Weile kontrollieren, doch es verging keine Minute, und der Darm kontrollierte ihn.

„Sag, dass das nicht wahr ist. Du kannst hier doch nicht aufs Klo gehen!“

„Ich muss“, schwitzte Greven, „sonst platze ich.“

„Kannst du nicht ...?“

„Nein, kann ich nicht.“

„Und ich dachte, du hast was mit dem Knie.“

Dieser Satz entging Greven, der nur noch ein Ziel vor Augen hatte. Gerade noch rechtzeitig gelang es ihm, sich aus dem Overall zu befreien und die Klobrille zu erreichen. Seine nasse Maske, die ein kaltes, fast weißes Gesicht verbarg, behielt er auf. Nachdem der Darm vehement seinen Willen durchgesetzt hatte, schloss Greven für einen Moment seine Augen, atmete tief durch und legte seinen Kopf in seine Hände. Sein geistiges Auge sah indes, wie sich die unverriegelte Klotür vor ihm auftat und sich Jütting und der Dorfpolizist vor ihm aufbauten, gefolgt von Sanders und dem Staatsanwalt. Dann blitzten einige Headlines auf, die Bönhase höchstpersönlich formuliert hatte.

„Lebst du noch? Es wird langsam Zeit.“

Das Klopfen seines Komplizen verscheuchte die Geister und drängte ihn wieder in seinen Overall. Dann bearbeitete er die Kloschüssel mit der Klobürste, bis alle sichtbaren Spuren beseitigt waren. Die Brille selbst wischte er mit einem Knäuel Papier und heißem Wasser ab. Auch die Armaturen und das Waschbecken vergaß er nicht. Erst dann öffnete er die Tür, vor der zum Glück nur der kleine Mann stand.

„Du spinnst wohl! Da kannst du ja gleich deine Visitenkarte hinterlassen!“

„Ging nicht anders. Mich hat's einfach zerrissen."

„Hast du das Klo ...?"

„Habe ich", nickte Greven.

„Dann lass uns hier verschwinden."

„Ich möchte noch schnell einen Blick in die vorderen Räume werfen. Am Ende hängen die Bilder da einfach an den Wänden."

„Das würde ich nicht machen. Da sitzt dein Mann den ganzen Tag am Schreibtisch und weiß genau, wo jeder Radiergummi liegt."

„Nur einen Blick", murrte Greven, dessen Gesicht im Verborgenen langsam wieder Farbe bekam.

„Wenn es denn unbedingt sein muss. Aber fass bitte nichts an. Kein Licht, nicht mal die Taschenlampen."

Die Tür zum Ausstellungsraum der Galerie war unverschlossen. Durch die Jalousien vor den Fenstern mogelte sich das Licht der Straßenbeleuchtung, das gerade so eben ausreichte, um sich zu orientieren.

„Kein schlechter Laden", staunte sein Komplize, als er den Ausstellungsraum betrat. „Das alte Gemäuer ist wahrlich bestens restauriert. Das hat gekostet."

„Hab ich dir doch gesagt. Und seine private Residenz gleich nebenan ist auch nicht von schlechten Eltern."

„Davon hast du gar nichts gesagt. Sollen wir da gleich noch ...?"

„Hör bloß auf. Ist auch gar nicht nötig. Mona hat sie erst kürzlich von oben bis unten gesehen. Jütting selbst hat für sie und noch eine Handvoll Künstler eine umfassende Führung gemacht. Beide Häuser hat er übrigens vor fünf Jahren gekauft. Und das bei den Immobilienpreisen in Greetsiel."

Der kleine Mann wandte sich nun nach rechts und übernahm die ausgestellten Bilder, während sich Greven auf den Schreibtisch konzentrierte, hinter dem er Jütting bei seinem Besuch angetroffen hatte. Es juckte ihn in den Fingern, die Schubladen zu öffnen, aber die ihm wiederholt eingetrichterten Warnungen taten ihre Wirkung. Schweren Herzens zog er seine Hand zurück und stocherte mit den Augen in den Papieren, die auf dem Schreibtisch lagen. Bei dem schwachen Licht war jedoch kaum etwas zu erkennen, und das, was sich ihm offenbarte, waren bedeutungslose Einladungen zu Vernissagen oder Preislisten von Ausstellungen. Auch auf der Pinnwand gleich neben dem Schreibtisch fielen die gelblichen Strahlen nur auf Ausstellungstermine, Fotos von Bildern, Visitenkarten von Künstlern und eine Adressenliste. Sein Blick war bereits auf dem Weg zu einer Postkarte, als ihm ein Name durch den Kopf schoss.

„Gib mir mal schnell die Polaroid-Kamera!"

„Du willst doch wohl hier nicht fotografieren?"

„Doch. Es muss sein. Sieh nach, ob sich draußen was tut."

Widerwillig ging der kleine Mann zu einer der Jalousien, sah durch einen der Schlitze und nickte. Greven stellte sich vor die Pinnwand und drückte auf den Auslöser.

„Scheiße!", zischte fast gleichzeitig sein Komplize. „Los, raus!"

„Aber ...!"

„Raus! Raus! Raus! Gleich drei Leute!"

„Aber das heißt doch noch lange nicht ...?"

„Wissen wir nicht, also raus!"

Der kleine Mann packte Greven am Arm und zog ihn einfach mit sich. Im Fundus griff er sich die Handlampe, zog die Tür hinter sich zu und zückte seinen Spezialpinsel. Seine plötzliche Hektik hatte sich inzwischen auch auf Greven übertragen, der nach draußen sprang und in seine Schuhe schlüpfte. Sein Komplize kämpfte noch einige Sekunden mit dem Schloss, dann durchflog auch er den kleinen Werkstattraum. Als er Greven erreichte, hatte er bereits die Fernbedienung im Anschlag, drehte sich um und drückte ab, kaum dass die Außentür ins Schloss gefallen war. Sofort wechselte das kleine Licht die Farbe.

„Du hast noch nicht abgeschlossen!", flüsterte Greven.

„Wart's ab!", beruhigte ihn der kleine Mann und starrte durch das vergitterte Fenster auf das Licht. Sie brauchten nicht lange zu warten, bis es erneut die Farbe wechselte. „Das war knapp", sagte er und setzte den Pinsel aufs Schloss. „Jetzt aber ab durch die Mitte!"

Sie mussten bei ihrer Flucht einen anderen Weg wählen, da die schmale Gasse sie in Sichtweite der Vorderfront geführt hätte. Grevens Ortskenntnisse wurden auf eine harte Probe gestellt, bevor sie, kreuz und quer durch private Gärten, immer auf Klinker, Beton oder Granit achtend, die Mühlenstraße erreichten.

„Glaubst du, uns hat einer gesehen?“, keuchte Greven.

„Kann ich dir nicht sagen“, antwortete der Komplize schnaufend, „aber erkannt hat uns bestimmt keiner. Sag mir lieber, ob wir nichts vergessen haben.“

Hatten sie nicht. Von der Lampe bis zu den Polaroids war alles da, was sie mit ins Haus genommen hatten. Sie schlichen sich zurück zum Wagen und wählten einen Rückweg, der sie über die Westermarsch führte. Dort kannte Greven die Ruine eines alten Gulfhofs, auf dessen Gelände schon mehrmals illegal Müll verbrannt worden war. Erst vor wenigen Tagen hatte ihm ein Norder Kollege davon erzählt. Sie zogen ihre Overalls, Handschuhe und Überschuhe aus, legten sie mitsamt ihren Masken, Jacken und den Polaroids auf den geschwärzten Boden und übergossen alles mit Spiritus. Greven fand noch ein paar Kartons, etwas morsches Holz und zwei Plastiktüten mit unbekanntem Inhalt, die sie als Zugabe auf den Scheiterhaufen legten, den sie mit der grünen Spiritusflasche krönten. Erst als das Feuer kaum noch Nahrung fand, machten sie sich endgültig auf den Heimweg.

23

Das Atelier war dunkel. Mona war noch nicht wieder aus Emden zurück. Damit hatte Greven nicht gerechnet. Die Grappaflasche auf dem kleinen Tisch neben der Couch war leer. Aus Monas Vertiko, das ihnen seit einiger Zeit als Bar diente, wollte er sich eine neue holen, griff dann jedoch spontan zu einem Single Islay Malt, füllte das Whiskyglas fast bis zur Hälfte und nahm noch im Stehen einen kräftigen Schluck, der ein mildes Feuer in seinen Körper trug. Ein Feuer, das er vor zwei Stunden gut hätte brauchen können, um die plötzliche Leere zu vertreiben. Er ließ das Glas in der Hand kreisen und ging zur Anlage, schaltete sie an und drückte einfach auf Play. Aus den Boxen meldete sich die Gitarre Leni Sterns. Dazu also hatte Mona heute gemalt. Greven ließ sich in die Kissen der Couch plumpsen und nahm einen zweiten, aber kleineren Schluck.

Regungslos saß er so einige Zeit da und folgte den Gitarrenlinien, bis unvermittelt Jütting und der Dorfpolizist vor ihm erschienen, wenn auch nur für einen vagen Augenblick. Er schüttelte über sich selbst den Kopf und zog das von ihm gemachte Polaroid aus der Brusttasche seine Baumwollhemdes. Die Auflösung war gut genug, um die Namen, Adressen und Telefonnummern lesen zu können. Doch deswegen hatten sie sich keinen Zugang zu Jüttings Galerie verschafft, sondern wegen der Bilder. Nun musste er sich eingestehen, viel zu optimistisch gewesen zu sein. Natürlich wäre der Fundus ein ausgezeichnetes Versteck gewesen, aber doch bei weitem nicht die einzige Möglichkeit. Er leerte das Glas und dachte an einen Container, in dem die Bilder vor fünf oder sechs Jahren, ganz offiziell und mit den nötigen Zollpapieren ausgestattet, in die USA gereist waren. Von einem hiesigen Galeristen zu einem dortigen. Nicht hier, sondern in einem Fundus in New York hätte er suchen müssen. In Gedanken flanierte er an den zahlreichen Galerien Manhattans vorbei, in deren Ausstellungsräumen die Lükens als einmalige Gelegenheiten angepriesen wurden. Tourismusmanager müsste man sein, dachte er und flanierte weiter. So verpasste er die Rückkehr von Mona, die plötzlich vor dem Sofa stand.

„Du stinkst ja wie ein drei Tage altes Osterfeuer“, stellte sie fest, nachdem sie ihn aus ihren Armen entlassen hatte.

„Es war Jütting“, konstatierte Greven nüchtern.

„Wie kommst du jetzt darauf?“

Greven nahm das Foto vom Tisch und hielt es Mona unter die Nase, als sei es ein Dienstausweis. „Diese Liste hängt in seiner Galerie laut und deutlich an der Pinnwand.“

„Alles New Yorker Galeristen und Kunsthändler“, entzifferte Mona mit leicht zusammengekniffenen Augen, die sich gleich darauf weit öffneten und auf ihn richteten: „Du warst also doch bei ihm! Während des Vortrags!“

„Die Bilder sind nicht da. Nicht einmal der gestohlene ter Fehn. Leider. Aber diese Liste ist auch nicht schlecht“, sagte Greven in einem Ton, in dem Enttäuschung mitschwang.

„Du hattest mir doch versprochen, auf solche krummen Dinger zu verzichten!“

„Ich hatte dir versprochen, keinen Exknacki anzuheuern, und das habe ich auch nicht getan.“

„Wenn ich nicht genau wüsste, dass die faule Ausrede schon im Neolithikum erfunden worden wäre …!“

„Keine Sorge, es ist alles glatt gegangen“, versicherte Greven nicht ganz korrekt und dabei ins Whiskyglas schauend.

„Und wer hat dir geholfen?“

„Es ist besser, du weißt es nicht.“

„Wer!?“

„Herbert Pütthus.“

„Hätt ich mir denken können. Pat und Patachon in geheimer Mission. Das hätte ich zu gerne gesehen. Die Fortsetzung werde ich dafür wohl kaum verpassen, denn sie wird bei C & A oder Karstadt in aller Öffentlichkeit aufgeführt: Pat und Patachon als Kaufhausdetektive!“

„Wir haben nichts gestohlen, wir haben nichts beschädigt, wir haben keine Spuren hinterlassen. Herbert ist da sehr pingelig, also mach dir keine Sorgen“, rechtfertigte sich Greven, doch fehlte dem Klang seiner Stimme eine echte Überzeugungskraft.

Mona blickte ihn kurz an, machte ein paar Schritte in den Raum hinein, kehrte zurück und erwiderte, allerdings mit Überzeugungskraft: „Ihr habt Grundrechte verletzt!"

„Ich weiß, und es ist mir auch nicht leicht gefallen."

„Das reicht nicht. Ich erinnere dich daran, dass du die Verletzung von Grundrechten gerade durch den Staat und seine Organe lange Zeit vehement bekämpft hast."

„Das tue ich immer noch", wehrte sich Greven, der genau wusste, wie gravierend dieser Vorwurf war.

„Gut. Darüber reden wir noch", sagte Mona nach einem kurzen Zwiegespräch, an dem nur die Augen der beiden beteiligt waren. „Sag mir lieber, was hat dir das jetzt eingebracht? Eine Adressenliste, vermutlich aus dem Internet, die sicher auch bei Kerstin an der Pinnwand hängt. Toll."

„Aber deine Kerstin hat keinen Opa, der ein Nazi war und als Mörder von Eike Lüken in Frage kommt. Onnen ist 1995 gestorben, und wenig später tauchen Lükens verloren geglaubte Bilder in New York auf, und Jütting, ein Studienabbrecher und erfolgloser Ausstattungsberater, kauft gleich zwei Häuser in Greetsiel, restauriert sie ohne Rücksicht auf Verluste und avanciert innerhalb weniger Jahre zu einem erfolgreichen Galeristen. Sag mir mal, wie viele Bilder muss ein Galerist eigentlich verkaufen, um gut davon leben zu können? Ich meine, so gut wie Jütting, mit Eichenparkett und einem Morgan vor der Tür?"

„Sehr viele und ab und zu auch ein sehr teures", sagte Mona nachdenklich.

„Habe ich mir auch gedacht. In Köln oder Berlin ist das sicher kein Problem, wenn man etabliert ist. Aber in Greetsiel? In der Provinz? Selbst wenn er mal einen bekannten Künstler ausstellt, wie viele Bilder verkauft er dann von ihm? Für 20 000 oder 30 000 Euro?"

„Jütting hat geerbt. Das hat er erzählt, als er uns sein Haus gezeigt hat."

„Hat er auch. Und zwar Lükens Bilder. Er hat euch also nicht einmal belogen."

„Was ist mit Onnen? Der war ein erfolgreicher Architekt."

„Aber nicht in den letzten zwanzig Jahren seines langen Lebens. Da hat der Breker-Verehrer zwar immer wieder für

Schlagzeilen gesorgt, aber nur auf Pump gelebt. Jüttings Mutter musste das Erbe sogar ausschlagen. Onnen hat nichts als Schulden und Hypotheken hinterlassen. Peter hat nämlich sehr gründlich recherchiert. In dieser Familie war nichts zu holen. Außer den Bildern. Entweder hat er sie nach dem Tod seines Großvaters gefunden, oder sie vorher von ihm oder seiner Mutter in die Hand gedrückt bekommen."

Nun machte sich der Zweifel in Monas Gesicht breit, so dass ihre Stellungnahme zu seiner Theorie nur langsam über ihre Lippen kam: „Jütting ein Mörder? So ganz kann ich mir das noch nicht vorstellen. Die Bilder, okay, das ist eine Sache. Er hatte die Gelegenheit und hat sie genutzt. Die Bilder wurden ja auch von keinem vermisst. Aber ist er daher automatisch auch der Mörder? Was ist mit Beninga und de Vries?"

„Sind immer noch auf der Rangliste vertreten. Doch bei Jütting passt einfach alles optimal zusammen. Denk nur mal an die Gepflogenheiten des Kunstmarktes. Für einen Galeristen sind Kontakte nach New York und der ganze Papierkram doch kein Problem."

„Abgesehen davon, dass Jütting 1995 noch gar kein Galerist war, hat deine wunderbare Argumentation wieder mal den altbekannten Haken", entgegnete Mona, heftig mit dem Zweifel ringend, „wie bei Beninga und de Vries fehlt dir auch bei Jütting etwa ganz Entscheidendes. Ein handfester Beweis. Nicht mal ein Bild hast du gefunden."

„Und selbst wenn", rang nun auch Greven mit dem Zweifel und wandte sich kurz ab, um sein Glas zu füllen. „Trotzdem, Jütting ist unser Mann."

„Dein Trotzdem bringt uns aber nicht weiter. Wer weiß, wen du uns in der nächsten Woche als möglichen Täter präsentieren wirst. Ein Anruf von deinem Peter, und Pat und Patachon räumen mein Atelier auf."

Greven führte das Glas zum Mund und sah sie schweigend an. Zum wiederholten Mal wurde ihm bewusst, dass er sich seit dem Sommer im Kreis drehte. Ein Kreis, über den er zwar immer mehr wusste, der sich sogar permanent ausdehnte und sich anschickte, sogar den Ringen des Saturn Konkurrenz zu machen, der aber dennoch ein Kreis blieb, aus dem er ohne offizielle Ermittlungen, ohne Amtshilfe der New Yorker Polizei, ohne Durchsuchungsbeschlüsse, Bankauskünfte und richtige Verhöre nicht ausbrechen konnte. Selbst wenn sich seine Mannen noch so sehr konspirativ ins Zeug legten, ihre Möglichkeiten waren letztendlich so beschränkt wie die seinen. Er glich einem Satelliten, der einen Planeten umkreiste, ohne den Orbit verlassen zu können. Die Energie reichte weder aus, die Bremsraketen zu zünden, noch die Haupttriebwerke, um den Anziehungsbereich des Planeten zu verlassen. Nur Informationen über den Planeten sammeln konnte er. Mehr nicht.

Auch Mona legte eine Pause ein und kam auf die Tatsache zurück, die ihr bei der Begrüßung vorhin so unangenehm aufgefallen war: „Zieh erst mal diese stinkenden Klamotten aus. Habt ihr bei Jütting noch schnell den Kamin gereinigt, oder was habt ihr gemacht?“

„Wir haben nur unsere Berufskleidung verbrannt“, antwortete Greven, während er sein Hemd über den Kopf zog.

„Jungs!“, kommentierte Mona kopfschüttelnd.

„Auch die Unterwäsche?“

„Was meinst du denn? Zum Bad geht’s übrigens da lang und zu deinem Schrank einfach die Treppen rauf“, antwortete sie, formte aus den verqualmten Kleidungsstücken ein handliches Paket und verfolgte mit ihrem Blick einen nackten, nicht mehr wirklich schlanken und stellenweise sehr behaarten Hauptkommissar, der wie ein frierendes Modell durch ihr Atelier huschte. Nur das Whiskyglas war ihm geblieben.

Als sich Mona neben ihn auf den Rand der Wanne setzte, suchte auch Greven nach einem neuen Anknüpfungspunkt: „Wie war eigentlich der Vortrag?“

„Da hast du was verpasst. Hat sie wirklich gut gemacht, deine promovierte Greetsieler Kunsthistorikerin. Wusstest du eigentlich, dass Bilder von Backhuysen sogar im Louvre hängen? Ein Marinemaler aus Emden im Louvre. Das ist doch was.“

„Die Bilder müssen wir übersehen haben“, wunderte sich Greven.

„Im Richelieu-Flügel.“

„In der Nähe von Vermeer und Rembrandt?“

„Erraten. Und da gehören sie auch hin. Selbst wenn er nur Schiffe gemalt hat. Aber wie. Du hättest doch besser mit zum Vortrag kommen sollen."

„Wo seid ihr denn anschließend noch eingekehrt?"

„Neugierig, neugierig."

„Rein beruflich."

„Ins *Grusewsky*."

„Wer war dabei?"

„Die üblichen Verdächtigen. Jütting jedenfalls nicht. Der ist gleich nach dem Vortrag mit einigen seiner jungen Protegés verschwunden."

„Das haben wir gemerkt."

„Neugier befriedigt? Dann sag mir mal, wie's weitergeht."

„Keine Ahnung", sagte Greven und nahm den letzten Schluck Whisky aus dem Glas.

„Aufgeben?", fragte Mona leise.

„Bestimmt nicht. Aber wir müssen einen anderen Weg finden. Wenn nämlich Jütting, und diesmal bin ich mir sehr sicher, dass er der Täter ist, also wenn Jütting alle Bilder von Lüken verkauft hat, ist der Zug abgefahren. Sobald er das geschafft und die wenigen Spuren verwischt hat, kann ihm nicht mehr viel passieren. Und ich bin mir auch sicher, dass er nach dem Mord und meinen Ermittlungen die Bilder so schnell wie möglich loswerden will."

„Die Zeit arbeitet also gegen uns."

„Wenn man von etwa sechzig bis siebzig Bildern insgesamt ausgeht, wie Diekinga schätzt, und er seine Bemühungen tatsächlich intensiviert, hat er den Rest, sagen wir, in spätestens einem halben Jahr verkauft. Oder? Ein halbes Jahr. Du weißt, wie schnell das ins Land geht."

„Lassen wir das mal offen, mit dem halben Jahr. Sag mir lieber, was du mit dem anderen Weg gemeint hast?"

„Na, ihm eine Falle stellen. Er reagiert doch auf Bedrohungen, wie wir wissen." Greven richtete sich in der Wanne auf. „Wenn er seinen Schatz in Gefahr sieht, schreckt der vor nichts zurück. Aber womit kann man ihn provozieren? Ich meine, richtig provozieren. Womit kann man ihn so aus der Reserve locken, dass er den berühmten Fehler begehen muss?"

„Mit einem Bild!“, strahlte Mona spontan.

„Was für ein Bild? Etwa das Foto? Das kennt er wahrscheinlich gar nicht. Außerdem fehlt ausgerechnet sein lieber Opa auf dem Schnappschuss.“

„Mit einem Bild von Jann ter Fehn“, fuhr Mona fort. „Mit einem Bild, das kein Phantom als Mörder von Lüken zeigt, sondern Fritz Onnen. Eine Art Fortsetzung und Konkretisierung vom *Greetsieler Glockenspiel*!“

„Kein schlechter Gedanke, doch leider gibt es ein solches Bild nicht“, entgegnete Greven.

„Noch nicht“, sagte Mona.

„Willst du etwa dieses Bild malen?“, fragte er skeptisch. „Nichts gegen deine handwerklichen Fähigkeiten, aber da sehe ich gewisse Grenzen. Dazu braucht man Fälschertalent und diese manieristische Geduld, von der du selbst gesagt hast, dass sie dir fremd ist. Und selbst wenn, würdest du ewig brauchen.“

„Ich schon“, ließ sich Mona nicht aus ihrer Begeisterung drängen, „nicht aber Henny Schuurman!“

24

Als Greven am nächsten Morgen die Polizeiinspektion betrat und sich die Eingangstür hinter ihm schloss, packte ihn eine Hand am Ärmel und zerrte ihn zur Seite. Die Hand gehörte Herbert Pütthus, dem die Ironie abhanden gekommen zu sein schien.

„Ich brauche dir wohl nicht zu sagen, wer vor keiner halben Stunde einen Einbruch zur Anzeige gebracht hat.“

„Ach du Scheiße!“, raunte Greven, dessen Magen die Tragweite dieser Neuigkeit schneller begriff als sein Kopf.

„Und genau das ist auch der Grund“, fuhr sein Komplize fort. „Jütting behauptet nämlich, während seiner Abwesenheit gestern Abend habe eine unbekannte Person sein WC benutzt.“

„Aber ich habe doch …!“

„Eben, du hast, und zwar einen sehr prägnanten Duft hinterlassen. Uns ist der unter unseren Masken nicht ganz so heftig in die Nasen gestiegen, aber dem Herrn Galeristen und seinen zwei Begleitern. Hochsensible Künstler übrigens mit hochsensiblen Geruchsorganen. Noch dazu besteht einer seiner Kumpel darauf, eine Art Lichterscheinung bemerkt zu haben. Kurz bevor sie in Sichtweite seiner Galerie gelangt seien. Immerhin hat Jütting keine Beschädigungen oder einen Diebstahl feststellen können, habe sich aber heute Morgen und nach reiflicher Überlegung dazu durchgerungen, dennoch die Polizei zu informieren. Ende der Hiobsbotschaft.“

„Was machen wir jetzt?“

„Wir? Gar nichts. Präziser, du machst nichts. Ich hingegen mache mich auf den Weg nach Greetsiel. Und Heiko nehme ich mit. Denn wenn ich die Galerie nicht ordnungsgemäß unter die Lupe nehme, könnte dein mutmaßlicher Mörder auf ganz abwegige Ideen kommen. Ach ja, die Firma *Dreesen & Söhne* hat er auch schon alarmiert. Zwecks Überprüfung der Alarmanlage.“

Grevens Magen führte sich auf, als hätte er den Montagseintopf in der Kantine gegessen. „Aber was ist mit deiner Fernbedienung?“

„Nichts. Eine Dauerleihgabe. Habe ich dir doch erzählt. Der Serieneinbrecher, der uns seit August das Leben schwer macht. Wenn die Söhne sie nicht erwähnen, was ich nicht hoffe, wird Jütting nicht erfahren, dass du so ein Ding in Reichweite hast.“

„Und Heiko?“

„Wird herausfinden, ob wir wirklich gut waren.“

„Wenn er mehr herausfindet?“

„Mach ich solche Extratouren nie wieder“, stellte Pütthus trocken fest, ließ seinen Ärmel los, hinterließ ihm einen finsteren Blick und stapfte mit kurzen, schnellen Schritten davon.

Greven trat vor die Tür. Die Luft roch wieder mal nach Winter, obwohl keiner in Sicht war. Im Harz lag Schnee. Das hatte er gestern in den Spätnachrichten gesehen. Weiter war der Winter nicht gekommen, auch wenn er hier und da die Straßen mit Glätte überzog. Greven nahm ein paar Züge der kalten Luft und ging dann langsam in sein Büro, wobei er das Gefühl nicht loswurde, mehr zu kriechen als aufrecht zu gehen. Als Häring mit seiner Thermoskanne seinen Weg kreuzte, äußerte er eine Bitte, die er noch nie geäußert hatte.

„Pfefferminztee?"

„Das weißt du doch."

„Würdest du mir einen Becher ausgeben?"

„Du willst mich verarschen!"

„Nicht heute Morgen."

Erstaunt kramte Häring einen sauberen Becher aus einer Schublade, füllte ihn und reichte ihn skeptischen Blickes seinem Chef.

„Zucker?"

„Danke, ist so okay."

Greven zog sich in seinen Schreibtischkrater zurück. Der heiße Tee wurde von seinem Magen freudig begrüßt, während seine Gedanken nach Greetsiel flogen. Ein zweites Mal sah er den kleinen Mann Jüttings Galerie betreten. Hatte er vergangene Nacht gesucht, um zu finden, so suchte er nun, um nicht zu finden. Begleitet wurde er von einem weiteren Ermittler, den sich Greven nur in dem typischen Overall der Spurensicherer vorstellen konnte, einen Overall, den er gestern selbst getragen hatte. Heiko Hansen steuerte sofort auf die Kloschüssel zu, um mögliche DNA-Spuren in kleine Plastikröhrchen zu füllen, obwohl Greven genau wusste, dass der Umgang mit diesen Spuren fast ausschließlich in sein Ressort fiel. Seine Fantasie sah Hansen dennoch mit seinem Erbgut hantieren. Pütthus wurde inzwischen im Beisein von Jütting von einem der Dreesensöhne nach dem Verbleib der speziellen Fernbedienung gefragt, die man der Kripo in Aurich zur Klärung eines besonders komplizierten Falls ausnahmsweise überlassen habe. Hansens Kollegen machten sich bereits an den Schlössern zu schaffen, bauten sie aus, versprühten sonderbare Substanzen aus Spraydosen, fotografierten mit Makroobjektiven, zogen breite Klebestreifen von kaltem Metall ab, sondierten die Dielen und das Parkett mit Lupen, Pinzetten und UV-Licht.

Greven sah die Kraterwände hinauf, die er schon so oft bezwungen hatte, und die doch stets von neuem wieder wuchsen, die ein Eigenleben zu führen begannen, wenn man ihnen nicht die nötige Beachtung schenkte. Das Versprechen der Computerära, das Ende jener des Papiers zu sein, war ein leeres Versprechen geblieben. Die wachsenden digitalen Datenmengen verhinderten keineswegs die Auffaltung der Papiergebirge. Mehrfach bestieg er die Kraterwände, seilte sich ab, um an anderer Stelle erneut in die Wand einzusteigen. Erst als er den Becher geleert hatte, riskierte er einen Blick über den Kraterrand. Jaspers und Ackermann waren außer Sichtweite. Häring saß brav hinter seinem Laptop und suchte in der Datenschattenwelt nach Antworten.

„Hast du eine Minute?"

„Ja. Der Tee war übrigens gut."

„Ich habe noch mal Jüttings Gesinnung abgeklopft. Es bleibt dabei. Ich konnte keine rechten Kontakte finden."

„Das habe ich mir schon gedacht", sagte Greven mit halblauter Stimme. „Es geht nur um die Bilder. Mit der Weltanschauung seines Großvaters hat das nichts zu tun."

„Warum hat Onnen die Bilder überhaupt an sich genommen und aufgehoben?"

„Keine Ahnung. Aus heimlicher Bewunderung? Aus einem irrationalen Impuls heraus? Ich weiß es nicht. Er hat sie jedenfalls nicht wieder ans Tageslicht geholt. Nicht mal, als ihm die Schulden über den Kopf wuchsen. Hast du noch einen Tee?"

Nach einem kräftigen Schluck stellte er sich hinter Häring und sah ihm eine Weile zu. Mit routinierter Geschwindigkeit huschte der Cursor über die Bilder, Buttons und Links. Häring war kein Gast in der Datenschattenwelt, vielmehr war sie ein Teil seiner Heimat.

„Sag mal, kannst du über irgendeine Suchmaschine auch herausfinden, was auf dem New Yorker Kunstmarkt los ist? Ich meine, ob dort ein Lüken angeboten wird?"

„Wir können es versuchen", antwortete Häring und huschte mit zwei Fingern über das Keyboard. Schon erschienen Vorschläge auf dem Monitor, die er so schnell sichtete, dass Greven kaum folgen konnte. Die ersten Angebote waren Flops, was nicht zuletzt auf unterschiedliche Schreibweisen oder

Menschen, die Namen wie Leuken oder Lucken trugen, zurückzuführen war. Doch Härings fliegender Cursor hatte schließlich doch Erfolg. Eine Galerie kündigte nicht nur eine neue Ausstellung eines ihnen unbekannten Bildhauers an, sondern offerierte neben den Werken anderer Expressionisten auch drei Bilder von Eike Lüken. Der Verkäufer der Bilder wurde, wie zu erwarten war, nicht genannt, es wurde lediglich angegeben, dass die Bilder aus dem Besitz eines amerikanischen Sammlers stammten. Die Bilder, die man anklicken und vergrößern konnte, zeigten das Portrait einer jungen Frau, den Blick aus einem Fenster und eine Gruppe von drei Menschen, die sich angeregt zu unterhalten schienen.

„Ich hatte Recht. Er will die Bilder so schnell wie möglich zu Geld machen", dachte Greven laut, während Häring dem Drucker die nötigen Befehle erteilte und die nächsten Angebote aufrief. Zweimal wurde er noch fündig, dann hatte die Suchmaschine nur noch Ähnliches und Abwegiges zu bieten.

„Fünf Bilder. Wenn der so weitermacht, braucht der nicht mal ein halbes Jahr. Und meinen Magen hätte ich auch schonen können. Die Bilder sind längst drüben", fügte er hinzu und klopfte Häring auf die Schulter. Die Ausdrucke legte er auf den rechten Eruptionsstapel, in dem die eiligen und wichtigen Papiere sedimentiert waren. Dann verkroch er sich wieder in seinen Krater, wo ihn Häring, der seinen Chef kannte und ein gewisses vulkanologisches Gespür besaß, in Ruhe ließ. Greven wartete. Er folgte also den Anweisungen seines Komplizen und tat nichts. Es gab auch nichts, was er hätte tun können, denn die Entscheidungen wurden in Greetsiel getroffen, und zu anderen dienstlichen Handlungen fehlte ihm im Moment jeglicher Elan. Wenigstens hatte sich sein Magen wieder beruhigt und fing nach weiteren Besteigungen der Kraterwände sogar an, sich auf das Mittagessen einzustimmen. Greven schaute auf die Uhr, die über der Tür hing. Die Zeiger kamen nur langsam voran und schienen ihm ausgerechnet jetzt die Zeit zurückgeben zu wollen, die ihm an anderen Tagen oft genug fehlte. Je intensiver er auf den Sekundenzeiger starrte, umso schwerfälliger kroch dieser von Balken zu Balken. Als er sich wieder auf den Krater konzentrieren wollte, meldete sich sein Handy. Ein Blick aufs Display, ein schneller Daumendruck auf die grüne Taste.

„Hier ist Gerd."

„Bist du allein?"

„Sofort!" Greven erreichte nicht ganz die Geschwindigkeit einer pyroklastischen Wolke, stand aber in rekordverdächtiger Zeit auf dem Gang, der zum Glück kaum frequentiert war. Sein Magen brauchte etwas länger.

„Jetzt."

„Alles in Butter."

„Wie?"

„Na, Heiko und Dreesen junior haben einfach nichts gefunden. Und ich komischerweise auch nicht. Jütting muss sich getäuscht haben. Von einem Einbruch kann nicht die Rede sein. Das wird auch in meinem Bericht stehen. Höchstens von einem schlecht gereinigten Klo, das bei dieser Wetterlage, ich erinnerte Jütting an das momentan vorherrschende Tief Clara, dazu neigt, penetrante Gerüche abzusondern."

Ganz unabhängig von dem befreienden Inhalt reichten Greven Wortwahl und Unterton seines Kollegen völlig aus, um zu wissen, dass er sich nun doch nicht auf die Spuren von Wolf J. Flywheel würde begeben müssen. Der legendärste aller Kaufhausdetektive musste also weiterhin auf einen Nachfolger warten, der ihm das Wasser reichen konnte.

„Was ist mit der Lichterscheinung?"

„Du meinst die defekte Straßenlaterne weiter hinten im Katrepel? Die flackert doch schon seit einigen Nächten immer mal wieder. Das hat jedenfalls eine meiner schon mehrfach preisgekrönten Suggestivfragen ergeben, die ich einigen Nachbarn wohldosiert verabreicht habe. Bei dieser Gelegenheit hatte ich übrigens auch das Vergnügen, einer gewissen Thea Woltke in die Augen schauen zu dürfen, von der ich dich herzlich grüßen soll. Was du für Frauen kennst … Hauptkommissar bei der Mordkommission müsste man sein."

„Bist du aber nicht. Außerdem bist du bei den Einbrechern sowieso viel besser aufgehoben", konterte Greven, der in diesem Augenblick Mona und ein gefülltes Glas vermisste. „Ach ja, wie hat eigentlich Jütting reagiert?"

„Als praktizierender Amateurpsychologe würde ich sagen, genauso wie wir, nämlich äußerst erleichtert. Als wir ihm das vorläufige amtliche Endergebnis mitgeteilt haben, war ihm die Anzeige so richtig peinlich. Auch er konnte sich keinen Einbrecher vorstellen, der keine Spuren hinterlässt, nichts anrührt, dafür aber aufs Klo geht."

„Herbert, das mach ich wieder gut."

„Aber nicht zu knapp. Inzwischen hast du nämlich einen ganz ordentlichen Deckel bei mir. Da wird was fällig."

„Ich weiß", versicherte Greven, „ich weiß."

„Sehr gut. Ich habe da zum Beispiel einen ekelhaft lästigen Kollegen ..."

25

Endlich hatte sich Clara verabschiedet und dem Hoch Julian die Möglichkeit gegeben, Ostfriesland doch noch am Winter teilhaben zu lassen. Einige Grade unter Null, ein satter blauer Himmel und eine ferne Sonne ließen jede Erinnerung an das Matschgrau der letzten Wochen als Irrtum erscheinen. Der Frost hatte die Feuchtigkeit aus der Luft gesogen und zu weißen Kristallen geformt, die Gräser, Zweige und Nadeln derart großzügig überzogen hatten, als gelte es, den um das Jahr 1880 in München aufgekommenen Begriff Kitsch neu zu definieren. Doch der Winter war kein Postkartenmaler aus Schwabing, wohin es den Wind verschlagen hatte, der dort ein paar Tage Urlaub machte und ausgelassen mit nachgiebigen Bäumen und störrischen Dächern spielte. Ostfriesland hingegen verharrte regungslos in der Flaute.

Greven und Mona waren früh aufgebrochen und hatten beschlossen, die Autobahn zu meiden und an der Ems entlangzufahren. Ihr Weg führte sie von Aurich nach Riepe und von dort nach Oldersum. Dann folgten sie einige Zeit der Störtebekerstraße, bogen einmal falsch ab, erreichten irgendwie Nüttermoor, tangierten Leer und passierten in der Nähe der Stelle, wo die Leda in die Ems mündet, das vor allem Nachtmenschen und Schlaflosen bekannte Gasthaus *Insomnia*, in das sich auch Greven schon mal verirrt hatte. Über Weener erreichten sie Bunde und schließlich Nieuweschans und die Grenze, die keine mehr war. Wieder zog es sie zum Deich, in dessen Schutz sie dem Dollart ihren Respekt zollten. In der Nähe von Termunten machten sie eine Pause und genossen einen ungewohnten Blick auf Emden, das nun nordöstlich von ihnen am gegenüberliegenden Emsufer lag. Aus dieser Perspektive wirkte die Stadt fremd, vertraut wahrscheinlich nur den Seeleuten, die die Ems hinauf oder hinunter fuhren. Und den hier lebenden Holländern natürlich.

Am späten Vormittag erreichten sie Delfzijl, einen mittelgroßen Sielort mit Hafen und Industrieanlagen, modernen Wohnkomplexen, aber auch alten Friesenhäusern, die sich von denen Ostfrieslands kaum unterschieden. Die Backsteinkirchen der umliegenden Warfendörfer wie Bierum oder Holwierde hätten auch in der Krummhörn oder im Brookmerland stehen können. Spijk, ein nördlich von Delfzijl gelegenes Warfendorf, war mit seinen ringförmigen Straßen und der zentral gelegenen Kirche fast eine Kopie des ostfriesischen Rysums. Noch dazu traf man auf der westlichen Seite der Ems auf Ortsnamen, die man von der östlichen Seite her kannte, wie Loppersum oder Wirdum. Sogar Emden gab es, wenn auch als Westeremden, das gegründet worden war, um dem ostfriesischen Emden als alternative Hafenstadt Konkurrenz zu machen.

Ihr Ziel waren jedoch nicht Kirchen oder Hafenanlagen, sondern das Zentrum von Delfzijl, in dem, leicht erhöht auf einem Warfenrest, die Molen Adam stand. Wie die beiden Greetsieler Mühlen war die Delfzijler Mühle ein Galerieholländer, der jedoch keine Windrose besaß, sondern mit einem Steert in den Wind gedreht werden musste. Und wie die westliche der Greetsieler Mühlen diente auch die Molen Adam als Kunstgalerie. Mona kannte die Mühle gut, in der sie erst vor wenigen Monaten einige ihrer kleineren Bilder gezeigt hatte. Ihr Auto parkten sie direkt vor dem Eingang.

Expositie Molen Adam, Molenberg 21, Delfzijl, 3 december t/m 16 januari: Henny Schuurman. De opening vindt plaats op zaterdag 4 december om 16:00 uur, war auf dem Plakat zu lesen, das auf der großen Eingangstür mit Heftzwecken befestigt war. Nach mehrfachem Klopfen öffnete eine wohlbeleibte Frau Mitte fünfzig mit einem stattlichen Busen, langen, glatten, hennaroten Haaren, einer indischen Bluse samt Weste und einem dazu passenden violetten Rock. Die Finger ihrer rechten Hand, die eine selbstgedrehte Zigarette hielten, waren vor lauter Ringen kaum zu sehen, die große, runde Nickelbrille und mehrere Ketten verstärkten den Eindruck, dass sie die Gesuchte war, die Mona als Hippiespätlese beschrieben hatte. Und noch in einem anderen Punkt traf ihre Beschreibung zu, denn sobald die Holländerin lachte, und das tat sie fast ununterbrochen, ähnelte sie ein wenig Janis Joplin. Ihr Alter und ihre Körperfülle hatten erstaunlicherweise keinen Einfluss auf diese Ähnlichkeit. Ob Janis heute so aussehen würde? Greven hielt es für möglich.

„Da seid ihr ja endlich. Ich habe schon auf euch gewartet", wurden sie von Henny Schuurman mit typisch holländischem Akzent begrüßt. „Kommt rein. Wir können gleich Tee trinken. Wir haben Zeit genug, bis die Molen für die Ausstellung aufgemacht wird. Da können wir alles bereden."

Greven erwiderte ihr Lachen und folgte den beiden Frauen in die Mühlengalerie. Er war mehr als gespannt auf ihre Bilder und wurde nicht enttäuscht. Schon das erste, vor dem er kleben blieb, überzeugte ihn, dass Monas Wahl auf die Richtige gefallen war. Zwar hatte das Motiv, ein Stillleben mit verschiedenen Apothekerflaschen, einem Mörser und Früchten und Samen, keinerlei Beziehung zu den Motiven Jann ter Fehns. Auch war das Bild farbig und nicht schwarzweiß. Dafür war es von einer Fotografie nur schwer zu unterscheiden. Schuurman hatte den fotorealistischen Stil offensichtlich ähnlich perfektioniert wie das Mordopfer. Nur malte sie keine reflektierenden Gegenstände mit raffiniert verborgenen Vexierbildern, sondern Alltagsgegenstände wie Teedosen, Flaschen, Bleistifte oder Zangen und Schraubenschlüssel. Politische oder sozialkritische Aussagen konnte er nicht ausmachen.

Auch die anderen Bilder sahen auf den ersten Blick so aus wie Vergrößerungen von Farbfotos. Erst bei näherer Betrachtung erkannte man die Spuren kleinster Pinselgrößen. Besonders fasziniert war Greven von den Flaschen, deren Glas so echt wirkte, dass ihm, der Dingwelt zum Trotz, der Ausdruck lebensecht durch den Kopf flog. Selbst mehrere Flaschen, die hintereinander standen, waren für Henny Schuurman kein Problem. In dem er verschiedene Abstände zu den Flaschen einnahm, versuchte er, das Geheimnis ihrer glasklaren Malweise zu ergründen, was ihm nicht gelang. Wie, fragte er sich, stellt sie mit einem Hauch weißer Farbe, mit ein paar Strichen einfach so eine Flasche ins Bild?

„Ich kann nur so malen." Henny Schuurman tauchte hinter ihm auf, als hätte sie seine Frage erraten. „Schon als Kind habe ich so gemalt. Nicht ganz so gut wie jetzt, versteht sich, aber Flaschen und Küchengeräte waren auch schon dabei. Kommst du zum Tee?"

Die Malerin hatte einen kleinen runden Tisch liebevoll mit altem japanischem Teeservice gedeckt, das sich ohne weiteres als Motiv für ihr nächstes Stillleben angeboten hätte. Mona saß bereits und studierte die Preisliste ihrer Kollegin. Greven suchte auf dem Vorzeigetisch nach Kandis, fand aber keine. In diesem Moment goss Schuurman den Tee in die Tassen, grünen Tee, der das Fehlen der Zuckerstücke und der Löffel erklärte. Greven wollte gleich zur Sache kommen, doch kamen ihm die beiden Frauen mit einem spontanen Schlagabtausch über den Kunstmarkt im Allgemeinen und die Preise im Besonderen zuvor. Er wusste genau, was sich dahinter verbarg. Obwohl Mona ihre holländische Kollegin seit vielen Jahren kannte und sie persönlich sehr schätzte, konnte sie mit den fotorealistischen Bildern noch weniger anfangen als mit denen von Jann ter Fehn. In Holland jedoch war diese Malweise sehr beliebt, so dass sich nicht wenige Maler darauf spezialisiert hatten, das Auge des Betrachters gekonnt zu narren. Die Genarrten wiederum bewunderten die Narren und zahlten, was diese verlangten. Und das war in den Augen von Mona deutlich zu viel. Greven schwieg zu dem Thema, trank den japanischen Tee, dachte kurz an die fehlende Zeremonie, an literarische Figuren wie Inni Wintrop und Jakob, den Teezauberer, und freute sich, als der Schlagabtausch nach der dritten Tasse friedlich beigelegt wurde. Schuurman prahlte noch ein wenig mit den bereits am Eröffnungstag verkauften fünf Bildern, dann verebbte die Diskussion und der Blick war wieder frei für den eigentlichen Grund des Zusammentreffens.

„So, wie sieht euer Plan jetzt aus? Wie wollen wir den Mörder fangen?“

„Immer noch so, wie ich es dir am Telefon erklärt habe“, sagte Mona, „doch vorher müssen wir von dir wissen, ob du Janns Stil kopieren kannst und wie viel Zeit du dafür benötigst.“

„Und wie viel das Bild kostet“, ergänzte Greven und spielte dabei auf die gerade beendete Preisdebatte an.

„Für so ein Bild brauche ich kein Geld“, entgegnete Schuurman fast ein wenig gekränkt. „Schließlich wollen wir doch den Mörder eines Kollegen fangen! Habt ihr was von ihm dabei? Habt ihr ein Bild mitgebracht? Dann sehen wir weiter.“

„Haben wir“, strahlte Mona und wies Greven mit einem Blick an, zum Auto zu gehen. Nacheinander trug er zwei großformatige Bilder in die Mühle, die gerade eben in den Kofferraum gepasst hatten und in Decken eingeschlagen waren. Anschließend holte er noch die große Papprolle mit dem Poster vom *Greetsieler Glockenspiel*. Gemeinsam hängten sie drei von Schuurmans Bildern ab und ersetzten sie durch die Bilder von Jann ter Fehn. Kaum hatte Greven das Poster mit Reißzwecken auf der weißen Ausstellungswand befestigt, sprudelten die beiden Frauen erneut los, fachsimpelten über Farbgebung und Pinselführung, Aufbau und Perspektive, dass er sich wieder ausklinkte, um sich noch ein paar überdimensionierte Weingläser und einen riesigen Steinkrug, gefüllt mit gigantischen Zwiebeln, anzusehen. Wie beim ersten Blickkontakt mit den Bildern der Holländerin war er fasziniert von ihren malerischen Fähigkeiten und schickte die Fragen nach der Ästhetik oder dem Sinn dieser Art von Kunst ins gedankliche Abseits. Henny Schuurman malte, als wolle sie die alten Meister übertrumpfen, als habe es die Moderne nicht gegeben, als wolle sie die Illusion der Farbfotografie überbieten, denn insbesondere ihre Gläser waren echter, räumlicher, greifbarer als auf jedem Foto. Ohne ein Experte zu sein, war ihm bald klar, dass diese Künstlerin Jann ter Fehn technisch noch überlegen war. Als er nach seinem kleinen Rundgang durch die Ausstellung wieder bei den beiden Frauen eintraf, schienen alle wesentlichen Punkte geklärt zu sein.

„Das ist kein Problem", versicherte ihm die gereifte Janis, während er versuchte, die Zeit zurückzudrehen und zu erahnen, wie sie wohl mit zwanzig ausgesehen haben mochte. „Ich male euch genau so eine Glocke."

„Nur werden diesmal Lüken und Onnen ohne große Mühe zu erkennen sein." Mona rieb sich die Hände.

„Auch das ist kein Problem", nickte Schuurman, „ich habe ja die Fotos von euch. Ich werde genau so arbeiten, wie ich es mit Mona besprochen habe. In drei Wochen ist das Bild fertig. Verlasst euch darauf."

„Eine Bitte habe ich noch", sagte Greven, fasste in seine Manteltasche und zog ein kleines, schwarzes Kunststoffetui heraus. Vorsichtig und mit spitzen Finger öffnete er es und präsentierte der Malerin den Inhalt: „Dies ist ein völlig harmloser Chip, abgesehen von der Tatsache, dass sich seine Position jederzeit und bis auf einen Meter genau feststellen lässt."

„Soll ich ihn irgendwo am Rahmen anbringen?"

„Besser wäre, direkt auf der Leinwand, in der Mitte des Bildes. Nur für den Fall, dass das Bild aus dem Rahmen geschnitten wird."

„Kann ich ihn auf die Leinwand kleben und übermalen?"

„An so was in der Art hatte ich gedacht", sagte Greven und reichte ihr das Etui.

„Geht das Ding dabei nicht kaputt?"

„Nein, das Ding ist extra für solche Aufgaben entwickelt worden."

„Dann schnappt die Falle für den Mörder also zu?"

„Noch nicht ganz", bremste Mona den Elan ihrer Kollegin. „An der Falle müssen wir noch arbeiten. Aber dank dir haben wir bald den geeigneten Köder."

Auf der Rückfahrt, kurz vor der verschwundenen Grenze, die in seiner Jugend eine wirkliche Grenze gewesen war, mit

Zöllnern, die jeden Langhaarigen verdächtigten, Verdächtiges in Holland eingekauft zu haben, bastelten sie weiter an der Falle.

„Und Henny Schuurman hat Jann ter Fehn wirklich nicht gekannt?"

„Nein", versicherte Mona. „Jann hat nie in Holland ausgestellt und Henny nur einmal in Greetsiel, und das vor Jahren. Die beiden sind sich nie begegnet. Henny hat heute zum ersten Mal Bilder von ihm gesehen."

„Wird sie es schaffen?"

„Das hast du wohl selbst gesehen. Das zweite *Greetsieler Glockenspiel* wird sich vom ersten nicht unterscheiden lassen."

„Was ist mit Jütting? Immerhin ist er Galerist."

„Was soll mit ihm sein? Henny hat noch nie von ihm gehört."

„Ich meine, kennt er Henny?"

„Daran habe ich gar nicht gedacht. Aber wahrscheinlich kennt er sie, also ihre Bilder zumindest."

„Auch ihren Stil, ihre Pinselführung?"

„Du meinst ...?"

„Genau das meine ich. Mich und andere Laien kann sie bestimmt täuschen, aber auch Jütting?"

„Das müssen wir riskieren."

26

Der Winter hatte sich nicht mit einigen klaren Frosttagen begnügt, sondern auch noch ein paar schwere Schneewolken geschickt. Nicht so viele wie 1979, als Ostfriesland in meterhohen Schneewehen versunken war, aber genug, um Autofahrer aufs Glatteis zu führen und die Deiche in Rodelpisten zu verwandeln. Da allgemein bekannt war, dass es Eis und Schnee nie lange an der Küste aushielten, holte jeder, der sich die Zeit nehmen konnte, seine Schlittschuhe vom Boden, entrostete sie, überprüfte den Hohlschliff und cremte das hart gewordene Leder ein, um den Füßen mögliche Folter zu ersparen. Mit Teepudding in den Knien gingen dann viele aufs Eis und versuchten, an die Kondition und die Kurven vergangener Winter anzuknüpfen. Längst vergessen geglaubte Kurzzeitjobs wie die des Bahnfegers, der auf Tiefs, Kanälen und breiten Gräben das Eis schneefrei hielt, lebten plötzlich wieder auf. Ohne Vorwarnung tauchten über Nacht hier und da Getränkeanbieter auf, die die Schlittschuhläufer mit Glühwein und Grog versorgten und so manches Comeback auf dem Eis zusätzlich erschwerten. Neben Lütetsburg oder Emden war Greetsiel ein Mekka des ostfriesischen Wintersports, der in den letzten Jahren verstärkt unter dem Klimawandel und den damit verbundenen saisonalen Problemen zu leiden hatte. Doch zumindest für ein paar kalte, unwirkliche Tage waren diese Sorgen weit weg.

Nur zu gerne hätte sich auch Greven aufs Eis gewagt. Auf dem Dachboden hatte er einen Karton geöffnet und seine alten Schlittschuhe, echte Schöfels mit langen schmalen Kufen und Lederriemen, hervorgekramt. Leicht wogen sie in der Hand und übten einen magischen Reiz auf ihn aus. Schöfeln, mal wieder so richtig schöfeln. Die Verlockung war groß. Doch seinem Knie zuliebe musste er es bei dieser nostalgischen Reminiszenz belassen und holte stattdessen die Schlitten aus ihrem Winterschlaf. Die Kufen hatten leichten Rost angesetzt, doch mit einem feinen Schleifpapier war die alte Glätte schnell wiederhergestellt. Das Ziel an diesem freien Nachmittag stand auch längst fest. Ein Deichabschnitt in der Nähe des Greetsieler Hafens, der nicht im Zuge der Sanierungsarbeiten erniedrigt worden war und auch nicht in der Ruhezone lag, deren Betreten faktisch verboten war. Hier hatte er schon als Kind und später als Teenager den Schnee gepflügt.

Den Wagen parkten sie im Hafen. Greven hatte ihn mit der üblichen Lizenz offiziell gemacht, so dass sie ihre Schlitten nicht weit zu ziehen brauchten. Das ersehnte Rodelparadies erwies sich jedoch nicht als Geheimtipp, was er gehofft hatte. Dass der Deich an dieser Stelle einen Knick und gleich zwei

Auffahrten besaß, die Schlittenfahrer für ostfriesische Verhältnisse geradezu fantastische Möglichkeiten boten, war offensichtlich auch anderen bekannt. Belagerte das halbe Dorf die Eisflächen der Tiefs, so schien die andere Hälfte der winterfesten Einwohner sich hier versammelt zu haben. Kindergeschrei begrüßte sie, lange bevor sie in Sichtweite der Pisten kamen.

Mona machte ein missmutiges Gesicht, denn Menschenmassen waren nicht ihr Ding, doch Greven zog sie einfach mit. Er überzeugte sie mit dem Argument, dass Deiche den Vorteil hätten, ziemlich lang zu sein. Gut hundert Meter hinter dem Knick verloren sich auch schon die Abfahrtsenthusiasten und ließen genügend Freiraum für Traditionalisten. So kamen sich Greven und Mona jedenfalls vor, denn mit ihren betagten Schlitten aus Eschenholz und Stahl zählten sie zu einer Minderheit, während die Mehrheit auf die verschiedensten Plastikgefährte, Formbleche und Kunststoffschüsseln setzte. Greven unterschied sich darüber hinaus von allen anderen Rodlern durch einen Knieschutz, der sein empfindliches Gelenk vor dem Schlimmsten bewahren sollte, und den er sonst beim Fahrradfahren trug. Vor dem Schuss auf sein Knie war natürlich die wesentlich steilere Landseite des Deiches die große Herausforderung gewesen, noch dazu lauerte wenige Meter vom Fuß des Deiches entfernt ein ebenso breiter wie tiefer Graben, vor dem niemand je seinen Schlitten zum Stehen gebracht hatte. Einmal, Greven mochte zehn oder elf gewesen sein, hatte er bei der Landung sogar die Eisdecke durchschlagen und den Heimweg in steif gefrorenen Hosenbeinen antreten müssen.

Heute schien zwar das Eis zu halten, wie an den zahlreichen Landungsspuren zu erkennen war, doch kam für ihn nur die weniger steile Seeseite in Frage. Da er und Mona nicht die einzigen Erwachsenen waren, die das Schlittenfahren weder aufgegeben noch vergessen hatten, fielen sie nicht weiter auf. Lediglich Monas Schreie bei der ersten Abfahrt lenkten einige Blicke auf sie.

Ein Schlitten ist eine Zeitmaschine, und so furchten sie mit ihren Kufen nicht in der Gegenwart, sondern durch den Schnee von gestern, vergaßen ihr Alter und das damit verbundene Verhalten, das Übermut, unverhohlene Schadenfreude bei Stürzen anderer oder wilde Rammstöße im Allgemeinen ausschloss. Sie machten Wettfahrten, stellten fest, wer die größte Weite erzielte, betrogen dabei, trafen auf verborgene Maulwurfshügel, die sie kentern ließen, küssten den Schnee, fuhren Schlangenlinien. Ihre Gesichter glühten. Wie die der anderen Kinder.

Auch die andere Zeit, also die, die während der Zeitreise vergeht, bestimmt der Schlitten. Und so holte sie der Lauf der Welt erst wieder ein, als ihnen langsam die Puste ausging und sie immer größere Pausen zwischen den Abfahrten einlegen mussten, denn das Hochziehen der Schlitten kostete zusehends Kraft.

„Sag mal, da hinten, der mit der grünen Mütze, ist das nicht Claas Beninga?“, keuchte Mona, als sie wieder mal die Deichkrone erreichten.

„Du hast Recht“, pustete Greven. „Das ist Claas.“

Der Müller hatte die Deichkrone fast erreicht, als sich ihre Blicke trafen. Beninga wirkte erschöpft, blieb stehen und hielt den Blickkontakt; Greven wusste nicht, wie er reagieren sollte. Die Entfernung war nicht sehr groß, aber nach den letzten erfolglosen Annäherungsversuchen unterdrückte er die aufkeimende Versuchung. Stattdessen hob er die rechte Hand und winkte, das Kind noch im Gesicht. Er wollte den Arm schon wieder sinken lassen, als der Müller den seinen hob und den Gruß erwiderte. Mehr noch, denn plötzlich bewegte er seine Lippen, und sie vernahmen, durch die Rodelkakophonie hindurch, ein „Super, oder?“

„Super!“, riefen sie im Chor zurück.

Beninga setzte den Aufstieg fort, klemmte sich den Schlitten zwischen die Beine und verschwand in der Menge. Greven machte einen Schritt, doch Mona hatte bereits seine Schulter im Griff: „Lass gut sein. Wenn er gewollt hätte, wäre er gekommen.“

Nach einer letzten Wettfahrt bemerkten sie die einsetzende Dunkelheit, sahen erstaunt auf die Uhr und beschlossen, an einem Stand, den sie im Hafen gesehen hatten, noch einen Glühwein zu trinken. Wenig später hatten sie sich vom Schnee befreit, die Schlitten verstaut und standen an einem der drei kleinen improvisierten Tische, die der Budenbesitzer seinen Gästen zu bieten hatte. Greven überredete Mona zu fahren und schwenkte um auf einen Grog. Hinter ihnen lag die Kutterflotte regungslos an der Kaimauer und wartete auf wärmere Tage. Die Getränke waren gut und heiß, das Thema hatte die Begegnung mit dem Müller vorgegeben.

„Die Bilder habe ich fast alle zusammen", begann Mona, „uns fehlt aber immer noch eine Idee, wie wir Jütting die Ausstellung schmackhaft machen können. Soll ich ihn nicht doch einfach ganz direkt fragen?"

„Auf keinen Fall. Wir dürfen nicht in Erscheinung treten, sonst wittert er was. Der Vorschlag muss von ganz anderer Seite kommen."

„Was ist mit Gisbert?"

„Scheidet auch aus. Jütting weiß, dass wir befreundet sind. Nein, nein, wir brauchen einen völlig unverdächtigen Initiator. Und selbst wenn wir den finden, heißt das noch lange nicht, dass sich Jütting auch darauf einlässt."

„Dann fragen wir Inge. Die *Poppinga'sche Alte Bäckerei* ist fast genauso gut."

„Und Inge brauchen wir bestimmt nicht zu bitten. Er müsste zwar ein paar Meter gehen, aber das Bild kann er bei Inge ebenso wenig ignorieren. Besser würde es mir natürlich bei ihm gefallen, zumal er es dann schon beim Aufhängen sehen würde und du seine Reaktion beobachten könntest."

„Die Aufgabe wird schwer zu lösen sein", meinte Mona mit nachdenklichem Gesicht.

„Ein Joker fällt mir jetzt doch noch ein", sagte Greven plötzlich und zückte sein Handy. „Wer von unseren Leihgebern wäre ein halbwegs akzeptabler Strohmann?"

„Hm … Edzard Wagenaar."

„Von dieser Emder Folkband … *Spillwark*?"

„Genau, er hat immerhin zwei Bilder von Jann."

„Von unserem Vorhaben hast du doch keinem was erzählt, oder?"

„Keinem."

„Hast du seine Nummer?"

„Klar, aber …?"

„Gut, dann ruf Wagenaar an und sage ihm, dass sich Onno Jütting wegen der Ausstellung bei ihm melden wird, und dass er deinen Namen verschweigen und selbst als Ideengeber auftreten soll, weil es keinen guten Eindruck macht, wenn Künstlerkollegen eine solche Gedächtnisausstellung arrangieren. Klingt einfach besser, wenn Sammler den Anstoß geben. Die Adressen der anderen Leihgeber bekommt er von dir und braucht weiter nichts zu tun, als sie Jütting zu geben."

„Langsam, langsam, selbst wenn er mir den Gefallen tut, warum sollte sich Jütting ausgerechnet bei ihm melden?"

„Weil ich jetzt Jabbe de Vries anrufen werde", antwortete Greven und suchte auf dem Display die Nummer der Tourismus GmbH. Mona machte ein Gesicht wie Mortimer Brewster, als ihm seine Tanten lächelnd erklären, was es mit dem Bau des Panamakanals in ihrem Keller tatsächlich auf sich hat. Ihre Hände umklammerten den wärmenden Glühweinbecher.

„Los, Mona, ruf ihn an", wiederholte Greven, während er das Handy ans Ohr hob, „sonst ist Jütting schneller als du."

Zögerlich, achselzuckend und gestikulierend suchte sie ihr Handy und sorgte für ein paar Schritte Abstand, denn Greven sprach bereits.

„Moin, Greven, Kripo Aurich, ich würde gern Herrn de Vries sprechen, privat. Ja, ich warte."

Claudia Schoffelmann ließ ihn nicht lange warten, dann meldete sich der Tourismusmanager mit kühler Stimme. Greven stellte sich die dazu passende Miene vor.

„Sie sagten, privat?"

„Richtig, ich möchte Ihnen lediglich einen Tipp geben. Sie wissen ja, dass ich guten Kontakt zu Künstlerkreisen habe. Zufällig habe ich erfahren, dass einige Sammler und Bewunderer Jann ter Fehns so bald wie möglich eine Art Gedächtnisausstellung ausrichten wollen. Die Bilder stehen zur Verfügung, nur ein passender Ort fehlt noch. Von Dornum oder Norden war die Rede."

„Ich ahne, worauf Sie hinauswollen."

„Das hatte ich gehofft. Denn als mir die Idee zu Ohren kam, ist mir sofort Ihre wirklich gelungene Broschüre eingefallen."

„Ich hatte eher den Eindruck …"

„Aber nein, Sie wissen doch, dass man manche Qualitäten erst beim zweiten Hinsehen erkennt. Auf jeden Fall ist mir die Idee gekommen, dass eine solche Ausstellung in Greetsiel viel besser aufgehoben wäre.“

„Aber mit Sicherheit!“, sagte de Vries, jetzt ohne Kühle und Vorbehalte.

„Die Galerie *Steenbikker* hat doch jetzt Winterpause, wenn ich richtig informiert bin. Tun Sie mir nur den Gefallen und sagen Sie keinem, wer Ihnen den Tipp gegeben hat, auch Herrn Jütting nicht. Ich möchte im Zusammenhang mit Jann ter Fehn auf jede weitere Popularität verzichten. Denken Sie dabei auch an Ihren zukünftigen Schwiegervater.“

„Das kann ich verstehen. Umso mehr weiß ich Ihren Anruf zu schätzen. Sie haben mein Wort. Wenn das klappt, ist das genau der passende Winterhit für Greetsiel. Das muss nur richtig aufgezogen werden. Und was Frerich betrifft, der ist wirtschaftlichen Argumenten durchaus zugänglich, das regle ich schon.“

„Gut, dann fehlt nur noch der Initiator. Wahrscheinlich kennen Sie ihn sogar. Edzard Wagenaar aus Emden. So, das war's. Ich muss weiter.“

„Nochmals besten Dank. Ein Greetsieler bleibt eben doch ein Greetsieler.“

„So ist es“, nickte Greven, legte auf und schickte einen kurzen Blick mit rollenden Augen in den abgedunkelten Himmel, bevor er sein Handy verschwinden ließ. Mona sprach immer noch. Sie war bis zu einem Kutter gestapft und hatte eine mäandernde Spur im Schnee hinterlassen.

27

„Noch einen Espresso bitte! Und einen Grappa!“

Greven fühlte sich wie ein werdender Vater vergangener Tage, der vor dem Kreißsaal nervös auf die Tür starrte, alle paar Minuten das Gehen der Uhr überprüfte und Zigaretten fraß. Nur kam Letzteres für ihn als Nichtraucher nicht in Frage. Dafür hatte er Unterstützung von einer Leidensgenossin, die ebenfalls auf Nachrichten aus dem Kreißsaal wartete und ihm gegenüber im *Witthus* saß, einem über die Grenzen Ostfrieslands hinaus bekannten Restaurant im Katrepel, fast in Sichtweite des Kreißsaals, der in diesem Fall die Galerie *Steenbikker* war. Während es draußen in Strömen regnete und Greven auf seinen dritten Espresso wartete, wurde ein paar Häuser weiter eine Gedächtnisausstellung eröffnet. Greven hätte der Feier nicht fernzubleiben brauchen, denn er zählte zu den geladenen Gästen. Doch er hatte es vorgezogen, sich aus beruflichen Gründen von Mona entschuldigen zu lassen, was letztendlich ja auch stimmte. Anfangs hatte er noch gezögert, doch dann hatte er die vielen Versuchungen und Gefahren durchgespielt, vor allem jene, das Bild mit dem Titel *Greetsieler Glockenspiel II* allzu oft zu fixieren und dem Galeristen nicht von der Seite zu weichen. Als ihm schließlich noch mögliche Fragen verschiedener Gäste nach ter Fehns Tod und seiner Mordtheorie durch den Kopf gingen, hatte er beschlossen, in sicherer Entfernung auf Mona zu warten.

Ebenso gerne wie er wäre natürlich auch Henny Schuurman zur Ausstellungseröffnung gegangen, um ihre Fälschung zwischen den zusammengetragenen Originalen zu bewundern und die Ahnungslosigkeit der Besucher zu genießen. Doch dieses Risiko hatten sie von vornherein ausgeschlossen, was der engagierten Malerin, der das Lachen während des Wartens vergangen war, gar nicht gefallen hatte.

„Möchtest du noch einen Kaffee oder Espresso?“, fragte Greven.

„Lieber wäre mir ein kleiner Besuch in einem Coffeeshop.“

„Tut mir leid, aber du musst mit einem Kaffee vorlieb nehmen oder dir noch einen Cognac bestellen."

Mona hatte dafür gesorgt, dass das Bild erst heute Morgen, kurz bevor die ersten Gäste eintrafen, aufgehängt wurde. Damit diese Aktion nicht zu auffällig war, hatte sie das Bild Edzard Wagenaar untergeschoben, der dafür eines seiner echten Bilder zu Hause gelassen hatte. Mona hatte ihn instruiert, pünktlich zu spät zu kommen und seine beiden Bilder in aller Eile aufzuhängen. Auf mögliche Fragen zum *Greetsieler Glockenspiel II* sollte er schlicht erklären, das Bild ein paar Wochen vor dem tragischen Tod ter Fehns in dessen Atelier erworben zu haben, und zwar, weil er ein absoluter Fan großer, holländischer Fahrradglocken sei. Das provokante Innenleben der Glocke sollte er mit keinem Wort erwähnen und, sollte es thematisiert werden, den Ahnungslosen und Überraschten spielen. Nun hing das Bild an einer der Ausstellungswände wie ein Wurm am Haken und wartete auf den großen Fisch.

„Glaubst du, es klappt?"

„Das fragst du jetzt schon zum vierten oder fünften Mal", antwortete Greven mürrisch. „Dein Bild ist sensationell, echter als das Original, der Chip arbeitet einwandfrei, Bönhase ist in Florida und kommt erst nächste Woche zurück, ansonsten ist die Lokalpresse komplett angetreten, was soll da noch schief gehen?"

„Ja, was denn?"

„Hoffentlich nichts, Henny, denn sonst hast du dir die Mühe umsonst gemacht, was ich mir aber nicht vorstellen kann. Jütting wird das Motiv sofort erkannt haben, noch bevor er den Titel erfahren hat. Er wird sich bücken und beim ersten Versuch wissen, was die Glocke geschlagen hat. Dann muss er handeln. Noch mal werde ich das aber nicht wiederholen, okay?"

Henny Schuurman sah ihn misstrauisch an. Der Mund, der in Delfzijl fast unentwegt gelacht hatte, war mit regungslosen Lippen verschlossen. Ihre linke Hand fummelte an einer ihrer Halsketten herum, ihre rechte jonglierte ununterbrochen mit einer Zigarettenschachtel, deren Inhalt sie im Restaurant nicht entfesseln durfte.

„Was glaubst du, wann wird Mona kommen und uns Bescheid geben, ob wir den Mörder geschnappt haben?"

„Ich weiß es nicht, Henny. Außerdem kann Jütting wohl kaum vor allen Leuten das Bild herausschneiden oder verschwinden lassen."

Endlich brachte ein schlankes Mädchen mit einer Kurzhaarfrisur die bestellten Getränke und verschaffte ihm eine Atempause. Die Ungeduld der genialen Fälscherin ging ihm zunehmend auf die Nerven, die auch ohne ihre fortwährende Fragerei ausreichend beschäftigt waren. In ihrem Kopf schienen die Gedankenspiele kein Ende nehmen zu wollen, während er längst aufgegeben hatte, die diversen Möglichkeiten wieder und wieder ablaufen zu lassen. Im Moment ging es nur darum, Zeit totzuschlagen und die Nachricht der Hebamme abzuwarten. Keine leichte Aufgabe, wenn einem Henny Schuurman gegenübersaß.

„Und es gibt hier wirklich keinen Coffeeshop?"

„Gibt es nicht, da musst du noch mindestens dreißig Jahre warten. Mindestens."

Eine weitere Stunde kroch durch das Restaurant, das sich langsam mit Mittagsgästen füllte, die sich sonntagsfein gemacht hatten. Auch Greven und Schuurman wurden Karten gereicht, doch sie bestellten nichts, nicht einmal mehr Espresso oder Grappa. Die späte Janis zerlegte stattdessen ihre Zigarettenschachtel in immer kleinere Einzelteile und hinderte ihn weiter am Schweigen, obwohl er es bevorzugte hätte, stumm zu warten. Nach der x-ten Frage nach der einwandfreien Funktion des Chips plumpste endlich Mona auf den für sie reservierten Stuhl.

„Was ist geschehen? Was hat er getan?", entlud sich die Holländerin lautstark in die gepflegte Sonntagsruhe.

„Psst!", zischte Mona, verstaute ihre Tasche und wischte sich ein paar Regentropfen aus ihrem Gesicht: „Ratet mal!"

„Er hat gestanden?", schlug Schuurman mit gedämpfter Stimme vor.

„Wohl kaum."

„So, wie du die Frage stellst, würde ich sagen, nicht viel", vermutete Greven.

„Noch weniger. Das Bild hat ihn völlig kalt gelassen. Ganz im Gegenteil, er hat Edzard Wagenaar sogar zu seinem Besitz gratuliert, hat es bewundert und darauf hingewiesen, wie sehr es doch dem im Sommer gestohlenen Bild ähnelt."

„Nerven hat er, das muss man ihm lassen", raunte Greven. „Erst steigt er begeistert auf den Vorschlag ein, räumt sofort seine Galerie, dann findet er den Köder auch noch gut."

„Ich verstehe es auch nicht, aber genau so ist es abgelaufen. Onno hat eine wirklich tolle Laudatio gehalten, sich bei allen Leihgebern bedankt und betont, dass Jabbe de Vries den Anstoß zu der Ausstellung gegeben hat, und dass er nicht gezögert habe, diese Idee sofort zu realisieren. Anschließend hat de Vries noch ein paar Worte gesagt über die Bedeutung der Ausstellung für Greetsiel und über den rätselhaften Tod ter Fehns. Dann hatten plötzlich alle Sektgläser in der Hand, ein kleiner Rundgang, und das war's. Onno war scheißfreundlich zu allen, auch zu mir. Ich hab noch kurz mit ihm und Gisbert über Jann gesprochen, dann war die Show vorbei."

„Ganz im Gegenteil, die Show fängt erst noch an", entgegnete Greven.

„Das will ich auch hoffen", meinte Schuurman. „Hoffentlich schnappt die Falle erst zu, wenn ich am Freitag wiederkomme. Bis dahin kann er sich Zeit lassen. Ich will dabei sein, wenn wir ihn zur Strecke bringen."

„Das kann ich dir nicht versprechen", fuhr Greven fort. „Die Eröffnung hat er jedenfalls gemeistert, doch dieses *Glockenspiel* kann er noch weniger tolerieren als das erste, zumal er jetzt in New York offenbar an die Grenzen geht. Er ist fast am Ziel, da bin ich mir sicher. Reklame von der falschen Sorte kann er sich da nicht leisten. Er muss handeln, er muss."

Bis weit nach Mitternacht ließen Greven und Mona den kleinen Monitor, der einem Navigationsgerät glich, nicht aus den Augen. Der helle Punkt aber, den sie immer wieder anpeilten, und der keine anderen Themen duldete, verharrte regungslos im Katrepel.

„Vielleicht ist der Chip defekt?", fragte Mona, als sie längst im Bett lagen. Der kleine Monitor thronte auf ihrem Nachttisch.

„Jetzt fängst du auch noch damit an. Der arbeitet einwandfrei, sonst würden wir gar kein Signal bekommen. Okay?"

„Ich habe ja nur gedacht", entschuldigte sich Mona und drehte sich zu ihm um. „Oder haben wir einen Fehler gemacht? Was ist, wenn Onno die Lükens gar nicht von seinem Opa bekommen hat, sondern ein anderer? Oder wenn Onnen die Bilder gar nicht gestohlen hat, sondern einer der SA-Männer?"

„Mona, das haben wir doch schon alles hinter uns. Wir konnten keine andere plausible Verbindung herstellen, das weißt du doch. Es bleibt nur die zwischen Jütting und Onnen."

„Schon gut."

„Dabei fällt mir ein, war eigentlich auch Claas bei der Eröffnung? Den hätte ich jetzt fast vergessen."

„Und ich auch. Ja, der war da. Allerdings nur ganz kurz. Der hat sich nur die Bilder angesehen und ist wieder verschwunden. Ich glaube, noch vor der Laudatio."

Der Schlaf dieser Nacht war dünn, so dünn, dass sie mehrfach aus dem Nichts auftauchten, auf den Wecker sahen und auf den Monitor, der nichts zu melden hatte. Die letzte Schlafphase bis zum Montagmorgen verbrachte Greven im Traum, und zwar in einem jener seltsamen Träume, in denen man aus unerfindlichen Gründen weiß, dass man träumt. Sogar aufwachen wollte er, was ihm jedoch nicht gelang, so sehr er auch versuchte, seine Arme und Beine zu bewegen. Er konnte den Traum nicht verlassen, ein wirrer Traum, in dem er auf der Flucht war, ohne genau zu wissen, vor wem oder was. Noch absurder war, dass er auf dieser Flucht durch den Louvre rannte, vorbei an fotografierenden Japanern, die in kleinen Gruppen zusammenstanden und den Vorträgen ihrer Reiseleiter lauschten. Da der Gang schier endlos war und an den Wänden nur Bilder italienischer Meister hingen, musste er sich im ersten Stock des Denon-Flügels befinden. Immer mehr Menschen behinderten seine Flucht, gafften ihn an, schimpften, stießen ihn, wiesen mit dem Finger auf ihn, während er versuchte, seinen Verfolgern und auch dem Traum selbst zu entkommen. Als er dann doch das Ende des endlos scheinenden Gangs erreichte, blieb er regelrecht in den Menschenmassen stecken, die darum kämpften, einen Blick auf ein Bild werfen zu können, von dem böse Zungen behaupteten, es sei gar nicht das Original, denn das würde sich irgendwo im Keller in einem Tresor befinden. Die Menschenschlange bog nach rechts ab und zerrte ihn, bewegungsunfähig und sich doch ab und zu nach seinen Verfolgern umschauend, vor eine Panzerglasscheibe. Die Menschen blieben gebannt stehen, doch er konnte nichts erkennen, das fahle Licht und die dicke Scheibe schluckten das Bild. So sehr er sich auch bemühte, seine Augen konnten den Panzer nicht durchdringen. Da erreichten ihn seine Verfolger.

Der Wecker erlöste ihn schließlich, und er konnte sich wieder rühren. Der Signalpunkt auf dem Monitor dagegen rührte sich nicht vom Fleck, nicht während er im Bad war, nicht während des Frühstücks und auch nicht, während sie die neuen Verdächtigen im Fall des Hotelmordes vernahmen. Und obwohl Greven die Mittagspause im Büro verbrachte und jederzeit hätte reagieren können, blieb der Punkt, wo er war. Am Nachmittag schlidderte Greven bereits in die Inflation, denn sein Blick huschte nicht mehr automatisch alle paar Minuten zum Monitor, sondern gönnte sich kleine und sogar größere Pausen. Am Nachmittag standen weitere Vernehmungen an, die zu verschiedenen Veränderungen auf der großen Schautafel führten und den kleinen GPS-Monitor mehr und mehr ins Aufmerksamkeitsabseits drängten. Um kurz nach drei sah Greven noch einmal nach, dann verschwand der Signalpunkt bis zum späten Feierabend aus seinem Kopf. Doch diese Nachlässigkeit blieb ohne Folgen, denn der Punkt hatte sich keinen Millimeter bewegt.

„Wie ist das möglich?“, fragte Mona, als er abgekämpft in die Ateliercouch fiel und kein gesteigertes Interesse mehr für den Punkt aufbringen konnte.

„Ganz einfach. Er hat das Bild nicht angerührt.“

„Hast du dafür eine Erklärung parat?“

„Keine wirkliche. Vielleicht fehlt ihm noch der geeignete Entsorgungsplan, vielleicht schätzt er sein Risiko einfach geringer ein, als wir es uns vorgestellt haben.“

„Kann er vielleicht den Chip irgendwie manipulieren?“

„Kaum, das hat mir jedenfalls Herbert versichert. Außerdem befindet sich der Satellit noch immer in seiner geostationären Umlaufbahn."

„Aber etwas anderes ist mir gerade eingefallen. Was ist, wenn er das Bild verändert, wenn er zum Beispiel zu Pinsel und Farbe greift und die Gesichtszüge verändert? Augen und Mundwinkel, ein paar kleine Striche mit großer Wirkung. Das ist keine große Tat und fällt keinem Normalbesucher auf."

„Und warum sagst du mir das erst jetzt? Wenn er das macht, war alles umsonst", stöhnte Greven, dem mehr und mehr die Energie ausging, der nicht mehr denken konnte, der Musik und Rotwein brauchte, dem der Magen knurrte. Das schon sprichwörtliche Pendel, das in der letzten Woche, als ihnen Schuurman stolz den fertigen Köder präsentierte hatte, in den Optimismus geflogen war, gab nach Monas Vermutung der Schwerkraft nach. Er wollte nicht mehr Sklave eines kleinen, gelben Punktes auf einem Kartenausschnitt sein, wollte über ganz andere Dinge reden, sich in ein Buch verkriechen oder im Kino seine Welt verlassen, wofür es jetzt allerdings schon viel zu spät war.

„Läuft irgendwas in der Glotze?", fragte er schließlich, schlaff in den Kissen hängend.

„Es läuft nichts. Wie immer."

Am Dienstagmorgen fand Greven kaum aus dem Bett, das Klingeln des Weckers holte ihn von ganz weit her. Als er endlich sein Bewusstsein wiedererlangt hatte, streifte sein Blick den Monitor, der fast schon wie ein altes Foto einen Stammplatz beanspruchte und wie ein Foto immer ein und dasselbe zeigte. Lustlos startete er in den Tag, für den ein Lokaltermin angesetzt war. Mit Stoppuhr und Plänen bewaffnet, wollten sie noch einmal den möglichen Tathergang im Hotel durchspielen. Dabei sollten die neuen Erkenntnisse, die die Aussagen geliefert hatten, endlich den entscheidenden Durchbruch bringen.

Mona hatte eine andere Aufgabe. Nach kurzer Diskussion am Frühstückstisch hatten sie beschlossen, dass Mona nach Greetsiel fahren und rein zufällig bei Jütting vorbeischauen sollte, um unauffällig einen Blick auf den Köder zu werfen. Eigentlich hatten sie eine derartige Inspektion nicht vorgesehen, doch Monas Vermutung hatte ihnen keine Ruhe gelassen.

Da er den Monitor nicht mit zum Lokaltermin nehmen konnte, blieb der im Büro. Unverzichtbar war dagegen sein Handy, auf dem sich Mona keine Stunde nach ihrer Abfahrt meldete. Obwohl Greven gerade die Zeit für einen Treppenspurt stoppte, den Jaspers zum wiederholten Male absolvieren musste, ließ er sie nicht warten.

„Fehlanzeige", war die lapidare Nachricht. „Onno war nicht mal da, sondern hat sich durch eine mir unbekannte Aushilfe vertreten lassen. Ich konnte also in aller Ruhe nachsehen. Er hat das Bild nicht angerührt. Es hängt an seinem Platz, wie am ersten Tag. Allerdings habe ich festgestellt, dass es doch etwas zu tief hängt. Will man die Gesichter erkennen, muss man sich sehr bücken. Aber das dürfte ihn doch kaum zurückgehalten haben, oder?"

Greven hatte prompt vergessen, auf den Knopf zu drücken, so dass Jaspers japsend erneut an den Start gehen musste. Erst auf dem Heimweg kam er dazu, nach den möglichen Gründen für Monas Entdeckung, genauer gesagt, für ihre Nichtentdeckung zu suchen. Warum reagierte Jütting nicht? Denn dass er die Falle als solche erkannt hatte, glaubte Greven nicht. Viel zu verborgen hatten sie die Fäden im Hintergrund gezogen. Noch dazu hatte er seit Wochen einen großen Bogen um Jütting gemacht, um ihn in Sicherheit zu wiegen. Auch ein heißes Bad, dessen Temperatur ihm sofort Schweißperlen auf die Stirn setzte, half Greven nichts. Er fand einfach keine Erklärung und kam zu dem Schluss, dass die Zeit der entscheidende Faktor war. Man musste Jütting noch ein paar Tage Zeit geben, denn die Zeit war in solchen Fällen Säure für die Nerven. Und Zeit hatten sie genug, denn für die Ausstellung waren fast drei Wochen vorgesehen. Außerdem hatten sie noch ein Ass in Gestalt des Floridaurlaubers Bönhase im Ärmel, der mit Sicherheit die Ausstellung besuchen und den Köder auf die Titelseiten schleudern würde. Diese Perspektive verhalf ihm zu einem grübelfreien Abend, den er alleine verbringen musste, da Mona ein Künstlertreffen vorbereitete. Er ließ sich von der Glotze auf den Mars, seinen Lieblingsplaneten, entführen.

Der Mittwoch begann mit einem Donnerschlag. Einer der Verdächtigen hatte überraschend ein Teilgeständnis abgelegt. Die Aufklärung des Hoteliermordes rückte in greifbare Nähe und den GPS-Monitor aus Grevens Blickfeld. Da es nun darauf ankam, die mutmaßliche Komplizin mit Hilfe dieser Aussage unter Druck zu setzen und dabei keine Fehler zu begehen, verschwand er schließlich sogar ganz aus Grevens Denken. Der Tag wurde zum Kraftakt, voll gestopft mit Protokollen, weiteren Vernehmungen, einem Abstecher ins Hotel und längeren Diskussionen. Häring klebte am Telefon, um Aussagen zu überprüfen und Hotelgäste aus Bayern und Hessen zu Details zu befragen. Es war einer jener Tage, an denen die Türen zum Leben zu erwachen schienen und man die Kilometer in den Beinen spürte, weil man die Büroräume permanent durchqueren musste, ein Tag, der schnell verging und doch zäh wie Honig war. Erst am Spätnachmittag, als die Sonne sich schon verabschiedete, gab der Tag langsam nach. Noch immer waren sie nicht ganz am Ziel, aber es war in Sichtweite. Greven stand gerade neben der Schautafel und las das letzte Protokoll, um vielleicht einen Widerspruch aufzuspüren, als Häring die Hand hob und ihm einen Anruf signalisierte. Greven winkte mit einer entsprechenden Geste ab. Kaum hatte er sich wieder in den Text vertieft, tauchte Häring neben ihm auf.

„Du musst rangehen! Es …"

„Jetzt nicht, das siehst du doch! Soll später wieder anrufen. Kann man denn nicht mal in Ruhe ein Protokoll durcharbeiten?", fauchte Greven gereizt.

„Nicht, wenn Jütting der Anrufer ist."

„Jütting? Hat er gesagt, was er will?"

„Dir etwas Wichtiges zeigen. Auf einem Bild", antwortete Häring lächelnd und fügte noch hinzu, als Greven nicht sofort reagierte, sondern ihn ungläubig ansah: „Auf Leitung drei."

Greven drückte ihm das Protokoll in die Hand und ging langsam zu seinem Schreibtisch. Langsam, weil sein Kopf noch tief in einem ganz anderen Fall steckte und in seinen Szenarien ein derartiger Anruf nicht vorgesehen war. Er gab sich noch ein paar Sekunden, dann nahm er den Hörer ab, drückte die Taste und meldete sich korrekt.

„Gut, dass ich Sie doch noch erreiche“, sagte Jütting erleichtert und fuhr hörbar erregt und schnell sprechend fort, „denn ich habe vor ein paar Minuten etwas ganz Merkwürdiges entdeckt. Ich habe es Ihrem Kollegen schon gesagt, es ist auf einem der Bilder, auf dem *Greetsieler Glockenspiel*, wissen Sie, auf dem Bild, das dem während der *Greetsieler Woche* gestohlenen so ähnlich ist. Mir ist ein Katalog aus der Hand gefallen, und als ich mich gebückt habe, um ihn wieder aufzuheben, habe ich diese zwei Personen entdeckt. Das müssen Sie sich unbedingt ansehen. Wissen Sie, was mir nämlich sofort durch den Kopf gegangen ist? Ihre Mordtheorie vom Sommer! Denn eine der beiden Personen könnte Eike Lüken sein, der Maler, Sie wissen schon. Vielleicht war Ihre Idee doch nicht so absurd. Wenn Sie Zeit haben, können Sie gleich noch bei mir vorbeikommen. Wenn nicht, müssen Sie sich bis zum Wochenende gedulden, denn ich fahre morgen sehr früh zu dem Künstlertreffen nach Bremen. Ansehen müssen Sie es sich aber unbedingt!“

Greven, der bislang gestanden hatte, setzte sich. Ihm gegenüber, auf der anderen Seite des Schreibtisches, stand Häring mit fragendem Blick.

„Einen Moment, Herr Jütting“, sagte Greven und schob die rechte Hand über den unteren Teil des Hörers, obwohl er ihn auch hätte in die Warteschleife mit der Musik irgendeiner Polizeikapelle hätte schicken können.

„Fährst du?“, fragte Häring flüsternd.

„Was bleibt mir anders übrig“, antwortete Greven mit gleicher Lautstärke.

„Eine Falle?“

„Glaub ich nicht. Wenn er hier anruft? Und erst dir alles auf die Nase bindet?“

„Was will er dann?“

„Ich weiß es nicht“, flüsterte Greven, „jedenfalls ist es nicht seine Art, ins Rampenlicht zu treten und Spuren zu hinterlassen. Vielleicht will er nur wissen, was wir wissen. Der hat echt Nerven.“

„Und wenn du diesmal doch daneben liegst? Wenn es doch nicht Jütting war?"

Greven beantwortete die Frage nicht, sondern gab den Hörer wieder frei und sagte: „Entschuldigen Sie, Herr Jütting, bei uns ist im Moment der Teufel los. Ich komme bei Ihnen vorbei. In einer Stunde."

„Soll ich mitkommen?", bot Häring an, nachdem er aufgelegt hatte.

„Nicht nötig. Außerdem sind wir immer noch nicht offiziell. Ist besser so, glaub mir."

„Und Mona?"

„Packt gerade. Sie will morgen auch nach Bremen. Ich fahre allein. Du weißt ja, wo ich zu finden bin. Ich ruf dich hinterher an und erzähle dir, wie's war."

Das Protokoll duldete dennoch keinen Aufschub. Bevor Greven zum Autoschlüssel greifen konnte, musste es noch einmal konzentriert gelesen werden. Kaum hatte er den Einstieg wieder gefunden, als erneut seine Konzentration gestört wurde. Diesmal war es Jaspers, der ihm ein Fax vor die Augen schob.

„Das flattert schon seit mindestens einer Stunde hier herum. Ich dachte, es wäre längst bei dir angekommen. Wird dich interessieren."

„Danke", sagte Greven mürrisch und wollte das Fax schnellstmöglich dem rechten Kraterrand übergeben, als sein Blick auf den Absender fiel. Der Vorsitzende eines Heimatvereins hatte nach einem Krankenhausaufenthalt endlich Zeit gefunden, auf die schon länger zurückliegende Anfrage zu antworten. Die Nachricht bestand aus wenigen Zeilen und war orthografisch wie grammatikalisch bedenklich, doch das spielte keine Rolle, denn der Absender hatte drei Namen zu bieten. Die Namen der bislang unbekannten SA-Männer auf dem Foto.

28

Ein kräftiger Nordostwind hatte den ungewöhnlich warmen Winterregen verscheucht, nur ein paar verirrte dicke Tropfen zeigten sich unbeeindruckt und flogen wie Geschosse durch die Nachtluft. Die Galerie *Steenbikker* war hell erleuchtet, doch sie war nicht sein Ziel, sondern das etwas schmalere Haus davor, in dem ebenfalls Licht brannte. Trotz des Anrufs, der offizieller nicht hätte sein können, hatte sich Greven während der Fahrt auf äußerste Vorsicht eingestimmt, hatte sich Antworten zurechtgelegt und Erklärungen konstruiert. Nun war er gespannt auf Jüttings Zug. Er hatte den Finger gerade vom Klingelknopf gezogen, da wurde die Tür aufgerissen. Vor ihm stand Jütting, der noch schnell seinen linken Arm in den Ärmel einer schwarzen Lederjacke versenkte.

„Na endlich, Herr Greven, ich habe schon nicht mehr mit Ihnen gerechnet", begrüßte ihn der Galerist hektisch. „Kommen Sie rein und machen Sie es sich bequem. Links in der Bibliothek steht eine Flasche Wein, ich habe leider versäumt, sie zu dekantieren. Wenn Sie so nett wären? Ich muss Sie leider ganz kurz alleine lassen, wirklich nur ein paar Minuten, ich muss noch schnell zur Mühle. Eine dringende Sache. Erkläre ich Ihnen später. Wird nicht lange dauern. Also, Sie entschuldigen mich?"

Greven fehlten die Worte, es reichte nur für leicht geöffneten Mund.

„Ja, gleich links", wiederholte Jütting daraufhin, schob ihn in den Flur, machte auf dem Absatz kehrt und zog die Tür hinter sich zu. Keine dreißig Sekunden nach seinem Klingeln stand Greven plötzlich allein in Jüttings Haus. Fast regungslos verharrte er den Rest der Minute, dann folgte er den Anweisungen seines abwesenden Gastgebers und betrat die Bibliothek, die diesen Namen tatsächlich verdiente. Mona hatte ihm schon davon erzählt, doch hatte er eine mehr oder minder ausgeprägte Übertreibung in ihrer Schilderung vermutet. Nun schien es ihm so, als habe sie eher untertrieben. Die Bibliothek bestand aus einem wandfüllenden Regal aus massiver Eiche, das ausschließlich bibliophile Schätze vergangener Jahrhunderte enthielt. Ein Großteil der Bücher war in Leder gebunden, mal dunkelbraun und speckig, mal hell und leicht marmoriert. Einige trugen ihre Autoren und Titel auf dem Rücken, meist in Goldprägung, wenn auch nicht mehr immer vollständig. Greven kannte jedoch keinen der Verfasser, hätte sich aber nicht gewundert, hier auf Himel von Torums *Historiae obscurae* zu stoßen. Er suchte kurz und unsystematisch, wurde jedoch nicht fündig. Eines wusste er jedoch genau: Das Sammeln dieser Schätze war keine billige Leidenschaft.

So alt und gediegen die Bücherwand war, so modern war das weitere Interieur. Greven war zwar kein Kunstkenner, doch waren die Stühle, der Klapptisch, die Lampen und die Teekanne aus Metall ohne Mühe als klassische Bauhausprodukte zu erkennen. Ob es sich um Originale aus Weimar oder Dessau handelte, konnte er jedoch nicht beurteilen. Dafür blieben seine wandernden Augen auf dem Etikett der Flasche hängen, die auf dem runden Klapptisch neben zwei Gläsern und einer Dekantierkanne stand. Bolgheri-Sassicaia. Noch dazu ein 1985er. Der fehlte seinem Gaumen noch, vor allem, weil sein Geldbeutel ihn immer wieder ausgebremst hatte.

Greven konnte nicht widerstehen, nahm die Flasche und betrachtete das Etikett und die Kapsel, die intakt war. Dekantieren hatte Jütting gesagt. Also griff er zum bereitliegenden Korkenzieher, entfernte die Kapsel, untersuchte den Korken, an dem ganz offensichtlich nicht manipuliert worden war, schraubte die Spirale hinein und zog den Korken, der einen spürbaren Widerstand leistete, heraus. Er besah sich noch einmal kurz den Korken und goss das dunkle Rubinrot vorsichtig in die Dekantierkanne. Sollte er wirklich auf Jütting warten? Ein kleiner Test konnte nicht schaden. Also füllte er ein paar Zentimeter in eines der bauchigen Rotweingläser, prüfte noch einmal die Farbe und überließ das endgültige Urteil Nase, Zunge und Gaumen. Schwarze Johannisbeere, Sauerkirschen, Mokka und ein fantastischer Abgang.

Mit dem kaum gefüllten Glas in der Hand flanierte er durch das Haus, das er aus Monas Erzählung kannte, und das hielt, was sie versprochen hatte. Es war kein Sammelsurium, wie bei ihnen, sondern bewusst und sparsam mit Designermöbeln eingerichtet, wobei Jütting es verstanden hatte, Alt und Neu bruchlos zu kombinieren. Die Bilder an den Wänden zählten allesamt zur späten Moderne oder Popart: Beuys, Jones, Janssen, Indiana, Richter.

Der schmale Flur mündete in eine kleine, aber respektable Küche, die keineswegs als Singlekochnische ausgelegt war, sondern ausreichte, um den großen Glastisch im angrenzenden Esszimmer mit mehreren Gängen zu versorgen. Auf der Arbeitsplatte aus Ahorn warteten mehrere japanische Kochmesser und zwei Sushimatten auf ihren Einsatz, der Balsamico, der über eine eigene Nische verfügte, war 18 Jahre alt, der Gasherd war für sechs Pfannen und Töpfe ausgelegt.

Greven leerte das Glas, dessen Inhalt sich noch mehr geöffnet hatte, und sah auf die Uhr. Fast dreißig Minuten waren seit seiner Ankunft vergangen, dreißig Minuten, die er erst jetzt realisierte. Hatte Jütting nicht gesagt, er sei gleich zurück? Greven ging durch den Flur zur Haustür und öffnete sie. Von den Mühlen, die sich südöstlich von ihm befanden, waren nur die Flügelspitzen zu sehen, der Katrepel war menschenleer. Immer noch spielte der Wind mit einzelnen dicken Regentropfen. Was hatte Jütting um diese Uhrzeit in einer der beiden Mühlen zu erledigen? In Beningas Mühle vielmehr, denn die Galerie in der anderen war längst geschlossen. Eine dringende Sache, hatte er gesagt. Aber es war Mittwoch und Claas auf seiner wöchentlichen Tour durch die Krummhörn.

Greven ging zurück in die Bibliothek, stellte sein Glas auf dem Bauhaustisch ab und suchte das Telefon. Bereitwillig gab es die Nummer des letzten Anrufers preis. Claas. Greven hatte sich ablenken lassen und ballte für einen Augenblick seine rechte Faust, er hatte viel zu spät mit dem, was ihm Jütting im Vorbeigehen gesagt hatte, zu jonglieren begonnen, sondern sich vom besten Wein, den die Toskana zu bieten hatte, verführen lassen. Seinen Mantel hatte er noch an, und vom Haus bis zur Mühle waren es nur ein paar hundert Meter. Er zögerte kurz, wollte loslaufen, stieg dann aber doch in den Wagen und fuhr.

Die Mühle lag im Dunkeln, es brannte kein Licht. Der Lieferwagen stand nicht, wie üblich, auf dem Parkplatz, was dafür sprach, dass Claas tatsächlich seine Tour angetreten hatte. Aber wann, war die Frage. Dafür standen zwei Pkw mit Auricher Kennzeichen, ein Golf und ein BMW, auf dem Mühlenparkplatz. Greven prüfte ihre Kühler. Beide waren kalt.

Noch bevor er sich der großen Tür näherte, schlug der Mühlenbesen in seinem Gedächtnis Alarm. Da er nicht ein zweites Mal von ihm auf die Bretter geschickt werden wollte, entschied er sich für ein lautloses Vorgehen, entsicherte seine Pistole und öffnete die Tür. Dass sie unverschlossen war, stand für ihn ebenso außer Frage wie das Resultat des ersten Blicks ins Innere, der dem in einen Tunnel glich. So leise wie möglich ließ er die Tür ins Schloss fallen und wartete, bis sich seine Augen an die Fastdunkelheit gewöhnt hatten. Bevor er die Treppe erreichte, stieß er an einen Sack, wahrscheinlich mit Erbsen oder Linsen gefüllt, der nicht an seinem Platz im Verkaufsraum stand. Er fluchte unhörbar und setzte, nachdem kein Laut zu hören war, seinen Weg fort. Der versetzte Sack gefiel ihm gar nicht. Nach einigen Stufen wurde eine innere Stimme immer lauter, die ihm riet, doch besser die Kollegen zu informieren, um die Mühle zu umstellen, Scheinwerfer aufzubauen und lehrbuchmäßig vorzugehen. Eine Gegenstimme verwies jedoch immer wieder auf die Zeit, die bis zu diesem Einsatz verstreichen würde. Außerdem folgte er letztendlich nur einer Ahnung, für die er sich im Falle eines Großeinsatzes später würde rechtfertigen müssen. Noch einmal horchte er in den achtkantigen Rumpf hinein, doch war nur die Arbeit des Windes zu hören.

Der Mahlsöller spielte ebenfalls Tunnel und ließ ihn nur Schemen erkennen. Trotzdem blieb Greven nicht stehen, sondern huschte in den Raum hinein, um einen möglichen Gegner zu irritieren. Am Fenster drehte er sich um. Nichts tat sich. Er war allein. Nach einer kurzen Hörpause schlich er zur Treppe und stieg ganz langsam Stufe für Stufe zum Pellsöller empor. Knapp unterhalb des Bodens stoppte er und riskierte mehrere Blicke in den nächsten Tunnel. Beim dritten

Ausloten glaubte er, einen langen Gegenstand auf dem Boden zu erkennen, zu lang und zu dünn für einen Mehlsack. Ein weiterer kurzer Blick ließ ihn einen menschlichen Körper vermuten, der mitten im Pellsöller auf dem Boden lag, der Kopf keine zwei Meter von ihm entfernt. Ein Müllerbesen war nicht in Sicht. Er verharrte noch ein paar Sekunden und sammelte Kraft, dann sprang er auf und erreichte nach wenigen Schritten den Körper, neben den er sich sofort hinkniete und mit der Waffe einmal durch den Raum schwenkte. Da sich außer dem Wind nichts rührte, tastete er mit der linken Hand den Körper ab, der jedoch keiner war, sondern ein reichlich schlaffer Sack. Nochmals fuhr seine Hand über die Jute, deren Struktur er seit Kindertagen nur zu gut kannte. Es war einer der Säcke aus dem Verkaufsraum wie jener, über den er unten fast gefallen wäre.

Als er sich blitzschnell aufrichten und hinter einem der Mahlsteine in Deckung bringen wollte, fing seine rechte Hand Feuer. Sehen konnte er es nicht, aber seine Hand brannte lichterloh und musste die Waffe auf den Boden gleiten lassen. Der Schmerz war so intensiv, dass Greven ein dumpfes Aufstöhnen nicht völlig unterdrücken konnte. Er riss die Hand an sich und bettete sie in die linke, die sofort begann, das Feuer ebenfalls zu spüren, wenn auch nicht so heftig.

„Schwefelsäure", erklärte eine Stimme aus dem Tunnel.

Greven erhob sich mit schmerzverzerrtem Gesicht und wandte sich um, doch die Dunkelheit schwieg. Die Stimme kam ihm bekannt vor, identifizieren konnte er sie aber nicht.

„Gehen Sie auf die Galerie", sagte die Stimme, „den Weg kennen Sie ja."

Greven blieb nichts anders übrig, als der Stimme zu folgen. Das Feuer auf seinem Handrücken ließ weder einen Griff zur Waffe noch eine andere Art der Gegenwehr zu. Abgesehen davon hatte er kein Ziel vor Augen. Er ging die paar Schritte zur Tür und öffnete sie mit der linken Hand. Draußen empfingen ihn der Nordostwind und das zurückhaltende Licht der Straßenbeleuchtung, das die Dunkelheit zwar beschädigte, sie aber nicht wirklich zerstörte. Als er sich umdrehte, stand vor ihm ein Mann, dessen Gesicht ihm verborgen blieb. Erst als der Mann in den diffusen Schein der Straßenlaterne trat, sah er den Grund. Sein Gegner trug eine höchst sonderbare Maske, die ihn wie ein Insekt aussehen ließ und den Klang seiner Stimme veränderte. Ein Nachtsichtgerät. Darum also hatte er ihn bei der letzten Begegnung nicht erkannt, darum war der Mann ihm drinnen überlegen gewesen.

„Sie kommen spät, Herr Kommissar", sagte der Mann und nahm die Insektenaugen vom Kopf. „Ich habe schon vor einer halben Stunde mit Ihnen gerechnet. Jetzt haben wir nicht mehr viel Zeit, denn Beninga wird bald zurück sein."

„Jütting", stöhnte Greven, „Sie sind ..."

„... mir zunehmend auf die Nerven gegangen. Da haben Sie völlig Recht. Und jetzt ist Schluss damit. Mir reicht's. Erst dieser Einbruch, der keiner war, dann dieses Imitat, das mir Herr Wagenaar untergeschoben hat, das waren doch Ihre Ideen, oder? Und danach wären Ihnen noch tausend andere gekommen, um mir das Leben schwer zu machen. Sie sind der Typ, der nicht locker lässt, stimmt's?"

„Könnte man sagen", antwortete Greven, der begonnen hatte, seine Hand am Mantelstoff zu reiben, um das Feuer der Säure zu mildern. „Aber damit werden Sie nicht durchkommen. Sämtliche Kollegen wissen, dass ich bei Ihnen bin."

„Sollen sie ja auch, denn wir haben uns einen gemütlichen Abend gemacht, Wein getrunken, den Sie dekantiert haben, und ich habe Sie in das Geheimnis des *Glockenspiels* eingeweiht. Sie haben doch den Wein geöffnet?"

Greven schwieg.

„Ich wusste es und habe mir Ihre Henkersmahlzeit auch was kosten lassen, wie Sie als Weinkenner gewiss bemerkt haben. Ihre lieben Kollegen werden morgen ihre Fingerabdrücke auf der Flasche finden und mir meine Geschichte abkaufen."

„Welche ... welche Geschichte?"

„Die von dem Telefonanruf aus der Mühle, von dem Apparat, der unten steht." Jütting kam auf ihn zu, hielt ihm seine eigene Dienstwaffe unter die Nase und zog ihm nach kurzer Suche sein Handy aus der Tasche. „Beninga wird in wenigen Minuten dieses Handy anrufen und Sie auffordern, sofort in seine Mühle zu kommen. Die Gesprächsdauer wird etwa eine

Minute betragen. Ihre Kollegen werden das nachprüfen, das ist doch heute kaum noch der Rede wert. Und ich werde ihnen erzählen, dass Sie nach dem Anruf aufgesprungen und zur Mühle gefahren sind. Wenige Minuten nach dem Anruf werde ich, von Ihnen so schmählich allein gelassen, das *Witthus* betreten und mir eine Seezunge bestellen. Was halten Sie von diesem Alibi?"

„Sie wollen Claas ...", stöhnte Greven, der das Feuer nicht löschen konnte.

„Habe ich schon. Dafür musste ich mich leider von einem der letzten Lükens trennen und ihn unten in der Mühle heimlich deponieren. Schade um das schöne Geld, aber nicht zu vermeiden. Auch ein Fläschchen dieser unangenehmen Säure habe ich ihm überlassen."

„Trotzdem wird die Spurensicherung ..."

„Darauf lasse ich es ankommen. Die Beweise gegen Beninga werden erdrückend sein, während man mir gar nichts kann. Dafür habe ich gewissenhaft gesorgt. Ach ja, Beninga war im Sommer auf der Galerie, nicht ich. Vergessen Sie das nicht."

„Aber Sie haben ..."

„... diesem ter Fehn einen Tritt in den Arsch verpasst, weil er mir mein Leben zerstören wollte wegen einer längst vergessenen Geschichte. Richtig, das wollten Sie ja die ganze Zeit herausfinden."

„Wie haben Sie das ... das gemacht, ohne dass die anderen es gesehen haben?"

„Die waren doch total becirct von dem Geklapper in der Mühle. Auf mich hat da keiner geachtet. Es war eine unverhoffte Gelegenheit. Als sich ter Fehn der Tür näherte und ich die Flügel vorbeisausen sah, musste ich einfach zutreten. Leichter hätte ich das Problem gar nicht lösen können. Bei Ihnen ist das schon schwieriger."

„Wann haben Sie ... die Bilder von Onnen bekommen?"

„Drei Tage vor seinem Tod hat er mir den Schlüssel zu einem Kellerraum gegeben. Ohne ein Wort zu sagen. Einfach so. Bis dahin hatte ich von Lüken nichts gewusst. Aber mir war sofort klar, dass ich endlich so leben konnte, wie ich es mir immer vorgestellt habe. Die Bilder hat doch keiner vermisst. Die haben doch 1942 aufgehört zu existieren. Ich brauchte sie nur dort zu verkaufen, wo man keine Fragen stellt."

„Doch ter Fehn hat Fragen gestellt."

„Sein Pech. Und Ihres auch."

„Und das von Claas."

„Es geht nun mal nicht ohne Täter. Das müssten Sie doch am besten wissen. Der erste Versuch hat ja leider nicht ganz hingehauen. Daher habe ich diese Wiederholung angesetzt. So brauchte ich keinen neuen Plan zu entwickeln, sondern ihn nur ein bisschen zu variieren. Ich habe nur das Gesetz der Wiederholung befolgt, genau wie Sie. Die ganze Welt ist doch Wiederholung", dozierte Jütting in arrogant-belehrendem Tonfall. „Pure Redundanz. Ewige Wiederkehr. Das haben schon die alten Griechen gewusst. Ganz abgesehen von unseren braven Philosophen, allen voran Nietzsche, falls Ihnen der etwas sagt."

„Die ewige Sanduhr des Daseins wird immer wieder umgedreht – und du mit ihr, Stäubchen vom Staube."

„Sieh an, sieh an, ein belesener Kommissar", stellte Jütting schmunzelnd und kopfschüttelnd fest. „Aber das wird Ihnen nichts nützen. Wenn Sie jetzt bitte zum Geländer gehen und springen würden. Ich muss an meinen Zeitplan denken."

„Ich werde nicht springen", sagte Greven, der fieberhaft nach einer Idee fahndete, die Entfernungen taxierte und seine Körperkräfte einschätzte. „Wenn Sie mich unbedingt töten wollen, müssen Sie mich schon erschießen."

„Das werde ich auf keinen Fall tun, denn es ist nicht meine Absicht, den Fernsehabend der hiesigen Spießer zu stören und sie aus ihren Wohnzimmern zu locken. Aus diesem Grund habe ich in weiser Voraussicht diese Wasserpistole mitgebracht, die, wie Sie bereits am eigenen Leib erfahren haben, Schwefelsäure enthält." Jütting nahm die Dienstwaffe in die linke Hand und richtete mit der rechten eine große, klobige Wasserpistole auf Grevens Kopf. „Damit kann man nicht nur Bilder, sondern auch Haut auflösen. Entweder Sie springen freiwillig, oder ich entferne Ihr Gesicht, und dann müssen Sie springen, weil kein Mensch diesen Schmerz ertragen kann. Sie haben die Wahl."

Greven wich mit kleinen Schritten zurück und spürte das Geländer neben sich. Vielleicht konnte er den Abstand so vergrößern, sich den Mantel blitzschnell übers Gesicht ziehen und losrennen. Einfach losrennen. Doch Jütting folgte ihm trotz seiner Höhenangst und verringerte den Abstand sogar noch.

„Springen Sie, ich muss jetzt los!"

Greven hatte seine Hände am Revers des Mantels in Stellung gebracht und auf den rutschigen Planken eine sichere Startposition ausgemacht, als er einen Knacklaut vernahm, der nicht dem Wind in die Schuhe zu schieben war. Auch Jütting musste ihn vernommen haben, denn er sah kurz auf den Boden der Galerie, doch die Planken waren intakt. Greven hatte seinen Blick dagegen auf den Flügel gerichtet, der sich hinter Jütting langsam in Bewegung setzte, denn er kannte das Geräusch genau, das beim Lösen der Bremse entsteht.

„Springen Sie schon!", rief Jütting noch einmal entschlossen in den Wind. Dann packte ihn der Flügel. Seine Geschwindigkeit reichte nicht aus, ihn wie ter Fehn über das Geländer zu hieven, aber sie reichte aus, ihn einen halben Meter in die Luft zu heben und ein paar Meter entfernt auf die Planken der Galerie zu schleudern. Für den Bruchteil einer Sekunde konnte Greven im Vorbeiflug sein Gesicht sehen, aus dem blankes Entsetzen schrie. Beide Waffen fielen auf die Planken und verschwanden in den breiten Zwischenräumen. Greven, der beim Abheben Jüttings sicherheitshalber in die Knie gegangen war, sprang nach vorne und machte den Versuch, eine von ihnen doch noch zu erwischen, aber die Pistolen waren schon auf dem Weg nach unten. Er klatschte der Länge nach auf das nasse Holz. Vor ihm lag Jütting mit blutverschmiertem Gesicht und versuchte, das Entsetzen abzuschütteln, was ihm auch gelang. Wie in Zeitlupe kehrte die Entschlossenheit zu ihm zurück und verlieh ihm die Kraft, sich aufzurappeln und wieder festen Boden unter den Füßen zu suchen. Greven war jedoch schneller und stürzte los. Sein Gegner war noch nicht so weit und kam auch nicht weiter, denn noch bevor Greven ihn erreichte, wurde Jütting hinterrücks von kräftigen Müllerarmen gepackt, die ihm keinerlei Spielraum ließen.

„Claas!“, rief Greven an Jütting vorbei, den er fast noch gerammt hätte, „wie kommst du denn hierher?“

„Genauso wie du, über die Treppe“, antwortete der Müller trocken.

„Aber ich dachte, du …“

„Meine Tour? Ach ja, meine Tour. Fahr ich seit meiner Verhaftung nur noch vormittags, wenn meine Mädels in der Mühle sind. Den Tipp haben mir meine Mehlwürmer gegeben. Und sie haben auch gemeint, dass der Müller das Sagen in seiner Mühle haben sollte, und dass er es in letzter Zeit nicht immer gehabt hat. Noch mal, haben sie gesagt, darf dir das nicht passieren, sonst bist du nicht mehr unser Müller. Und diesem Rat bin ich natürlich gefolgt und habe Augen und Ohren offen gehalten.“

„Dann hättest du doch auch eher …“

„Hätte ich schon, aber erstens wollte ich wissen, was dieser falsche Müller so alles in meiner Mühle treibt, und zweitens war er nicht schlecht bewaffnet. Das musste ich erst klären.“

„Ist dir eindrucksvoll gelungen“, sagte Greven und blickte kurz auf die immer schneller vorbeiziehenden Flügel.

„Dabei ist die Idee gar nicht von mir, ich hatte nämlich lange keine, vom Besen einmal abgesehen. Erst als ihr von Jann ter Fehn gesprochen habt, ist mir aufgefallen, wo genau der Galerist auf meiner Galerie stand.“

Greven fixierte Jüttings versteinerte Miene und suchte ein passendes Zitat, das er auch fand: „Alle großen weltgeschichtlichen Tatsachen und Personen ereignen sich sozusagen zweimal, das eine Mal als Tragödie, das andere Mal als Farce.“

„Wenn nicht alles schon beim ersten Mal eine Farce ist“, fügte der Müller hinzu, „aber mich fragt ja keiner. Sag mir lieber, was ich mit ihm machen soll. Ich könnte ihn über Bord werfen, um doch noch kurz beim Thema zu bleiben.“

Jütting quittierte den Vorschlag des Müllers mit wildem Gezappel, das dieser jedoch sofort durch eine weitere Einengung seines Spielraums unterband.

„Im Prinzip keine schlechte Idee, allerdings habe ich da gewisse moralische und rechtliche Bedenken. Besser, wir fesseln ihn, wenn du ihn nicht die ganze Zeit festhalten willst. Handschellen habe ich leider keine dabei. Aber vorher rufe ich noch die Kollegen und einen Arzt. Ich würde meine Hand gerne behalten."

„Alles schon passiert", sagte Beninga mit ruhiger Stimme, „die müssten eigentlich längst hier sein. Vielleicht sind ihre Navigationsgeräte defekt."

„Gut, dann bleibt noch Mona."

Keine fünfzehn Minuten später tanzten Blaulichter um die Mühle, und Grevens Hand verschwand nach intensiver Reinigung in einem Verband. Beninga, der als Müller wieder voll rehabilitiert war, gab erst Häring und bald darauf Mona eine kurze Zusammenfassung der Ereignisse in seiner Mühle. Als Jütting medizinisch an der Reihe war, dem der Arzt einen ansehnlichen Turban verpasste, lieh sich Greven seine Jacke aus und durchsuchte die Taschen. Mit seinem Hausschlüssel in der gelöschten Hand ging er auf Beninga zu, der immer noch neben Mona stand.

„Hast du drei gute Weingläser in der Mühle?"

„Sind immer einsatzbereit."

„Was hast du vor?", fragte Mona.

„Ich bin gleich wieder zurück. Mit einem wirklich guten Tropfen. Den haben wir uns jetzt verdient."

„Wir sind unten. Bei meinen Mehlwürmern", sagte der Müller.

„Gut."

Mona verstand kein Wort und sah beide abwechselnd an.

„Mühlengeschichten?", fragte Greven.

„Mühlengeschichten!", antwortete Beninga und angelte sich Monas Arm, während Greven in seinen Wagen stieg und in Richtung Katrepel davonfuhr.

- Strandklinik / St. Peter Ording (Psychosomatik, Pneumologie, Dermatologie, HNO)
- Klinik Nordseedeich / Friedrichskoog (Asthma, Atemwege, Allergie, Dermatologie, Psychosom. Dysfunktion, Psychovegetative Erschöpfungszustände, Stoffwechselerkrank.)

Dr. Bernd Flessner, geboren 1957 in Göttingen, studierte Germanistik, Theaterwissenschaft und Geschichte in Erlangen, ist freier Schriftsteller und Publizist, Lehrbeauftragter am Institut für Germanistik der Universität Erlangen-Nürnberg, Mitglied der Forschervereinigung „Netzwerk Zukunft e.V.“, schreibt u.a. für die Neue Zürcher Zeitung, Kursbuch, Zukünfte, mare – Die Zeitschrift der Meere. Jüngere Veröffentlichungen: (Hg.) *Visionäre aus Franken. Sechs phantastische Biographien* (Neustadt / Aisch 2000); zusammen mit Jürgen Bräunlein (Hg.): *Der sprechende Knochen. Perspektiven von Telefonkulturen* (Würzburg 2000); Im Leda-Verlag erschienen der Erzählband *Lemuels Ende* (2001), dessen Titelgeschichte für den Kurd-Laßwitz-Preis nominiert wurde, und als erster Kriminalroman mit Hauptkommissar Greven *Die Gordum-Verschwörung* sowie die von Peter Pabst illustrierten Kinderbücher *Lükko Leuchtturm und das Rätsel der Sandbank* (Leer 2001), *Wiegand Wattwurm - Abenteuer auf Töwerland* (2002) und *Lükko Leuchtturm und die geheimnisvolle Insel* (2004).

- Nordseeklinik / Norderney (Atemorgane, Allergien, Psychosom., Orthopäd. Erk. Dermatologie)
- Fachklinik Maria am Meer / Norderney (Psychosoz. - psychoth. Therapie, Physioth., Ernährungstherapie)

Bernd Flessner
Die Gordum-
Verschwörung
Greetsielkrimi
3-934927-23-8
224 S.; 10, Euro

Dieter Bromund:
Metzgers
Testament
Borkumkrimi
3-934927-57-2
240 S.; 10,90 Euro

Ulrich Hefner:
Der Tod kommt
in Schwarz-Lila
Wangeroogekrimi
3-934927-43-2
336 S.; 14,70 Euro

A. Scheepker:
Tote brauchen
keine Bücher
Ostfrieslandkrimi
3-934927-47-5
224 S.; 10,90 Euro

Peter Gerdes:
Solo für
Sopran
Langeoogkrimi
3-934927-63-7
208 S.; 9,90 Euro

Peter Gerdes:
Fürchte die
Dunkelheit
Kriminalroman
3-934927-63-7
208 S.; 9,90 Euro

Dieter Bromund:
Die wandernden
Sände
Langeoogkrimi
3-934927-15-7
240 S.; 10,- Euro

Dieter Bromund:
Kein Schnaps für
den Zaren
Spiekeroogkrimi
3-934927-37-8
176 S.; 9,90 Euro

Heike Gerdes:
Mühlengeschichten
3-927139-45-9
80 S.; 5,- Euro

Manfred Briese:
Mord auf der
Mühlengalerie
Kriminalstories
3-934927-57-2
144 S.; 8,90 Euro

Sandra Lüpkes:
Die
Sanddornkönigin
Juistkrimi
3-934927-11-4
176 .S; 10,- Euro

Sandra Lüpkes:
Der
Brombeerpirat
Norderneykrimi
3-934927-18-1
176 S.; 10,- Euro